レジェンドノベルス
エクステンド
LEGEND NOVELS
EXTEND

ダイブ・イントゥ・ゲームズ　2

電子の海で出会った仲間たち

contents

レジェンドノベルス エクステンド
LEGEND NOVELS EXTEND

ダイブ・イントゥ・ゲームズ　2

電子の海で出会った仲間たち

第5話

正義、時々、悪。いざ……転身！

～Destiny Blood～

「遅かったではないか、ＪＥＡＢＤ《ジーブド》？　貴様らが護《まも》るべき存在はこの通りよ……」

眼鏡をかけた知性的な美青年が舞台の上から俺を見下ろす。その足元にはぐったりと倒れる数人の子供たち。可哀想《かわいそう》に、俺の到着が遅れてしまったせいで……！

犯人である青年は俺に背を向けると、まるで役者のように優雅な歩き方で俺から離れるように舞台の奥へと数歩歩く。そしてまたクルリとこちらを向き、左手を自らの顔にかざしながら右手を誘うように軽くこちらへと差し出す。

「フッフッフ。お優しい正義の魔人が来たからには、真の姿を見せねばなるまいな……。我に流れる闇の血潮が疼《うず》く。血に宿りし半身よ、今宵《こよい》の贄《にえ》が来たようだ……。ククク、混沌《こんとん》に沈め……【闇血転身《ダークブラッド・ターンオーバー》】」

大仰に両手で自分を抱きしめるかのようにすると、身体《からだ》から噴き出した血霧が青年を包んだ。赤黒い塊のようになったそれは、みるみるうちにその形が変貌していく。

「……我が名はカリギュラリオ、漆黒の支配者！　この姿、その目に焼き付け慄《おのの》くがいい!!」

バサッ！　と大きく両腕と羽を広げ、堂々と名乗る。現れたのは、大きく裂けた口に白黒逆転した瞳。蝙蝠《こうもり》の羽を背中から生やし、骨のような血鎧《ちよろい》を纏《まと》った吸血鬼とでも呼ぶべき魔人だった。

真っ昼間の遊園地で『今宵の贄』だと……!?　イメージ優先で昼夜の存在を忘れて作った最高にダークな転身口上を恥ずかしげもなく言いきるとは。しかも転身後に名乗りを上げてさらに一文追加!?　……このカリギュラリオ、間違いない、できる！

クッ！　こいつはヤバい、強敵だ！　俺も転身しなければやられる！

右腕に装着した転身装置を相手に見せつけるように、肘を立てて手の甲を向ける。そして腰に当てた左手を鞘《さや》に見立て、そこからワザとゆっくり、あたかも透明な刀を抜くようにしてその切っ先をカリギュラリオに向ける。

「この身、一振りの剣。森羅万象、断てぬもの無し。【剣血転身《ソードブラッド・ターンオーバー》】！」

同じく血霧を纏い、肘や膝から刃状の突起が伸びた、緋色《ひいろ》に染まった細身の西洋甲冑《かっちゅう》のような姿に転身。その異能で一振りの剣を創り、構える。

「何ィ……？　シンプルでカッコいい……！　あー、そういう方向性もアリかぁ、なるほどなぁ」

やめてぇ！　そういう考えで作ったんじゃないの！　長いのは言ってる途中で恥ずかしくなりそうだから短くしただけなんだ。森羅万象とか入れたらカッコいいかなとか、少しウキウキしたけどさぁ！　つーかちょっと素に戻ってんじゃねぇよ！

落ち着け俺、これしきで恥ずかしがっているようではまだまだ未熟。今の俺は赤石信吾《あかいししんご》ではない、正義の魔人剣士だ。だから転身口上をキメ顔で言おうが必殺技を叫ぼうが恥ずかしくない。ヒーローだから恥ずかしくないもん！

「気を取り直して……ゆくぞ、ＪＥＡＢＤ！　まずは【暗黒門《ダークネスゲート》】！　そして来い、忠実なる僕《しもべ》よ！　【下位眷属招来《サモン・ミディアムファミリア》】」

カリギュラリオが作り出した闇そのものとでもいうべき漆黒の門。それはサモナースタイルの魔人が使うアーツの起点になるもの。放っておいては危険すぎる。

「【飛刃創造《クリエイト・チャクラム》：フォースゲイル】！」

彼我の距離はおよそ十メートル。剣の間合いには遠い。そこでクリエイタータイプのアーツによって生み出した、四つのチャクラムを飛ばして妨害する。

惜しくも暗黒門の設置は為《な》されてしまったが、続くアーツは防ぐことができた。サモナータイプと戦うときは常にアーツの出をつぶし続けることが重要。数の暴力ほど怖いものは無いのだ。

「やるではないか、正義の狗《いぬ》めが。……名を名乗れ！」

「コードネーム、カーネリアン。迷いを振り切り悪を断つ、赤き刃《やいば》！」

「……んー、コードネームの前に後半言った方がそれっぽくないかなぁ？」

それは俺もちょっと悩んだ。


「あー、負けた負けた。マジでカリギュラリオ強いでやんの。あそこで上位眷属呼ばれるとはなぁ。やっぱ初めに子供たちをやられてたのが痛かったな、けっこうボーナス受けてたっぽいし。ちょいちょい素に戻るのは勘弁してほしかったけど」

アジトの個室に戻った俺は、悔しさを滲《にじ》ませつつベッドに座った。

正義《JEABD》と悪《デスパレード》の二陣営に分かれた魔人同士の異能力バトル、というのが『Destiny Blood』、通称『デスブラ』を端的に表した言葉になる。

詳しく言えば『悪側はフィールドやＮＰＣに被害を出すほど有利になる』とか『正義側はなるべく被害を抑える必要がある』などいろいろある割と複雑なゲームだったりするのだが、まあそんなものはどうでもいい。重要なのは『キャラになりきりロールプレイをする』ということだ。

繰り返すが、デスブラは善悪に分かれてバトルをする。その戦いの中には様々なルールがあり、それらを順守するとボーナスがもらえる。このボーナスで戦闘を有利に進めましょうというものなのだが、そのルールこそがズバリ『ロールプレイ』。

　例えば魔人に変身……デスブラでは『転身』するときにあらかじめ決めておいた口上を述べるのはもはや基本。必殺技の名前を叫ぶ、カッコよく名乗りを上げる。決めポーズをとるのも素晴らしい。あるいは自分のヒーロー設定を登録しておいて、戦闘時にそれに沿った行動をとれば高ポイントだ。悪役でも女の子ＮＰＣにだけは危害を加えないとかね。

　この『ロールプレイにおけるポリシー』を守ると、攻撃力や防御力が上がったりする。むしろこの能力上昇を前提に置いた調整がなされているので、ロールプレイ無しの戦闘はただの縛りプレイにほかならない。

　だからだろうか、ランカー戦にもなるともはや特撮ヒーローの上映会状態になっていて、素面《しらふ》では到底言えないカッコいいセリフが飛び交い、隙を見ては決めポーズをとるというある種異様な光景となっている。

　だが見ている分にはとても面白いし、やっている側もお互いに真剣なので本当のヒーローや怪人になったような気分になれると評判は上々である。

「名乗り、やっぱ前半と後半を替えた方がいいかなぁ。コードネーム、カーネリアン！　で終わる方がしっくりくる……か？　ほかは我ながらよくまとまってると思うんだけどな。……むしろまとまりすぎてほかのタイプに手を伸ばせないんだけど……」

　背景設定・決めポーズ・転身口上を決めておかなければならない都合上、基本的に転身できる魔人は一種類だけにするプレイヤーがほとんど。

　一応システム的にはいつでも転身先の種類は替えられるが、それぞれに応じたセリフや設定を考えることが面倒すぎるしそもそも覚えきれない。口上を間違えて転身できないとか、もはやギャグだし相手側も居たたまれない気持ちになること請け合いだ。

とは言え、そこまで窮屈にも不便にも思わないのは、ひとえにタイプとスタイルのシステムのおかげだろう。

魔人にはタイプという属性を決める要素と、スタイルという戦い方を決める要素がある。先ほどのカリギュラリオを例にすれば、闇や影を操るヴァンパイアタイプの魔人であり、自身の戦闘力は低いが眷属を呼び出して数で攻めるサモナースタイルだったということだ。

タイプは今のところ計七つ。中でもエンジェルはＪＥＡＢＤ、ヴァンパイアはデスパレードでしか転身できない陣営限定タイプだ。

・剣や銃など、物質を生み出し操る【クリエイター】
・獣のパワーで接近戦を得意とする【ビースト】
・爆炎で戦場を焼き尽くす【フレイムマスター】
・冷気を支配し防御に優れる【アイスロード】
・化学物質による妨害と搦め手《からめて》の【アルケミスト】
・打たれ弱いが飛翔《ひしょう》能力と回復能力を持つ【エンジェル】
・影と同化し敵の体力を奪う【ヴァンパイア】

そしてスタイルは五つ。

・接近戦上等、火力に優れる【アタッカー】
・飛び道具を主体に戦う【シューター】

・バリア等でダメージを抑えられる【ディフェンダー】
・罠《わな》を仕掛けて相手をハメる【トリックスター】
・『門』を設置して眷属を召喚する【サモナー】

これらタイプとスタイルの組み合わせ次第で戦略はガラッと変わる。ちなみにさっき俺が使っていたカーネリアンはクリエイタータイプのアタッカースタイル。初心者から上級者まで幅広く使われる、デスブラで最も使用者が多いとされる組み合わせだ。

この組み合わせだとアーツで生み出せるのは近接武器に限定され、その中でも俺は刀剣類を選んだ。見た目も西洋甲冑の騎士のようになる。まあ、これがデスパレード陣営だと骸骨騎士みたいになるらしいんだけど。

「なんにせよ、まだまだ練習練習。まずはセリフを忘れない、噛《か》まないようにしないと」

このゲームを始めて二日目。ようやく基本ルールを覚えた程度で連戦連勝できるはずもないし、とにかくバトルあるのみ、だな。

「この身、一筋の光。事象の果て、悪《あ》しき因果を断つ！　【閃血転身《フラッシュブラッド・ターンオーバー》】！　……コードネーム、カーマイン。赫灼《かくしゃく》たる我が力で悪を焼き尽くす！」

「切り裂け牙よ！　響けよ咆哮《ほうこう》！　食物連鎖の頂点に立つ王、それが俺様よォ！　【竜血転身《ダイナブラッド・ターンオーバー》】!!　平伏《ひれふ》せムシケラ、俺様の名はGTレクス！　この世の全てを食らう者だ!!」

揺らめく炎を両腕に宿した英雄と、獰猛《どうもう》な牙を隠そうともしない人型の暴竜が向かい合う。両者は油断することなく間合いを計っていたが……。

「あぁーーーん！　おがあざぁぁん!!」

双方からほぼ同じ距離。カーマインから見て右手側、GTレクスが人間体で暴れた結果倒壊した飲食店の中から、幼い少女が泣きじゃくりながら現れた。

ほんの一瞬、だが先に動いたのはGTレクス。

「俺様ァよう、これでもメシの作法はうるさくてねェ……。お残しは許しませんってなァ!!」

ビーストタイプの尋常でない脚力がアスファルトをも踏み砕き、爆発的な加速で少女へと向かう。一方、とっさに動けなかったカーマインはすぐさま両の足に炎を灯《とも》す。

「【フレイムドライブ】！　間に合えぇぇぇええええ!!」

今まさにGTレクスの剛腕が少女に襲いかからんとするその瞬間、燃える轍《わだち》を道路に残しながら猛追してきたカーマインが間一髪間に合った。炎の英雄は少女の身を攫《さら》うようにして抱きかかえ、そのままゴロゴロと地面を転がっていく。

ある程度距離が離れたところで少女を背に隠すようにして素早く立ち上がり、GTレクスを牽制《けんせい》しながらも努めて優しい声で少女に退避を促す。

「早くここから逃げるんだ。あいつをとっちめた後、お兄さんが一緒にお母さんを捜してあげよう。だから、今はがんばってあっちに行って離れておくれ。いいね？」

「う、うん……。ありがとう、おにいちゃん……」

「いい子だ。さあ！」

カーマインの言葉に頷《うなず》いた少女は、いまだおぼつかない足取りながらも懸命に走り、魔人同士の戦いの場から離れていった。

「オイオイオイ。テメェ、誰に断って俺様のメシを逃がしてやがんだァ？　おかげで小腹が減ってしかたねェだろうが、なあオイ‼」

ＧＴレクスが苛立《いらだ》ち極まるといったように手近にあった電柱を殴れば、殴打部分が粉々になったコンクリート製の柱が轟音《ごうおん》を立てて折れ崩れる。

だがそんな光景には目もくれず、カーマインは暴虐の王だけを見据えて震える拳を握り締めた。

「メシ……メシだと？　貴様、かつては人間であった身でありながら、そこまで魔の血に溺れたか！　もはや情けをかける余地もない！」

胸の前で交差させた両腕を頭上に掲げ解き放ち、怒髪天を衝《つ》くと言わんばかりに巨大な火柱がカーマインを包み込む。

あまりの熱量にＧＴレクスですら目を眇《すが》めていると、ゆっくりと炎の中から怒れる英雄が現れた。

「あえて……あえてもう一度名乗ろう。我が名はカーマイン！　正義を背負いしこの名に懸けて、貴様の全てを焼き尽くす‼」

その気迫、熱意、義憤に駆られる正義感。その全てを一身に叩《たた》きつけられながらも、ＧＴレクスはただ嗤《わら》う。

「御託なんざどォでもいいんだよォ！　テメェが逃がしたガキの代わりに、とっとと俺様の胃袋に収まれやァ‼」

同時に動く両者。カーマインは握った右拳を大きく振りかぶり、ＧＴレクスは見てわかるほどに肺を膨らませ空気を吸い込んだ。

「【ウルカヌス・バスター】‼」

「【暴竜咆哮《ダイナロアー》】‼」

一直線に放たれる膨大量の熱線と、物理的な破壊力すら持ち合わせるほどの大咆哮。二つのアーツがぶつかり、せめぎ合い、拮抗《きっこう》した力は互いに消滅する。

「こいつァ上物《じょうもの》だぜ！　食いでがありそうじゃねェかァ‼」

「やってみろ、腹の中から消し炭にしてやる‼」

炎が閃《ひらめ》き、爪牙《そうが》が唸《うな》る。逞《たくま》しい尾が横薙《な》ぎに振られ、爆風が巨体を吹き飛ばす。

爆炎の化身と暴食の竜王。激しい戦いが幕を開けた。


「カッコいいなぁ、ランカー同士の戦い。カーマインのセリフいいよなぁ。さすがは俺の転身口上のパク……もといリスペクト先。いやでもＧＴレクスの振り切った悪役っぷりもこれがまた」

トップクラスのフレイムロード・シューターvsビースト・アタッカーのリプレイ動画を見終え、自分で言うのもなんだが、興奮冷めやらぬといった感じだ。

参考にするために上位陣のリプレイを見てるけど、これがほんとに楽しいのなんの！　もうね、完全に特撮のヒーローと怪人。お互い打ち合わせしてるのかってくらいのセリフのやり取りでさぁ。

そりゃあアドリブも多いだろうけど、自分の設定した口上を違和感なく述べていくのがまた難しいんだ。かーなーり凄《すご》いシステムが自動的にロールプレイをどんどん判定していくけど、それでも確実にボーナスが欲しければ事前に設定しておいたセリフを言うべき。

それらキーワードを会話の流れに自然に挿入していく。名乗りや転身口上くらいならともかく、決めゼリフとかやってみるとこれがなかなかタイミングが摑《つか》みにくくてなぁ。

ロールプレイによるボーナスは一度受けても半永久的に続くわけじゃない。常にロールプレイを行い、間断なくボーナスを獲得して強化補正を積み重ねなくてはならないのだ。まるで本物の特撮番組かと思うほどのランカーの人たちが見せるアレは、完全にキャラになりきらないとできないプロの技であるといえよう。

実際ね、このゲーム格闘センスとか射撃センスとかより、『いかに自分がなりきれる設定を魔人に盛り込むか』みたいなところあるから。的確な状況で的確な言動を続けることこそがデスブラの最大の攻略法と言っていい。

「そういや、さっきのリプレイで、カーマインが二回名乗ってたよな。一回目が自己紹介的なアレに対して、二回目が怒りに燃えている感じでさ。いや、そもそもの語彙が違うよな、事象の果て、悪しき因果とかもう震える。赫灼ってどんな意味……『光が輝き眩《まばゆ》い様』……ああ、だから【閃血《フラッシュブラッド》】！　なるほどなー、ってそんな言葉ホイホイ出ねぇよ！」

ランカーたちはアーツの組み合わせよりも『どれだけロールプレイしやすい設定が増やせそうか』を重要視してタイプとスタイルを決めると聞く。

なんでも、タイプとスタイルの組み合わせから『フレイムロードのアタッカー……熱血、いや、あえてのクール。決めゼリフは……頭はＣｏｏｌに、心はＨｏｔに。これだ！』という具合に、どれだけスムーズにセリフがわき上がってくるかで転身先を決めるそうだ。なんかもうゲーマーっつーかアーティストだよな、そこまでいくと。インスピレーションが下りてくる、みたいな。

「そういう意味じゃ俺はダメだな。とりあえず困ったら〜でクリエイターのアタッカーにしてるだけだし。……いやいや、まだ電波を受信するには経験が足りてないだけだ。ゲームに慣れるためにも、とりあえず万能キャラは触っておいて損はないはず」

クリエイターは物質創造型のタイプ。ほかのゲームだとなんだか玄人好みしそうなタイプだが、デスブラの場合はこれがどうして使いやすい。

何せ『武器を創る能力』というのが素晴らしく、スタイルごとにアタッカーなら剣、シューターなら銃、ディフェンダーなら盾、といった具合に『なんとなく使い方がわかる』ものを創り出せる。

なんとなくわかるってのがキーポイント。手から炎を出した人がいないように、あるいはティラノサウルスの顎を持つ人間がいないように、そういう『あからさまな異能』を直感的に使うのは結構難しい。ゲーム自体に慣れてきたら話は別だが、そんな初心者に『剣』や『銃』で戦うキャラはとてもとっつきやすい。それに『何もない空間から武器を創る』というザ・ファンタジー能力。ロールプレイ的にも楽しいよな。

「あーだめだ、上位陣のリプレイ見るの楽しすぎて自分でバトルする気が無くなってきた。これもそれも皆《みんな》カッコいいセリフ考えるからだよ。……そう、そうそう、これアレだから。うまい人のプレイ見て参考にしてるだけだから」

決して即興ヒーローバトルを見たいだけじゃないんだからね！　か、勘違いしないでよね⁉

なお、この後ノンストップで三十戦くらいランカー戦を観戦していた。反省はしていない。後悔もしていない。だってかっこいいんだもん……。

「濃ゆいキャラに胃もたれしそうだけど、続けてもう一戦行きますか」

骨愛《ボーンラブ》に満ちた設定と、それに若干引くほど忠実なロールプレイを見せてくれたプレイヤーとの戦いに勝利し、再度シングルバトルのランダムマッチにエントリー。戦いの途中にちょくちょく骨の豆知識を教えてくれたおかげで、複雑骨折と粉砕骨折の違いがわかる男になれた。骨密度ＭＡＸさん、名前だけの出オチだと思ってスンマセンした。

「さーて次のお相手は、っと」

ホログラムモニターに映された名前は『ザ・ネイキッド』。ネイキッド、日本語で言うと裸。潔くもワイルドな名前だ、もしかしてビーストだろうか。特撮ヒーローのごとく『名は体を表す』を地で行くようなプレイヤーが多いとはいえ、さすがにド直球全裸マンってことはないだろう。

おっと暗転、バトルフィールドへの転送だ。とにかく、ザ・ネイキッドさんがどんな魔人かは会ってみてのお楽しみ。相手がどんな設定をしているのかは、デスブラをやる中での大きな楽しみの一つだ。


さて今回の戦場は……海辺のリゾート地かな？　エメラルドグリーンの海と所々にパラソルが刺された白い砂浜。ホテルやビーチバーなんかもあって、気分はまさにハワイ旅行だな。なにより海っていうのが実にいい、ラオシャンユーザーは海を見るだけでテンションが上がる。

日光浴をしていたり、波打ち際で戯れたりしているＮＰＣも楽しそうだ。この後すぐにどこかで悲鳴が「きゃぁぁああ！」と上がったわ、予想以上に早いなオイ！

悲鳴がした方へとダッシュで向かうぞ！　……やっぱり走りにくいな砂浜って。ここまで再現しなくてもいいと思うんだけどなぁ。うーん、今回は戦いにくいかもだ。

そんなこんなで砂浜を走っていると、割とすぐにそいつは見つかった。女性を鯖《さば》折りにするブーメランパンツのゴリマッチョは目立つんだよぉ！

「どうだい、僕の抱擁は？　……そうだろうそうだろう、言葉も出ないくらい素晴らしいものだっただろう！　僕のハグはまさに天にも昇る心地よさだからね！」

たしかに天には昇ってるよ、どう見ても心地よさとは程遠いと思うけど。ゴリマッチョの熱烈な抱擁なんてイメージしただけでも吐きそうだ。少なくとも男には需要はない……はず。

いやだわー、俺こんな変態に声をかけなきゃいけないの？　深夜パトロールしているお巡りさんもこんな気持ちになったことがあるんだろうか。やっぱ正義の味方って大変なんだな。

「おや、どうしたんだい君！　そんなに見つめられちゃあ、お兄さん嬉《うれ》しくなっちゃうじゃないか！　お礼に熱い抱擁をあげよう、遠慮はしなくていいんだよ！」

どうしよう、無駄にイケメンフェイスなうえに爽やかボイスなのが余計に気色悪い。首から上と下が全然あってなさすぎて何か根源的な恐怖を感じてしまう。多分わざとそういうアバターにしたんだろうけど、それが精神攻撃狙いだとしたらとんだ策士だぞ。

「お前がデスパレードの魔人だということはすでに割れている。……この身、一振りの剣。森羅万象、断てぬもの無し。【剣血転身】！」

殴り合いと同時に会話のドッジボールをするのがこのゲームとはいえ、この段階ですでに俺はキャラの濃さで負けているのでさっさと転身。むしろどうやって勝つんだコレに。攻略サイトにも『素面《しらふ》で演じられるのなら変態と女装はキャラとして強すぎる』とまで書かれてるくらいなんだぞ。

「そうか、君はＪＥＡＢＤなのか……。だけど大丈夫、所属や人種で差別はしないよ。みんな等しく僕のハグを受ける権利があるのだから！　ああ、君のことを感じたい。さあ、僕の胸に飛び込んでおいで！【触血転身《エンブレスブラッド・ターンオーバー》】！」

透き通る体は冷気を放ち、重厚な鎧と化した氷を纏う人型。防御に優れたタイプ、アイスロードか！　がっしりとした見た目と今までの言動からするに、おそらくスタイルはアタッカーかディフェンダーだろう。どちらにせよ、こちらは防御をぶち抜く一点の火力という意味では心もとないクリエイターだ。タイプとしての相性はよろしくない。

だとしても、どれほど相手の防御が高かろうが勝つ方法はある。完全に攻撃が無効化されるわけでないのなら、死ぬまで殴れば相手は死ぬ！　どんなゲームであろうと体力制である限り、この真理は嘘《うそ》をつかない！

「僕の名前はザ・ネイキッド！　裸の付き合いって至言だよね、触れ合いでこそ人はわかりあえると思うんだ！」

「コードネーム、カーネリアン。迷いを振り切り悪を断つ、赤き刃。……俺とお前がわかりあえる日は来ないだろうな。【双剣創造《クリエイト・ブレイズ》：ツインブリーズ】」

創り出した一対の剣を逆手に構え、いざ勝負。アイスロードは防御に優れているけどその分遅い、スピード勝負ならこちらに軍配が上がる。

まずは小手調べと二連撃！　ははははは、笑っちまうくらい効かねぇー！　嘘だろ、こんなにカッチカチなのかよアイスロードって！

「せっかちだね、でも僕はそんな君の全てを受け入れてあげよう。だからその身を委ねておくれ！」

近づいた俺を捕縛しようと大きく広げられた腕をしゃがんで避《よ》け、そのまま距離をとる。攻略サイトにも書いてあったけど、耐久を活《い》かしたカウンター戦法がアイスロードの定石ってのは本当みたいだな。

それにしてもこの硬さ。攻撃力アップのボーナスでももらわないとしんどいな。死ぬまで殴ればいいとはいえ、千回殴らなきゃいけないのと五百回で済むのとでは大違いだ。必要回数が多ければ多いほど返り討ちにされる危険性も高まるし。

なんにせよ戦いはまだ始まったばかり。とりあえずは堅実に手数を稼いでいこう。

「なんて防御力……！　いい加減に氷らしく砕ければいいものを」

「ハハハ、この身体は君たちの熱いパッションを受け止めるためのものだからね、特別に頑丈なのさ。だから安心して全部晒《さら》け出していいんだよ！」

フルオープンで晒け出してんのはお前だろ、と言ってやりたい。クソ、ある意味では絶対にブレない一本の芯を持ってるわけだからな、やっぱり変態は強い。そしてそれをロールプレイできるプレイヤーの心も強い。

体力的にはこちらが六割、あちらが四割を残し、ダメージレース的にはこちらの方が上。だけど大した差じゃない、捕まって一発デカいのをもらえば簡単にひっくり返る。相手もこちらの攻撃方法をあらかた学び、なかなかダメージが伸びないでいる。

「【飛刃創造：フォースゲイル】！」

牽制と目くらましを兼ねて放たれる四連チャクラム。攻撃力は大したことないけど、使用に必要なBlood Point（格ゲーでいうところのゲージ）も少なくて取り回しがいいアーツだ。ＢＰは攻撃する、ダメージを受ける、ロールプレイをする、等の行動で回復する。管理を怠るとここぞというときにガス欠するから注意だ。

「可愛《かわい》い攻撃だ、恥ずかしがり屋さんなのかな？　恐れることはないよ、僕に見せて！　君の全てを！」

　避けることすらしねぇ！　少しずつでも削れるからありがたいっちゃありがたいんだけど、こう、敗《ま》けた感がハンパない！　こ、これが確固たるキャラを手に入れたプレイヤーとなんとなくのオススメでやってるプレイヤーとの違いか……！

　砂浜に一歩一歩めり込ませながら、重厚感たっぷりにジリジリと寄ってくるザ・ネイキッド。その姿が実物よりも大きく見えるのは、情けなくも俺が気圧《けお》されてしまっているからか。両手に持つ双剣が何とも頼りなく見えてしまう。

「【アイステロイド・アームパンプ】。熱くて冷たい、最上の抱擁を君にあげよう！」

　両腕の太さを倍ほどまでに膨らませ、ゴリラというのもおこがましいほどのシルエットで突進してくる。まともに受ければかなりのダメージを負うのは必至。

　避けるべきか、迎え撃つべきか。その逡巡《しゅんじゅん》すらまどろっこしい。俺の中のヒーローよ、お前ならどう動く⁉

「【大剣創造《クリエイト・バスター》：ワイルドハント】！」

　俺が選んだのは身の丈ほどの大剣。最大ＢＰの実に六割を費やして創り出す、必殺技の一つ。俺が持つアーツのうち、これ以上の攻撃力のものは全ＢＰを消費して放つ超必殺技だけだ。

迫りくる氷の巨体を迎え撃つべく、力を込めて腰だめに構える。

「素晴らしいよ、やっと僕に全部を見せてくれるんだね！」

「見せてやるとも。冥途の土産というやつだ……！」

振り抜かれた大剣と丸太のような氷腕が激しく衝突する。どんな密度の氷だったらこんな音がするんだ、思いっきり金属音じゃねーか！

あちらもこちらも、一回こっきりのアーツじゃない。俺の剣は自分で消すか耐久限界が訪れるまで、向こうの氷は一定時間が経《た》つまで効果を発揮し続ける。要するに、ここからは足を止めての殴り合いってわけだ！

「うおぉぉおおお!!」

重量物同士がぶつかり合う音がビーチに響く。振り下ろされる巨腕を掬《すく》い上《あ》げるように弾《はじ》き、勢いそのままに大上段から斬りかかるも今度は逆に弾かれる。ワイルドハントは見た目の通りそれなりに重い。だけど、いや、だからこそ！　この相手に張りあえる、目に見えてダメージが増えていく！

チマチマ刺していくのもやり方の一つだろう。俺だって勝負事には勝ちたいし、敗ければ悔しい。だけど気持ちよく戦って敗けるのなら、それはそれで本望だ。こうやってデカブツをブンブン振り回してのガチンコ、大いに昂《たかぶ》るね！

「君の情熱が、この氷の体も解けよとばかりに届いてくる！　ああ、ああ！　早く君を力いっぱい抱きしめたくてたまらないよ！」

「御免蒙《こうむ》ると言っている。【ワールウィンド】！」

両手でこちらを捕まえようとしてくる相手に対して、横一回転の薙ぎ払い。掴みかかろうとしていた左右の手を払いのけ、がら空きになった胴体に向けてさらにもう一回転して一撃を見舞う。吸い込まれるように大剣が脇腹へとクリーンヒット。相手の体力も大きく減り、確かな手応えに思わず口角が吊《つ》り上《あ》がる。

「いい……いい攻撃だ、お返しがいるね。【ヘイルハンマー】！」

一瞬の油断が命取り。手を組み一個の氷塊と化した両腕が脳天へと振り下ろされた。とっさに距離をとろうとするも間に合わず、頭への直撃は避けられたものの、強烈な衝撃が右肩を襲う。やっちまった、最後の最後で気が緩んだ。ピンチはチャンスというが、それはまた逆もしかりってことだ。剣を取り落とさなかったのは不幸中の幸いか。

今の攻撃で体力的な優位が消え去り、両者ともに限界が近く一、二発もらえばＫＯが見えるところまで来た。それまでにワイルドハントの耐久が持てばいいんだけど。だが、ここまで来たら信じるしかない。

「雰囲気が変わったね……まだ僕が見ていない君がいたのか、嬉しいよ」

「悪を断ち、斬り伏せる。どのような相手であろうと、俺のやることは変わらない！」

一際大きな波の音が聞こえた瞬間、両者は同時に動いた。

正面から放たれる剛拳と、それすら断ち切らんと振り下ろされる刃。轟音を響かせて共に弾かれるが、その程度ではもはやお互いに止まることはない。

雪崩のような連打と、暴風のごとき剣戟《けんげき》。ここにきて俺と相手の考えは完全に一致した。すなわち、やられる前にやれ、だ。もはや逃げるなんて選択肢はない。

「この冷たい体をここまで熱くしてくれるなんて！　ありがとう、僕も全てを君に見せよう！【グレイス・エンブレス】‼」

肉を切らせて骨を断つ、自分の防御力を信じて選択したであろう最後の一撃。それは今までに何度も言っていた、全てを晒け出して行われる抱擁。

だとしたら、俺もそれに応えなければならない。向こうが肉を切らせて骨を断つ気概でいるというのなら、一刀のもとに肉も骨もまとめて断ち斬るのみ！

「両断しろ、ワイルドハント！　【スーパー・セル】‼」

砂浜を蹴りつけて大きく跳躍。背中に隠れるほど大きく大きく振りかぶった大剣が、唐竹割りに振り下ろされる。

そして。両の氷腕が剣士を捕らえるその寸前、武骨な大剣がその役目を終えた音を奏で砕け散った。そう、ワイルドハントはその役目を立派に果たしたのだ。

「あ、ああ……。君は、僕程度じゃ受け止め切れなかった、ってことか……。なんて、素晴らしい、情熱、だ。……グッドゲーム！」

渾身《こんしん》の一撃を受けたザ・ネイキッドが、白い砂浜へとその身を沈める。倒れ伏しながら人間体へと戻るとき、チラと見えた顔はとても満足げだった。

「グッドゲーム、ザ・ネイキッドさん」

最後にはやっぱり、お互いの健闘を讃《たた》えなきゃね。

〈YOU WIN!〉

「ごめん、ごめんよ千刃流《せんじんりゅう》十代目《じゅうだいめ》大和舞士《やまとぶし》さんとグリード・フォン・シュバルツさん！　俺がもうちょっとまともに動けてたら、最後の超必殺技をヴルシュトール本体に当てていたら……あああああ‼」

　勇気を出して行った初めてのチームバトルを終えた俺は、敗北という結果にアジトで一人叫んでいた。現実世界では久しく出していない大声に自分でもびっくりする。

　控えめに言って泣きそうだ、敗因は何だと言われたら俺だとしか答えようがないのがそれに拍車をかける。ほかの二人は奮闘してくれたのに、俺は敵アルケミストの毒や麻痺《まひ》ガスでビクンビクンしてるばかり。穴があったら入りたい、そして俺を埋めて見なかったことにしてほしい。

　それもこれも『しゃべらなくてもボーナスをもらえるようにポリシーガン積み作戦』が全ての間違いだった。膝をついたら防御力が下がるわ、ダメージに声を上げたらスピードが下がるわ、ロクなことがない。ポリシーを増やせば増やすほど行動の幅が狭まって、どんどんドツボに嵌《は》まってしまった。

「ポリシーはせいぜい一つか二つ、覚えたぞ……」

　黒歴史を抹消するがごとく手早くカーネリアンの設定を修正。ポリシーは『自分で創った武器以外で攻撃しない』だけに変更だ。とっさに蹴ったり頭突いたりできないのは厳しいけど、常時攻撃力アップのボーナスはデカい。

　一通りの作業を終わらせて、折れそうな心を叱咤《しった》しつつもう一度チームバトルのエントリーを行う。さっきの一戦はあまりにも不本意な結果だった、このまま終わるわけにはいかない！

　ＪＥＡＢＤ【カーネリアン】【ナスイル】【エックス・レオン】

デスパレード【ボルカニカ】【夜叉《やしゃ》ドクロ】【CDO】

マッチング完了、これより最大の試練でもある『会議室』へと向かう！

シングルマッチとは違い、チームバトルでは戦いが始まる前に味方同士での話し合いが行われる。簡単に言えば自己紹介タイムというやつだ、コミュ障にとってこれはキツい。

でも、お互いのロールプレイ方針を知っておかなければチームバトルは成り立たない。少なくともポリシーはどんなものなのかぐらいは知っておかないと連携に支障をきたす。一試合前の俺みたいにね。

と、いうわけでやってきたよ会議室。同時にほか二人のプレイヤーも転送されてきて、レッツミーティング。だめだ、覚悟はしてたけど緊張で吐きそう。

「時間は短いのでサクサクいきましょう。自分はエックス・レオン、ビースト・アタッカーです。今はこんなしゃべり方ですが、試合中は荒っぽくなるのでご勘弁を。ポリシーは『敵に背中を向けない』ですね。次、どうぞ」

初めに口を開いたのは、もみあげと繋《つな》がったヒゲを生やしたワイルドな顔立ちのおじさん。プレイヤーとしての発言なのでそっちが素なんだろうけど、見た目に反して冷静かつキビキビとしたしゃべり方だ。

「エンジェル・シューターのナスイルだよ。火力はアレだけど、サポートは任せて！　ポリシーは『攻撃するときには必ずVサイン』。よろしくね！」

パスを受け取ったのは女子高校生っぽい見た目の人。エックス・レオンさんとは逆に、この場でも見た目通りのしゃべり方をしている。それがまた逆にそれっぽい。

ゲームアバターを同性にしようが異性にしようが、そんなものは人の勝手。だとしても、選んだからにはなりきってほしいとは思う。ナスイルさんの中身が男か女かは知らないけど、そういう意味ではナスイルさんは好感が持てる。

「く、クリエイター・アタッカーのカーネリアン、です。ポリシー……ポリシーは『自分で創った武器以外で攻撃しない』……です」

はいクソザコ自己紹介おつー。聞いて驚け、そして笑うがいい。これが大学生とはいえ成人男性であるということを。ただ歳《とし》を重ねただけじゃあスキルアップはしないって事実を証明するいい見本だな。だからみんなはもっと他人と関わってコミュニケーションスキルを磨こうね！

「緊張してますね。もしかしてカーネリアンさんはチームバトル初心者ですか？」

エックス・レオンさんの言葉に精いっぱいの申し訳なさを込めて頷く。一人お荷物が確定してしまってすまない……。

「大丈夫だいじょーぶ、それならアタシが厚めにサポートするからさ。楽しんでいこーよ！」

「幸いにも前衛二人後衛一人でバランスは取れてますし、自分もフォローしましょう。誰でも初めは初心者ですから、気楽に戦ってください」

この人たちは天使か？　あ、一人は天使《エンジェル》だったわ。何つーのかな、ベテランの余裕？　強者《つわもの》ゆえの優しさ？　そういうのに満《み》ち溢《あふ》れてですごく頼もしい。中学高校と帰宅部だったし今もサークルとか入ってないけど、後輩を見守る先輩ってのはこんな感じなのかな。

「おぉぉ……【キリステ・オーメン】」

「その程度の剣など、我が肉体には通じぬわ！　【キング・ストレート】‼」
骸骨の落ち武者、といった風体の夜叉ドクロが放った抜き打ちの一閃《いっせん》を右の拳で打ち砕くエックス・レオンさん。会議室での知的な口調はどこへやら、ライオンモチーフのビーストらしく荒っぽくも頼もしいおっちゃんになっている。

敵の構成はすでに把握済み。クリエイター・アタッカー、フレイムマスター・ディフェンダー、アルケミスト・シューターだ。攻撃性能に優れるフレイムマスターが壁役をしているのは珍しいけど、三人チームとしてはかなりのバランスの良さだ。

そして俺と少し距離を置いて対峙《たいじ》しているのが、そのフレイムマスターであるボルカニカ。溶岩を人型に固めたような外見で、時々体に走る亀裂から火が燃え上がる。デスパレードのアイスロードが氷のゴーレムだとしたら、フレイムマスターは溶岩《ラヴァ》ゴーレムといったところか。

「カッカッカ！　金属の棒っきれで火山の噴火を止めようってのか？　おいおい兄《あん》ちゃん、スケールの違いってのを知ろうや」
「それが何であろうと、立ち塞がる悪である限り両断する。俺の生み出す刃に斬れぬ物は無い」
「ずいぶん吹き上がるじゃねぇかよ。この煮《に》え滾《たぎ》るマグマの身体、斬れるもんなら斬ってみなぁ！」

胸のあたりの亀裂から勢いよく噴き出た炎を切り払う。実際ゲームだからな、相殺のエフェクトでよければ炎も斬れるさ！

フレイムマスターはシューターでなくても遠距離攻撃のアーツを多く持つ。それゆえに火力を上げるアタッカーか長所を伸ばすシューターが人気で、耐久型のディフェンダーを選ぶプレイヤーは少ないそうだ。そこであえてディフェンダーを選んでいるということは、ボルカニカには何かが魅力的に映ったんだろう。もしくは珍しい組み合わせそのものを武器に戦っているのかもしれない。

「硬い物には貫通力だな。【刺剣創造《クリエイト・レイピア》：スラスト・ガスト】」

手に持っていた剣を前方に向かって山なりに放り投げ、細長く貫通に特化した剣を二つ生み出して全力投擲《とうてき》すると同時にダッシュ。レイピアはそうやって使うもんじゃない？　なぁに、システムとして投げられるんだから投げていいんだよ。それがフルダイブVRのいいところだからな！

矢となって疾走する二振りのレイピアは狙い通りボルカニカに命中。そして放り投げていた最初の剣が落ちてきたのをキャッチして追撃！　思った通りにうまくいって気持ちいいィィィ!!　今の俺、絶対カッコよかったよなぁ!?

「やるじゃねーか、言うだけのこたぁあるな兄ちゃん。ＣＤＯ、援護よこしなァ！」

「フヒヒヒヒ、酸がいいかな？　毒がいいかな？　それとも麻痺ガスがいいかな？　おじさんのオススメはね……フルコース！　【ケミカル・パーティ】始めるよぉぉ！」

やだやだ、さっきボコられたばっかりだからアルケミストにはいい思い出がない！　状態異常の欲張りセットはもういやだぁ！　ああああ、チビデブのオッサンが撃ったなんかドギツイ色のマッドでカラフルなビームがこっちにぃぃぃぃ!!

「ヒャッハー、隙ありぃ！」

「おごごごご……あれ、治った？　隙あり返し！」

酸と毒と麻痺を同時に喰《く》らって熱いわ苦しいわ痺《しび》れるわの三重苦に悶《もだ》えながらボルカニカの攻撃に覚悟を決めていたら、急に体が楽になったのでカウンター！　よかった、剣を手放してなくて本当によかった！

「マジかよ⁉　ぐえっ！」

　間一髪でボルカニカを退けると、仮面をつけた天使がふわりと舞い下りてきた。ああそうか、さっきのは治癒能力を持つナスイルさんのアーツのおかげか！　サンキュー、マイエンジェル！

「汚いオッサンの妨害は無視だよ、カーネリアン。毒でも何でもアタシが治してあげる。ナスイルちゃんがいる限り、みんなの健康は保証しちゃうんだから！」

　イェーイとWピースをキメて、また飛び立っていく。ビーストに捕まればその時点でゲームセットレベルなほどにタイマン性能がボロクソなエンジェルタイプにとって、できる限り地面に立ちたくないんだろう。連続飛翔時間と高度に限界があるとはいえ、飛翔能力こそが生命線なんだし。

　しかし、いくら脆《もろ》いとはいえチームバトルならこれ以上なく頼もしい。体力回復だけじゃなくて状態異常の治療までできるなんて、さすがっスよ姉御ォ！　ヴァンパイアの対みたいな立ち位置ですけど、カモはアルケミストなんスね姉御ォ！

　だけどそれだけ有用なアーツならBP消費も相応のはず。ナスイルさんのBP管理の負担を少なくするためにも、当然だけど避けれるところは避けていこう。

　順調、順調。怖いくらいに戦いがうまく進む。特に敵の守りの要であるボルカニカを素早く落とせたのが素晴らしい。

　本来ならビーストは強力な遠距離攻撃を持つフレイムマスターや、氷という物理障壁をいくらでも生み出すアイスロードが苦手だ。だが、ボルカニカは防御力と体力に補正が入るもののタイプの長所をつぶすディフェンダー。

近づくのも比較的簡単で、しかも大した攻撃は来ないと確信したエックス・レオンさんが俺とボルカニカの立会いに隙をみて突撃、ＢＰを惜しまず投入して二人掛かりで一気に倒した。耐久力が上昇しているとはいえ、全ての組み合わせの中で最もパワーに優れたビースト・アタッカーまで加わってはどうしようもない。本来なら何が何でも妨害してくるであろうアルケミスト《CDO》がエンジェル《ナスイルさん》によって役目を果たせなくなっていたのも大きいな。

「おのれぇ、おのれぇぇぇ……。許すまじ、許すまじぃぃぃ……！」

ボルカニカを落とすまでの間、ガン無視されていた夜叉ドクロによってなぜか俺が目の敵にされてめっちゃダメージを受けたのは確かだ。だけど生きてりゃそれでいいんだよ！　残り体力が１と２だったら大差はないけど、ゼロと１では大違い。その位置をゼロにする間にかかる時間は？　たった１を削るためにＢＰ消費するのか？

「カーネリアンよ、我が盾となりよく耐えた！　ここよりは我が矢面に立とう、貴様は一歩下がり援護に徹するがいい！」

「……了解」

ありがたい。すでに残り体力が二割を切った以上、囮《おとり》や鉄砲玉として使いつぶされる覚悟もあったけど、できることなら勝利の時まで共にいたい。自分の犠牲で仲間に勝ちを送るのもいいけど、やっぱりヒーローってのは最後まで立っててナンボだろう？

まだまだ初心者とはいえ、俺だってクリエイター・アタッカーの端くれ。同じタイプ・スタイルである夜叉ドクロの攻撃範囲はそれなりにわかる。不意の一撃に対処できる距離を保ちつつ、飛び道具で茶々を入れていこう。

後ろに下がって思うのは、やっぱり俺には根本的に多人数戦の経験が足りないということだ。まあ、今まで複数人のプレイヤーが入り乱れて戦うなんてスラムドッグ・ウォークライ以外でなかったけどな！

「ほらほら回復したげるからガンバって、王サマ。【スプリング・ディライト】！　ぶいっ！」

「元気・百倍！　王の拳に力が漲《みなぎ》るぞぉぉおお!!」

それにしても、上空から光を放って援護をしてくれるナスイルさんのありがたいこと。俺なんて目の前にいる敵一人に全力なのに、敵後衛に牽制を入れつつ味方前衛に回復をしてくれる視野の広さには感服する。

それと同じくらい、エックス・レオンさんもスゴい。初めは夜叉ドクロを相手にしながら俺とボルカニカの戦いを観察し、イケると踏むや否やの即断速攻。そして今はなるべく自分とＣＤＯの間に夜叉ドクロを入れるよう動きつつ、俺がサポートしやすいようにポジショニングしてくれている。

サポート役なんだからよきに計らえ、ではなくて後衛の力を発揮するには前衛の協力が不可欠。逆に前衛がバリバリ暴れるためにも後衛の仕事は重要。持ちつ持たれつでうまくやらないと、チームを組む意味がない。学ぶことが本当に多い戦いだぜ。

そして連携をうまく取れたそのときには、三人の力は二倍にも三倍にもなるんだ。

「骨武者よ、我らが天使にあの世へと案内してもらえ！　【キングダム・アッパー】！　ふはははは！」

一瞬の隙をついたエックス・レオンさんが夜叉ドクロの懐に潜りこみ、全身のバネを総動員させた右拳で敵の体を高々と打ち上げる。

「王サマ、ナイスパス！　いっくよぉー、【ヘヴンレイ】！」

もちろん上空にはナスイルさんが待機済み。勝利へ導くVサインが呼んだ光の柱で、お前の行先《いきさき》は地獄だとばかりに叩き落とす。

「とどめはお願いね、カーネリアン！」

そして獣王と天使から渡されたバトンは、剣士《俺》の前へと。

「【長剣創造《クリエイト・フランベルジュ》：ブラスト・レッド】。この一刀を以《も》って悪を断つ……【ハルマッタン】!!」

横一閃。振り抜かれた波打つ赤い刃は、防御しようと足掻《あが》く骸骨の鎧武者を無情に切り捨て、終わらせた。

「おおぉぉおのれぇぇ……。ムーネン……」

……キマった。コミュ障の俺をも魅了してやまないチームバトルの醍醐味《だいごみ》、合体攻撃。これがやりたいがために必死に知らない人と同じチームでがんばっていたんだよ、俺は。しかもトリを飾らせてもらえるなんて……ありがとうございます、エックス・レオンさん、ナスイルさん。

「見事な剣捌《さば》きだ、やるではないか」

「今のすっごくカッコよかったよー！　あ、もちろん王サマもね！」

「ふははは！　当然よな、我は百獣の王であるがゆえに。うむ、ナスイルよ、お前もよくやった！」

優しい世界。（ロールプレイ的な意味で）ちょっと難しいけどプレイヤーたちはとても素晴らしい、そんなゲームがあるんですよ。デスブラって言うんですけどね？

自分の考えた最高にホットな設定で殴り、相手が考えた最強にクールな設定で殴られる。だからこそプレイヤーはお互いをリスペクトしあうのだ。自分以外はカス、みたいな幼稚な精神（そういうロールプレイを除く）ではこのゲームは成り立たない。

「フヒ、フヒヒヒィ⁉　そん、そんな……み、みんなもうやられたのかい？　もう、もうおじさんしかいないのかな⁉」

大丈夫、忘れてないよ。１対３という圧倒的な数的有利に加え、こちらにはアルケミストの天敵たるエンジェルが健在でもはや勝負あり。でも、最後の一人っていうのはある意味でめちゃくちゃオイシイよなぁ。

最後に残ったあなたは、いったいどんな死に花を咲かせてくれるんだ？

なおこの後ＣＤＯ最後の特攻により「水兵リーベ僕の船……」とオッサンボイスで元素記号表の歌を抱き着かれながら耳元に囁《ささや》かれるという恐怖体験をすることになるとは、まだこのときの俺は知る由もないのだった。……なんで俺を狙うんだ、女の子のナスイルさんにいけよォ‼

『第一回　陣営対抗シングルバトル　タイプ別最強魔人決定戦』

今日も元気にデスブラ起動したら、そんなイベントタイトルが目に入ってきた。

「ふーん。両陣営における現時点でのタイプ別シングルランキング一位のプレイヤー同士が戦うってことか。陣営限定のエンジェルとヴァンパイアが戦うのはしょうがないか。システム的にエンジェル同士、ヴァンパイア同士は戦えないし。……ふんふん、仮に一位が参加できない場合は二位がね。『勝者に与えられるのは最強という名誉のみ』運営もだいぶ拗《こじ》らせてんなぁ。一位になるような極まったデスブラプレイヤーが、こんなこと言われて参加しないわけないだろ」

デスブラはロールプレイでボーナスを得て戦いを有利に進める対戦アクションゲームだ。ゆえにみんな自分のキャラに設定を盛り込んでくるわけだが、俺のように『このキャラ設定ならこうしゃべるだろう』と思いながらロールするのは初心者とされる。

ドイツ語で必殺技を叫びたいがためだけに勉強してたら大ハマりしてドイツ語検定一級をとった人もいるというくらい、デスブラプレイヤーは己のキャラになりきっている。そんなやつらにこんなど級の燃料を絨毯《じゅうたん》爆撃レベルでばら撒《ま》いたらどうなるか。絶対面白いことになるに決まってんだよなぁ？

「対戦カードは明日公開、明後日《あさって》から一日一回タイプごとに試合して全六戦。こりゃあ観戦しないわけにはいかないな」

ま、とにかく俺は転身先を替えましょうかね。カーネリアン、攻略サイトにあった初心者オススメテンプレそのままだからなぁ。とにかく没入できる設定を俺自身が真剣に作らないとだめだ。このゲームではキャラ愛＝戦闘力なんだから。

☆ぼっち、魔人作成中☆

「えっと、アーツはこれとこれ……いややっぱこっちの方が……」

「ダメだ、見た目だけでこの組み合わせは対空に穴がある」

「こっちのスキンのやつの方がそれっぽい……いやそっちも捨てがたい……」

「あーちがう。このスキンでこの色はないわー」

「そういえばアーツの名前を考える作業もあったっけ……」

「この見た目だと決めゼリフちょっと変えた方がいいかな」

「ちがうちがう、俺のヒーローはそうじゃないんだよ」

「はーマジクソ。ちょっとストアでスキン交換してこよ。ポイント足りるかな」

「なにこのエフェクト……神なんだけど……よき……」

「は？　技名に二ヵ国語が混ざってる？　……カッコいいからいいんだよ！」

「なんでメイクパーツの数に上限あんだよクソ運営がァ！　作りこめねぇだろうがよぉ‼」

「……冷静に見返したら装飾過多で逆にダサいな。作りなおそ」

「これはこうよりこうだろ？　いやこうか？　こっちからこういう……はいダサい、やり直し」

「キャラとは⁉　カッコいいとは⁉　そうかこれが、キャラ設定…ロールプレイ…！　ああ、命！」

「ダメだ殺意が足りない」

「うんうん、これもまたヒーローだね。だがボツ、納得できない」

「キャラを作るんじゃないんだよ、もう一人の俺……いや俺そのものを作るんだから、意識してはダメなんだ。自然体で、無意識に選んだもので……」

「観自在菩薩《かんじざいぼさつ》行《ぎょう》深般若波羅蜜多《じんはんにゃはらみた》時《じ》照見《しょうけん》五蘊《ごおん》皆空《かいくう》度《ど》一切《いっさい》苦厄《くやく》舎利子《しゃりし》……」

「そうか……そうだったのか……君が、俺なんだね。ハッピーバースディ、俺」

☆コミュ障、魔人作成終了☆

「うん、作ったら疲れた。気分転換にラオシャン行ってこよ」

新たな体と魂をロールアウトする前に、いっぺん空っぽになりたい。こういうときは母なる海に抱かれるに限る。小さい脳となけなしのセンスを酷使しすぎて疲労感が凄い。今はなんか、とりあえず波に揺られたい。

ジンベエザメがいいかな。マンタも捨てがたいし、クラゲも頭空っぽにできそうで……。

「ああ……静かだぁ……」

なんで俺は深海二千メートルにいるんだろう。ある意味で頭空っぽにできるけど、これはリラックスと言うか考えることをやめただけなのでは？

「しかたないさ。スティギオメデューサ・ギガンティアなんて、脳みそが中学二年生に戻った俺が見逃せるわけないんだよなぁ……」

スティギオでメデューサでギガンティアなんだぜ？　そりゃあ惹《ひ》かれるってもんでしょう。そこに理由など無い、強いて言えばカッコいいから。

直径一メートルの傘に、六メートルほどの薄く長い帯状の触手はたった四つだけ。これで魚や甲殻類を搦《から》めとって捕食するんだけど、ちょっと数が潔すぎない？　しかも毒無いんだってよ。

見た目はマジでデカい傘からクッソ長いフリルが四つ伸びてるだけなんだけど、傍目《はため》に見てこれが目の前にいきなり出てきたら大小問わず漏らすわ。むしろ上からも出すわ。深海をメインフィールドにしてるやつらのメンタルはスゲーよ、下手なホラー映画より怖いし、深海魚なんてほとんど外宇宙からの使者みたいな見た目してるやつばっかだもんな。

　クシクラゲとか見てみ？　七色に光りながら真っ暗な海を浮かんでるのはただのＵＦＯだから。デメニギスも凄いぞ、頭だけスケスケのヤベーやつだ。初めて見たとき本気の悲鳴を上げたなぁ。パシフィックブラックドラゴンとかもうね、名前のクールさと見た目のクールさのギャップやべぇよ。ひょろーっとした枝みたいな体の先にある顔がもう……。

　しっかし深海って暇だな。ゲームシステムのおかげで多少は周りが見えるけど、真っ暗でなにもないし。海底火山近くは熱すぎていけないし。あの辺にいるやつらはまた別の意味でヤベー見た目してるし。

　ああ、なにもない深海をただ海流に流されるがままに漂うっていいもんだ。まるで宇宙遊泳のようで、ゆったりとした時間がただ流れていく。全ての軛《くびき》から解き放たれ、いろんなものが体と心から溶け出して洗い流されていくようだ。

　落ち着く……。デスブラは楽しいけどやっぱしゃべらないといけないもんな。ロールプレイかつ相手もノリノリでやってくれているから、ゲームキャラとしゃべってるみたいで会話もある程度できるけど、それでもなぁ。まあ楽しいからやるんだけど。

　そういえば、ラオシャンにも大型アプデで特殊な場所としてアトランティスが実装されたんだっけ。水深に忠実にやると深海魚まみれで見た目がアレなことになるから、特別にどんな種類でも行けるんだとか。肺呼吸生物用に酸素スポットまで用意されているって話だ。

実装当時はリアルな世界間がどうこうというプレイヤーもかなりの数いたらしいけど、アトランティスで生まれた生き物はアトランティスから出られないそうだ。それにいろんな生物がわいわい楽しんでるのは幻想的な光景で、なんのかんのと受け入れられたそうな。

「ま、海底都市の奥では戦闘狂たちが戦いに興じてるんだろうけどな」

九割のプレイヤーはまったりのんびりしているけど、海の生物同士でガチの食って食われてができるラオシャンには、やはりそういうやつらが一定数いる。

空腹度が上がっているとき以外に一般プレイヤーに襲いかからないという掟《おきて》のもと、同好の士が海の中で出会うと瞬時に生死問わずの異種総合格闘技が始まる。

そんなやつらに全種参加可能のフィールドを与えたら必ずバトルは起きる。幸い、彼らはカタギに因縁をつけるようなやつらじゃない。あくまで自分たちが異端だと知って領分をわきまえている。……戦場に迷い込んだ哀れな小魚がどうなるかの保証はないが。

時折甲殻類を触手で捕まえて腹を満たしながら、ゲーム内時間で丸一日揺蕩《たゆた》った。

「そろそろ戻るか」

いい感じに脳みそがリフレッシュできた。真っ暗な深海はたしかに怖いけど、しかし闇の中でこそ眠りという安らぎを得られるのも事実。闇はそれだけで悪に非《あら》ず、闇に乗じて非道を為す者こそが悪であり……おっとステイ、まだデスブラ始めてないから。ここまだ海だから。

SINGLE BATTLE! READY………FIGHT!!

「奏で、紡げ、破壊の音を‼　【響血転身《リサウンドブラッド・ターンオーバー》】ァァ‼」

「……頭に響くうるさいやつだ。そんなに音が大好きか」

「もちろん‼　僕の名前はノイズ、大きい音が好きなんだぁ‼　君もいい音奏でてね‼」

骨でできたマイクとスピーカーで、ギャンギャン騒ぐデスパレード、ノイズ。クリエイターのシューターかトリックスターか。まあ戦えばわかることだ。十メートル以上離れた場所での転身、むしろこちらには好都合。

「なら聞かせてやろう、海の声を。母なる紺碧《あお》に感謝を捧《ささ》げる。【海血転身《オーシャンブラッド・ターンオーバー》】」

二メートル以上の巨体は、つるりとした流線型。背中は黒く、目の周りと腹が赤く染まっている。背中から続く力強い尾と、平たくも逞しい鰭《ひれ》と融合した腕。

そして『海の王者』『大海の殺し屋』『冥界の魔物』……つけられた二つ名の強さに違《たが》わぬ、大きく強靱《きょうじん》な顎。

新たに作った魔人。そのモチーフは、学名オルキヌス・オルカ。つまるところシャチだ、獣人なので人間のような脚を持つ二足歩行だけど。ちなみに白いところはカラーチェンジで赤に変えた。

「家族を守るは我が使命、ならば悪ことごとく食らうのみ。コードネーム、サードオルキヌス。悪鬼の血により赤に染まりしこの体、より濃く染めて見せようか」

赤と黒の身体を揺らし、大顎開いて悪を食らう。さあ、正義を始めよう。海の王者の名のもとに。

「【海鳴《うみなり》・クリック】」

「もっとノリよくいこ…うっ⁉」

指をさして狙いを定めてアーツを発動。直後、ノイズの身体が硬直する。それはほんの一秒ほどの短いもの。だが、煽《あお》るにはそれで十分。

「どうした、お望みの音だぞ。それとも、雑音と騒音でイカれた耳では繊細な海の声は聞こえないか？」

「……言うじゃない。だったらさぁ…僕に聞こえる音を奏でてよねぇぇ!!　君の悲鳴でさァァア!!」

「断る。しゃべるのは苦手でな。夜の海のように、ぜひ静かにしてほしい」

半ば本音だ、そしてそういうキャラにした。本気で作りこんだからな、この魔人を演じるのに恥ずかしさも気後れもない。

深海で丸一日瞑想《めいそう》した俺は、『赤石信吾』というもともと薄いパーソナリティをさらに可能な限り薄めた。今の俺は海の加護を受けたシャチの魔人『サードオルキヌス』。それ以上でもそれ以下でもない。

「掻《か》き鳴《な》らせ、破壊の歌を!!　【起爆《イグニッション》：Make some noise】！　ひゃっほぉぉおお!!」

爆音とともにノイズの後方にある建物が倒壊する。逃げ遅れたＮＰＣたちがその下敷きになって悲鳴とともに押しつぶされ、その失われた命は敵の力となって吸収されてしまう。だが弔っている時間は無い。弔うつもりもない。

「こんなに賑《にぎ》やかにしたのに、テンション低いなぁ。もっと盛り上がっていこうよぉ!?」

「口は雑音を出すためでなく、命を食らうためにある。【海鳴・ショックテイル】」

「がっ!?　うぉぉおおお!?」

身体を一回転させて猛烈な勢いで尻尾を振るえば、三日月形に広がった尾びれから水飛沫《みずしぶき》のエフェクトを纏った衝撃波が発射される。回避できずに直撃したノイズの身体が後ろに吹っ飛び、大きな音を響かせながら自分が破壊したビルの瓦礫《がれき》に激突した。

派手に吹っ飛ばしたけど、見た目ほどのダメージは無い。ビーストはタイプそのものが近距離に尖《とが》った性能なので、遠距離攻撃が基本的に貧弱だからだ。

しかし威力とは別に、ビーストの遠距離ならではの強みもある。それこそが『スタン』と『ノックバック』。鳴き声や咆哮が飛び道具であるビーストは、直撃した相手を少しの間硬直させたり吹き飛ばしたりできるアーツが豊富にそろっている。

ビーストとは相性が悪いシューターだが、遠距離からスタン攻撃やノックバック攻撃を撃ち込めるということが俺の目には魅力に映った。飛び道具の威力自体はたしかに低いけど、代わりに多少の近接戦くらいなら難なくこなせる程度のパワーもある。

遠距離アーツで相手を固めて、隙を見て食らいつくというのがコンセプト。ビーストにしては回りくどい戦い方かもだけど、シャチの狩りっぽいしなかなかいいのでは？　あんまりいないタイプとスタイルだから、不意を打てるというのも大きいしな。

「いーじゃんいーじゃん、派手な技あるじゃん！　いーよいーよ、テンション爆上げでいこー‼」

「嵐の海よりうるさいやつだな……」

とはいえ、使用者が少ない組み合わせというのは『使うのがクソ難しい』か『単純に弱い』か『本当に誰も気付いていない』かのどれか。

この理屈に従うと、ビースト・シューターは『そこまでお手軽でもないうえに性能も微妙』と言わざるを得ない。古来、ゲームでは苦手を補強するよりも長所をより伸ばした方が強かったりするもんだしな。

　ビースト・シューターの弱点は先ほども言った通り、遠距離主体のスタイルなのに、飛び道具の威力が低いから決め手がないこと。最終的にはちまちま削り倒すか、リスクを冒して近接戦を仕掛けるしかない。一対一ならアイスロード・ディフェンダーは天敵だな。しょぼい飛び道具はシャットアウトされ、近づいても攻撃力の問題で致命傷を与えることが難しい。

　まあ、全てに有利がとれる存在なんてゲームが面白くなくなる最たる要因だ。ゲームっていうのは、相性の有利不利を作戦とテクニックで補い、実力と少しの運で勝ってこそ。それがたとえ初心者救済用のものだとしても、『これを使えばだれでも勝てるよー』なんてものがあっていいはずがない。特に対戦ゲームでそんなものを作ったら、熟練者がより手をつけられなくなるだけだ。


「ああ……負けちゃった。もう……音が……聞こえない……」

「デスパレード、魔人ノイズ。たしかに討伐完了した。次に生まれるときはクラゲにでもなれ、静かに波間を漂うといい」

　倒れ伏すノイズを見下ろす俺。つまり勝利である。

　創造、罠の仕掛け、罠の起動。アクションを起こすトリガーがわかりやすいクリエイター・トリックスターは、遠距離スタンで妨害しやすかった。相性勝ちとは言え、デビュー戦を勝利で彩れたのはやっぱり嬉しいな。

「いい勝負でした。グッドゲームです」

「グッドゲーム、ノイズさん」
互いの健闘を讃えて、これにてゲームセットだ。

【運営よりのお知らせ】
『第一回　陣営対抗シングルバトル　タイプ別最強魔人決定戦　対戦カードの発表』

いつもDestiny Bloodをプレイいただき、誠にありがとうございます。先日お知らせした通り、『第一回　陣営対抗シングルバトル　タイプ別最強魔人決定戦』の出場者の発表をさせていただきます。

今回、試合をしていただくのは以下のプレイヤー様方です（なお、プレイヤーネームではなく、使用する魔人のコードネームで掲載しております）。

《クリエイター》
JEABD【ペンドラゴン13】vsデスパレード【G・D・R】
《ビースト》
JEABD【大牙《たいが》】vsデスパレード【GTレクス】
《フレイムマスター》
JEABD【カーマイン】vsデスパレード【バグブライト】
《アイスロード》
JEABD【不要】vsデスパレード【スノーマン】
《アルケミスト》

ＪＥＡＢＤ【プロフェッサー・Ｅ】vsデスパレード【ベルデ】

《エンジェル》《ヴァンパイア》

ＪＥＡＢＤ【天使リエル】vsデスパレード【イングレイヴ】

今回は急なお願いだったにもかかわらず、両陣営全てのタイプ別ランキング一位の方々が快く参戦してくださいました。この場をお借りして御礼申し上げます。

繰り返しますが、本イベントにて勝者になった方々に贈られるのは最強という名誉のみです。その他一切の報酬・特典・優遇措置はありません。

『一般人目線での観戦システム』の導入について

プレイヤー様からの「悪に襲われ、正義に助けられる一般人目線で観戦をしてみたい」というご要望にお応えして、バトルマップに配されたＮＰＣの視界での観戦システムを『最強魔人決定戦』より導入いたします。

注意点としまして、あくまでＮＰＣの視界で観戦しているだけですので、操作は一切できません。ＮＰＣが戦場から逃げてしまった場合は、ほかのＮＰＣを再指定するか、通常画面で観戦をしてください。

現在のDestiny Bloodにおける頂点に立つプレイヤー同士の戦いです。そのテクニックを学ぶもよし、正義と悪の戦いを純粋に楽しむもよし。私ども運営としましても、最高峰の戦いを非常に楽しみにしております。

これからもDestiny Bloodをよろしくお願いします。

己の正義と、悪の美学を貫かれんことを。
Destiny Blood運営より

片や輝く剣を手に、マントをたなびかせ流星のごとく駆ける白騎士。

片や無数の銃砲を踊らせて、戦場を鉄火の嵐に染める陽気な骸骨。

「我が呼びかけに応え、その剣を捧げよ。戦場を駆け、邪悪を斬り、愛すべき世界に光を齎《もたら》せ！　【聖剣創造《クリエイト・スペリオルソード》：コールブランズ】‼」

「今が俺の最高潮！　今が俺たちの最高峰‼　見せてやるＹＯ、最高のソウル‼　見せてくれＹＯ、最高のダンス‼　【砲群創造《クリエイト・スペリオルカノン》：ガンズ・ダンス・レボリューション】‼」

矢継ぎ早に飛来する銃弾を切り裂き走る騎士の周りに、十二の光剣が追従。それらの剣は一つ、また一つと騎士が持つ剣へと吸い込まれ、その輝きを増していく。

対するは巨砲というのも憚《はばか》られる、呆《あき》れるほどの極大砲塔。その上で二丁拳銃をジャグリングしながら踊る骸骨が、ターンをキメてビシッ！　と騎士を指さした。

「Ｏｈ！　さすがは俺のライバル！　でもこれで最後だブラザー！」

「騎士の誇り、その程度で邪魔だてできると思うな！　悪を滅せ、我が聖剣よ‼」

轟音とともに放たれた巨大砲弾。それを砕いた先に正義はあると、眩い光が巨大な刃となって振り下ろされる。はたして聖剣が悪を両断したか、それとも魔弾が正義を撃ち抜いたか。

「ＯＭＧ……なんてこった、やられたぜブラザー。アンタの熱いソウルに惹かれちまってたか、いつもより一歩、前に出てたようだ……」

頽《くずお》れたのは、ニタリと笑う骸骨。その顔から胸、股にかけて縦一文字の斬撃が刻まれていた。

「ＪＥＡＢＤ本部へ。魔人Ｇ・Ｄ・Ｒの討滅を確認、正義は滞りなく執行された。……リベンジはいつでも。またやりましょう、グッドゲーム。ダンス、キレッキレでしたよ」

「お褒めに預かり恐悦至極……次は脳天撃ち抜いて見せますぜ。グッドゲームっす」

WINNER……ペンドラゴン13!!　CONGRATULATION CHAMPION!!!

今回のイベント専用に作られたアナウンスが響く。リザルト終了後の画面では、人間体に戻った二人ががっしりと握手を交わしていた。

「カッケェ……。なんだありゃ、基本はカーネリアンとあんまり変わらないのに、動きが全然違う。これが、クリエイター最強……」

クリエイタータイプの頂点に立ったのはペンドラゴン13。若干のカスタマイズはあるものの、剣を呼び出し戦うアタッカースタイルのデフォルトアーツほぼそのままという、まさに正道を征《ゆ》く騎士。

何が凄いって、自分の創造した剣の耐久力を完全に把握しきっていることだろう。シュータースタイルの攻撃を剣で弾くのはもちろん、どの銃弾をどれだけ受ければ剣が耐久限界で壊れるかをきちんと管理・把握し、不意の破損で武器を失うなんてミスは一切なかった。

相手のＧ・Ｄ・Ｒも常に踊りながら戦うとかいう、別ベクトルでなかなかおかしいスキルをお持ちのプレイヤーだった。骸骨ヘッドでロボットダンスとかやめてくれませんかね、腹筋に悪い。ブレイクダンスしながら銃撃つのもやめて。

ただ、くねくね踊り続けているにもかかわらず射撃の腕は正確無比。もし俺がＧ・Ｄ・Ｒと戦ったら、アーツの出だしをつぶされ続けてまともな戦いになんてなりゃしないだろう。

「いや、陣営一位になるようなプレイヤーはスゲーな。手も足も出ないのはわかってても、一回は戦ってみたいなぁ」

ガチのロールプレイをしつつ、ゲームシステムの理解も深い。知識と技術を極めつつ、心からキャラになりきっている感じがありありと伝わってきて楽しかった。

「さて明日は……ビーストか。ＧＴレクスは何回かリプレイ見たことあるな。これぞ悪のビーストって感じの暴食キャラが良《い》いんだよ。ＪＥＡＢＤの大牙も一回見たけど、これまた王道の狼《おおかみ》ヒーローで……どっちにも勝ってほしいなぁ」

せっかくだから今回から導入された、ＮＰＣ目線での観戦とやらを試してみようかな。

CHAMPIONSHIP TYPE:BEAST!! READY………FIGHT!!!

うおおお、マジでＮＰＣ目線だ。自分で操作できないのはアレだけど、臨場感凄いな。……凄いけど、なんかこれ酔いそう。画面がめっちゃ不規則に揺れる。それにランダムで視界主を選んだからハズレ引いた、全然違うところだこれ。オイオイ頼むよ、転身シーンを見たいんだけど！

えっとこれどうやって次のＮＰＣ選ぶんだ？　……おおお、全ＮＰＣの名前リストが⁉　マジか運営、どんなところに力入れてんだ。すごいけど多すぎて混乱するわ、何でもかんでも完璧にすればいいってもんじゃないぞ。

あ、マップからその辺にいるＮＰＣにジャンプできるのね。だったら中央広場かなぁ。それよりビースト一位決定戦を動物園でやるって、運営さんよぉ。

……おっしゃジャンプ成功。多分この辺で戦うと思うんだけど……うん？　なんか視界が動かないな。なんでこのＮＰＣ移動しないんだろう。あれ、あの悔しそうに歯を食いしばってる兄ちゃんは誰？

「ゲハハハハ‼　毎度毎度、テメェらは役に立たねェやつらだぜ。だからこうやって目の前で殺されるんだってなァ！　ハッハッハ‼」

ボキョ、という鈍い音が鳴ったかと思うと、視界が真っ暗になって通常観戦画面に戻された。もしかしてさっきのジャンプ先、ＧＴレクスに捕まってたのか？　そんで大牙の目の前で首を折られて死んだ⁉

「おのれ貴様……許さん、断じて許さんぞ‼　首に祀《まつ》りしこの牙は、相棒《とも》に託されし御霊《みたま》なり。熱き意志は血潮に流れ、気高き魂がこの身を燃やす！　【狼血転身《ウルフブラッド・ターンオーバー》】‼」

「この程度で冷静さを失う、それが三下だっつってんだよォ‼　切り裂け牙よ、響けよ咆哮！　食物連鎖の頂点に立つ王、それが俺様よォ！　【竜血転身《ダイナブラッド・ターンオーバー》】‼」

あークソ、始まっちまった！　もういい、このまま通常画面で観戦だ‼

「我が名は大牙、相棒より継ぎし偉大な名なり。この牙に懸けて、デスパレードＧＴレクス！　貴様の大罪を裁いてやろう‼」

「言うじゃねェかワンコロ風情が！　平伏せムシケラ、俺様の名はＧＴレクス！　この世の全てを食らう者だ‼　犬が竜に勝てるとでも⁉」

ボロボロの赤いマフラーを巻いた狼人《ろうじん》の大牙と、人の形をしたティラノサウルスであるＧＴレクス。両者ともに殴り合い上等な生粋のアタッカー。これは派手な戦いになりそうだ！

「ムシケラに尻尾振ってる狗のくせに、ちったァやるじゃねェか！　いいぜいいぜ、そうでなきゃいけねェ！　【暴竜尾撃《ダイナテイル》】!!」

「弱きを助け、悪しきを挫《くじ》く。それがＪＥＡＢＤというものだ！　助けを求める声ある限り、この牙が折れることは無い!!　【星狼落とし《ルーパス・フォール》】！」

一撃で建物を倒壊させるほどの強靱な尾による薙ぎ払いを跳躍で避け、そのまま前宙の勢いを乗せた踵《かかと》落としをお見舞いする。直前のロールで攻撃力を上昇させていた一撃がＧＴレクスの体力を目に見えて奪った。

だが、それでもＧＴレクスは止まらない。

「ハッハッハァ！　手の込んだ料理が全てうまいとは限らねェが、手抜き料理よりは百倍マシだ!!　うまそうじゃねェか、気に入ったァ!!」

全てを粉砕し食らい尽くす暴竜の猛攻を、狼は紙一重で躱《かわ》し続ける。

だが攻撃は最大の防御。決定的なカウンターを入れられない限り、攻め手が主導権を握り続けるのが世の常。避けているだけでは勝負には勝てない。

このままＧＴレクスが圧《お》しつぶすのか、それとも大牙が食らいつくのか。

「どうした犬コロ、ボロボロじゃねェか。ワンワン鳴いてみろよ、そうすりゃ俺様にも慈悲の心が生まれるかもなァ？」

強い。食物連鎖の頂点を自称するだけあり、終始GTレクスがイニシアチブを握り続けている。大技でわざと隙を見せて大牙を釣り、的確に小技を繋げてダメージを稼ぐ。見た目に反して冷静な攻撃に、大牙の体力は残り二割。大技一発、小技でもコンボを入れられたら死が見える範囲だ。

大牙も折に触れ攻撃を差し込み、五割近くを削るもジリ貧と言わざるを得ない。優れたBP管理によりいつでも超必殺技が撃てるものの、近距離で殴り合うビースト・アタッカーのミラーマッチでそんな大きな隙を見せる余裕はない。

「どれだけ体が傷付こうとも、アイツは気高く吠《ほ》えている！　ならば俺も、立たねばなるまい！　この一撃に全てを懸けて……【天狼大牙《シリウス・エントリー》】!!　うおぉぉおお!!」

叫び、高く高く跳躍した大牙が身を翻し、全身の力を振り絞った渾身の飛び蹴りを繰り出す。

超必殺技には及ばずともBPの半分を消費して放つ必殺技だ、まともに受ければGTレクスもタダでは済まないはずなのに。それなのに一歩も動かず、あまつさえ笑みすら浮かべて迫りくる脅威を迎える。

「相棒よ！　どうか悪しき外道を討たせたまえ!!」

「テメェの間違いを教えてやるぜ……【暴竜暴食《グラトニア》】」

互いの技がぶつかり合い、その余波で戦場の地面は粉々になり砂煙が舞い上がる。

煙が晴れ、そこに立っていたのはGTレクス。その大顎で大牙の胴に食らいついていた暴君が、首を振って動かない英雄を地面へと叩きつけた。

「テメェの間違いはなァ、命の喰らい合いの最中に死んだやつの名に縋《すが》ってることだ!!　めそめそ過去を引《ひ》き摺《ず》ってる野郎に、今を喰らう俺様が負けるわきゃねェだろうがよ!!　ハァーハッハッハッハ!!」

戦場に響いたのは、正義の雄叫《おたけ》びではなく悪の嘲笑だった。

「いやーいい戦いでした。飛び蹴りがカッコ良すぎてつい受けたくなりましたよ。体力的に大丈夫かなと思ってやってみましたけど、最後に攻撃力ボーナス取られてたらわからなかったですね」

「悔しいぃぃ!!　あれで決めてこそのヒーローなのに、なんで最後に引いたのが防御ボーナスなんだ!　ヒーロー力が足りねぇ!!」

「フレンドコード送っておきますから、いつでもやりましょう。では、グッドゲームです」

「すぐにリベンジしてやるからなぁ!!　それはそれとしてグッドゲーム!」

WINNER……ＧＴレクス!!　CONGRATULATION CHAMPION!!!

ＧＴレクスの中の人、スゲェいい人じゃん。やっぱああいう人がいろんなもんため込んでんのかな。きーちゃんとかにやらせたら、案外はっちゃけたキャラ作ったりして。

「うーん、カッコいい。やはり飛び蹴りは特撮ヒーローの伝家の宝刀だよな。決まったところが見てみたかったような、でもこれはこれでよかった。正義が勝つとは限らないってやつだな」

「ふぅ、全部終わったか……。さすがはタイプ別で陣営一位になった人たち、みんな強いしカッコよかったなぁ。それにけっこうな魅せプレイまでしてくれてさ。実際にやってたらあんなに超必殺技の撃ち合いになんてならないもんな。でもあの舞台でそこまでできるからこその『最強』なんだよなぁ」

本日を以って全試合が終了。クリエイターとアイスロードはＪＥＡＢＤが、それ以外のタイプはデスパレードが勝利した。二対四でデスパレードの勝利、といったところかな。

いや、それにしてもいいものが見られた。当然全部リプレイマイリストに入れたし、ミスって消さないようにロックもかけた。永久保存版ですよ、こいつぁ。

それにしても、あんなプレイヤーたちと戦ってみたいもんだ。ボッコボコのコテンパンなボロ雑巾みたいにされるのが関の山だろうけど、それでも一回手合わせ願いたい。

見てるだけでも十分以上に興奮したが、いいものを経験したら『それ以上』を手にしたくなるのが人間ってもんだ。こればっかりはしかたない、実力云々《うんぬん》じゃなくて本能によるものだからな。

「つっても、山ほどいるプレイヤーの中から実力もかけ離れたあの人たちと、そう簡単にマッチングするわけもないしな……うん？」

ポン！

軽快な音が、新着のお知らせが来たことを俺に伝えてくれる。何だろう？　何か続きでもあるのか？　それとも次のイベントがもう決まったのかな？

そう思いながら新着メッセージを開封してみると……。

《GTレクスへの挑戦権が送られています。この誘いに乗りますか？　『YES』『NO』》

……なんだ、これ？

GTレクスへの挑戦権？　待て待て待て、こんなの俺は知らないぞ。万が一これがフレンド戦の申し込みだとしたら、《GTレクスからの挑戦状が届いています》になるはず。いや、フレンド戦をしたことないから実物見たことは無いんだけど。

わからないな。安易に答えていいのか、これ？　でも差出人はデスブラ運営だし……。

ピピピ、ブゥン……。

よくわからないメッセージを前に悩んでいると、何も操作をしていないのに３Ｄホログラムモニターが起動した。え、これストーリーモードで敵キャラの紹介やお偉いさんからオーダーが来るとき以外使ったことないんだけど。何で今起動してんの？

『ＪＥＡＢＤに所属する魔人諸君。今日も世のため正義のために力を振るってくれていること、誠に感謝する。ＪＥＡＢＤ総司令、一正義だ』

でたなおっさん！　ＪＥＡＢＤストーリーで指令をぶん投げてくる白髪交じりの強面《こわもて》中年親父《おやじ》！　普段は魔人連中になにを言われても毅然《きぜん》としてるくせに、デスパレードの出現地域に高校生の娘が巻き込まれると、途端に慌てふためいて全ＪＥＡＢＤ出撃せよ！　とか急に職権乱用しようとするパパじゃん！　そしてこの娘がまたよく巻き込まれるんだよなぁ……。

『君たちも知っての通り、我らＪＥＡＢＤと憎きデスパレード、その双方において最精鋭が激突した。その結果、悔しいが総合的に見てＪＥＡＢＤは敗北したと言わざるを得ない』

そういえばそうだ、クリエイターとアイスロードしか勝ってないな。全部いい勝負だったんだけどなぁ。

『だがしかし！　我らＪＥＡＢＤの正義の心は、その程度で折れはしない。今回戦いに参加できなかった者たちの中に、こう思う者がいるだろう。俺に戦わせろ、と思う者が』

思わず頷く。当たり前だ、あれだけ熱い戦いを見て、体が疼かないやつはゲーマーじゃない。ゲームは見て楽しむこともできるけど、やはり本質はプレイしてなんぼだ。

『そうだ、そうだとも。その通りだ。巨悪を見て萎縮する者など、我らＪＥＡＢＤにいるはずがない。そこに悪がいるのなら、速やかに正義を執行する。それこそがＪＥＡＢＤ！　我らが誇る精鋭が敗れた、それがどうした！　相手がどれほど強大な存在であろうと、どれほど仲間が倒れようと！　正義が折れる理由には、悪が栄えていい理由には断じてならん！　今こそ立ち上がれ、正義の魔人たちよ‼』

　グッと握った拳を胸の前で震わせ、熱く語る総司令。ストーリーではコミカルな面もあったけど、基本的には熱く、真面目で、一直線。被害に遭った一般市民に心を痛め、殉職した部下に涙を流す正義の人だ。

　気付けば俺も拳を握っていた。熱意とは、思いとは人にうつっていくものだ。

『……だが、私とてむやみやたらと君たちを散らせたいわけではない。現在追跡班が補足している、ＪＥＡＢＤの最精鋭を返り討ちにした四体のデスパレード。これと戦いたいと思う者は多いだろうが、追撃する者は命を捨てる覚悟が要る。ゆえに、まずはこちらからランダムで追撃者を選出させてもらった。今頃選出された者の手元に、追撃の意志を問うメッセージが届いているだろう』

　これだけ派手な演出をしたんだ、多くのプレイヤーが戦いを観《み》るだろう。そして相手は今まさに最強の称号を手に入れた真の猛者。それに挑戦するというのは、どれだけ一位が強いかを当て馬となり身をもって知らしめろという意味にもとれる。そう思えば酷《ひど》いもんだ、ボコボコにされて無様に負ける姿を晒せと言うのだから。

　だけど、それがどうした？

『先に言っておく、これは命令ではない。純然たる君たちの意志を問うものだ。そのため、あえて追撃指令ではなく巨悪への挑戦権とした。そして権利ゆえに放棄も自由。その場合、その権利は別の者へと移行する。よく考えて挑戦するかを選びたまえ』

考える時間なんて必要ない。俺が選んだ答えは、当然ＹＥＳ。それ以外に何がある？　俺のほかにこのメッセージを受け取ったプレイヤー全員がそう思っているだろう。

最強に挑める。ただそれだけで承諾する理由には十二分。

負けるとか恥とか、そんなのどうでもいい。そんなの気にしてゲームを楽しめるか。こちとら金をもらってるプロじゃない。ランキングが一つ上下しただけで生活が変わるような身分じゃないんだ。純度百パーセント、好きでやってる趣味なんだよ。

だったら楽しまなきゃ損だろう？　こんな宝くじに当たるような幸運、もう来ないかもしれないんだ。やるよ、やるやる。やるに決まってんだろ。

『……そうか、全員同意か。ありがとう、武運を祈る』

にっこりと笑った総司令のホログラムが消えたと同時、俺は戦場へと転送された。

戦場は何の変哲もない市街地。適度にＮＰＣがいて、適度に建物が乱立しているベーシックなフィールド。今までに何度も経験してきた場所だ。

……緊張する。当然だ、相手はどう考えても俺より格段に強い。というか、現時点でビーストタイプの頂点に立つ存在なんだぞ。そんなのを相手にして平常心でいられるほど俺の心臓は強くない。むしろ興奮しすぎていつぞやのように精神異常センサーに引っかからないか不安なくらいだ。

SINGLE BATTLE! READY………FIGHT!!!

実力に大きな差があるプレイヤー同士のマッチング、特にデスパレード側が上級者の場合、ＪＥ

ＡＢＤ側は開幕破壊行為をどれだけ早くに阻止できるかに全てがかかっている。

ここでもたついて多量のボーナスを得られてしまうと、勝利の可能性は著しく低下する。テクニックで負けている側が格上に勝とうと思うと、ボーナスの強化に頼らざるを得ないからだ。

敵がいる候補地は二つ。スクランブル交差点か、飲食店が並ぶ広場か。今回のマップだと、このどっちかになるはず……。

焦る気持ちを静めつつマップを開いたそのとき、何かが破壊され崩れ落ちる音と悲鳴が聞こえた。音の方向は広場。わかりやすくて助かるけど、どうしてこんなわかりやすいことを？

とにもかくにも現場に急行だ。せっかく向こうから居場所を教えてくれたのだから、どんな意図があるにせよありがたく乗っておこう。

何本もの電柱が倒れている広場の中に、やつはいた。

上には派手なアロハの前を全開にして羽織っただけの、ボロボロのジーパンをはいた大男。厳《いか》つい顔と筋骨隆々の身体には無数の傷跡がついている、見るからに狂暴そうな外見だ。一目見ただけでお関わり合いになりたくないヤバい人臭がプンプン臭ってくる。

暇そうに首をボキボキ鳴らしながら哀れな被害者を足蹴にして立っていたそいつは、俺に気付くと獰猛そうな笑みを浮かべた。

「よォ。テメェが俺様のことを狙ってるってェ命知らずか？　ほっといてもウゼェから呼んでやったけどよ、懲りねェなテメェらも。あのワンコロをぶっ殺した敵討ちってかァ？」

ああ、向こうもそういう認識でいいのか。決定戦が始まる前から、こういうことをすると決まっていたんだろうな。

「違う。俺はあくまで家族のためだけに戦っている。ほかの魔人がいくら倒れようと関係ない。彼らもそれは覚悟のうえだ」

「そうかィ、じゃあとっととやろうや。あの犬は食いでがあったが、テメェはどうなんだろうなァ!?　切り裂け牙よ、響けよ咆哮！　食物連鎖の頂点に立つ王、それが俺様よォ！　【竜血転身】!!」

「母なる紺碧に感謝を捧げる。【海血転身】。……狭い陸で粋がるなよ、トカゲ」

精いっぱいの挑発を返し、できる限り堂々とＧＴレクスを見据える。戦い自体はどうであれ、せめてロールプレイくらいはこなして見せる。

「誰がトカゲだ、魚風情が！　教えてやるから平伏せムシケラ！　俺様の名はＧＴレクス！　この世の全てを食らう者だ!!」

「シャチは魚類じゃない、哺乳類だ。俺はコードネーム、サードオルキヌス。悪鬼の血により赤に染まりしこの体、より濃く染めて見せようか」

体の大きさはほぼ同じ。相手の迫力に負けないよう、なるべく太々《ふてぶて》しくかつ自信満々に。俺たちはビーストの名の通り、まるで野生動物がばったり出くわしたかのように、ガンを飛ばし合いメンチを切る。

めっちゃ怖いし今すぐ一歩引きたいが、何とか堪《こら》えて踏みとどまる。ここで後ずさりしたらその瞬間に負けが決まりそうな、そんな気がしたんだ。

つーかホントに怖い。迫力がありすぎてマジで食われるかと思う。今まで何度も完成度の高いロールプレイを見てきたけど、これはちょっと凄いな。リアルとかそういうのじゃなくて『それそのもの』なんだよ。気を抜いたらゲームオーバー的なものではなく、『死』的な終わりが来るというのが体と心にビンビン来ている。

「ほォ、俺様とにらみ合うたァ度胸はありやがる。いいぜ、テメェは俺の腹を満たせるか!?」

「勘違いするな、お前が俺の腹に入るんだ。荒れ狂う海がお前を呑《の》みこむぞ、せいぜい気をつけろ。【海鳴・クリック】!」

一瞬とは言え、初手でスタンを撃たせてもらう!

とにかく距離を取らないと、殴り合いになればまず負ける。アタッカーとシューターというスタイルの差はもとより、プレイヤーそのものの技量が違うのにどうして相手の土俵で戦えようか。

ＧＴレクスも俺が本当にシューターだとは思わなかったのか、スタンは無事に入った。その隙にバックステップで距離を取り、近接戦のレンジから少しでも脱出する。

「チィ、くだらねェ手を使いやがって。その顎は飾りか!?」

「何でもかんでも噛みつき吠える、底が知れるぞ。俺がこの顎を使うのは、命を食らう瞬間だけだ【海鳴・ショックテイル】」

「だったら使うことはなさそうだなァ!! 【暴竜走破《バオロン》】!」

ＧＴレクスがその逞しい脚を地面も砕けよと踏みしめた瞬間、爆発的な加速で一直線に突進。俺の発した衝撃波を正面から打ち破った。

基本的にアーツをアーツで正面から迎え撃つ場合、トリックスターの罠などの一部を除いて、純粋に威力で上回らなければならないのだ。そして俺の遠距離スタンはその一部には入っていない。

「【ペック・スラップ】！」

回転しながら裏拳を放つ近距離迎撃用アーツだが、まあこれも撃ち負けるだろう。それでもいくらかダメージを軽減できれば……。

「甘ェんだよォ！　【暴竜尾撃】！」

裏拳が当たる寸前で身を翻し、空を切った俺の右腕をあざ笑うかのように竜の尾ががら空きになった胴に叩き込まれる。

「ぐっふぉ……！」

あまりの衝撃にまともな言葉も出ない。完全に読み間違えた、このレベルの相手がただの突進で終わるわけがないだろうが。

マズイ、早く距離を取らないと……。

「オラオラオラァ!!　どうした手も足も出ねェか！　海にプカプカ浮かんでりゃいいもんが、陸で調子に乗ってっからだ!!」

剛腕が、牙が、蹴撃が、尻尾が。暴風雨のように俺の身体に叩きつけられる。平たく大きな腕ひれでガードを試みるも、乱打のように見えるその攻撃は的確にガードの隙間を縫ってくる。

殴打一つとっても天と地ほどの差がある。そしておそらく、この相手は技術を反射にまで昇華している！　何度も何度も練習して戦うことで、考えるよりも早く体が最適な動作を行うレベルのプレイヤーだ！

「クソッ……この、野郎……！」

止《や》むことなく降り注ぐ攻撃に耐えかね、苦し紛れに放った尻尾がこともなげに摑まれる。

しまった、焦った。それだけはダメだ。そんな攻撃が効くような相手なら、俺は今こんな窮地に立たされちゃいないのに！

「なんだこのしょっぺェ攻撃はァ？　攻撃ってのはなァ、こうやんだよォ!!」

尻尾を掴まれたまま片手で振り上げられ、一瞬の浮遊感の後に地面へと叩きつけられる。背中に伝わる感触が、広場の舗装が砕けたことを伝えてくれた。

ＢＰを消費する特殊なアーツではない、純粋な攻撃。見た目の派手さに対してダメージはそこまでもないが、足掻きすら通らない圧倒的な実力差に心が打ちのめされる。

ランキングトップってのは、こんなに強いのか。こっちの攻撃がまともに入らないのに、向こうは一方的にボコボコにしてきやがる。見るのとやるのは大違いとはよく言うけど、ここまでか。俺の体力は四割以上削られてんのに、向こうはほぼフルじゃねーか。やっべぇ、心折れそう。

あーちくしょう、どんだけこのゲームをやりこんだらここまで強くなれるんだ？　スゲェよ、これだけいいようにやられたら悔しくもないわ。これぞまさに井《い》の中《なか》の蛙《かわず》大海を知らずってやつか。海のことなら知ってるつもりだったんだけどな。

……いやいや、悔しいよ。悔しいに決まってる。このサードオルキヌスを作るのにどんだけ時間かけたと思ってんだ。こんなにあっさり負けそうになって、悔しくないわけがない。

そうだ、ゲームで負けるのは恥じゃない。そりゃあ広い世界の中には無敗のチャンピオンとかいるかもしれないけど、ほとんどのプレイヤーは大なり小なり負けてるんだ。勝率が五割六割を超えたら十分強いさ。

でも『負けてもいい』と『負けても悔しくない』は別だろ？　負けたって何も感じない、悔しくもないなんて、それは本当に対戦を楽しんでるって言えるのか？

　戦いをする以上、何があったって勝ちを目指せ。勝率は小数点以下？　はっ！　それくらいの確率なんざ、ゲーマーにとっちゃ日常茶飯事よ！

「そうだ……最後のそのときまで、抗《あらが》い続けるとも」

　まだ体力は半分ちょい残ってる、正義が折れるにはまだ早い。

　戦意を喪失した相手を倒すなんて、そんな戦闘ですらない作業をこの相手にさせるなんて俺にはできない。どんだけ惨敗を喫しようと最後まで戦わないと、相手と俺に失礼だろ？

「ゲハハハハ！　足が震えてんぜ、そのまま寝てた方が楽に死ねるんじゃねぇのか？」

「……そうはいかん。愛すべき家族がこの世にいる限り、戦うことこそが我が使命。お前のようなやつをのさばらせると、いずれ俺の家族にも害が及ぶ」

　自分でもびっくりするくらい、サードオルキヌスの設定として綴《つづ》った言葉がスラスラ出てくる。

　ああ、俺、今だいぶ熱くなってるな。

「そォかい。そんなことで腹が膨れるのかよ？　俺様にゃあ、わからねェな」

　立ち上がるまで待っててくれたの、わかってるぜ。アンタも手ごたえ無いサンドバッグ殴るのは面白くないよな。そこまで劇的に変わるわけじゃないだろうけど、ちょっとは楽しませられるようにがんばるからよ。

「わからなくてもかまわない。さあ、仕切り直しだ」

　大海原での戦いの日々を思い出せ。何のために俺がシャチをモチーフにしたと思ってやがる。たかが二足歩行になったぐらいで、ラオシャン魂忘れんなよ、俺。

やる気は十分、モチベーションはＭＡＸ。

当然それだけでいきなり強くなるわけじゃない。俺は死に瀕《ひん》する度に戦闘能力が上がる宇宙人じゃないし、土壇場で秘めた力が覚醒するような主人公補正もない。それこそゲームや特撮の登場人物でもあるまいし。俺って完全にモブ顔だし。

自分でもわかってる。俺はゲームがめちゃくちゃ強いわけじゃない。フルダイブＶＲで対人戦をし始めて、特にデスブラをやってみてよくわかった。多分、俺は全体的に見たら『そこそこ』どまりだと思う。弱くもないけど、飛び抜けて強いわけでもない。

ラオシャンは魂が適合しているのか青《あお》に負けたことはほとんどないけど、それでもほかのプレイヤーに食われることだって多い。最初の一戦を除いたらインフィニティ・レムナントでもきーちゃんにボッコボコにされてるしね。

「ボケッとしてんなら食っちまうぜェ⁉」

叩きつけられたときの衝撃で多少吹っ飛んでいるとはいえ、まだまだここは向こうの距離。熱くなってつい接近戦をしたくなるけど、それじゃあ何のためのシューターかという話だ。

「御免蒙る。【漣《さざなみ》　二連《にれん》】」

両方の腕ひれを素早く振り、二重の衝撃波を放つ。この技が持つのはスタンではなくノックバック。一歩か二歩程度だが後退させることができるんだ。

「クソが、ウゼェ手を使いやがる‼」

ウザかろうが狡《ずる》かろうが、格上相手の戦いなんだからどんな手でも使わせてもらうさ。こちとら開幕数分で半殺しの目に遭ってるんでね、そりゃあもう生存本能バリバリよ！

鰭を使うアーツよりも尻尾で放つアーツの方が強力だからそっちを使いたくなるけど、安易な大振りは事故の元。一撃は小さくとも少しずつ刻んでいくのが最適解のはず。

今まで見たリプレイからするにＧＴレクスはほとんど飛び道具を持っておらず、アタッカーの中でもかなり近接戦に特化したアーツ構成と言っていい。強いて言うのなら、以前見たリプレイでカーマイン相手に放っていた【暴竜咆哮】くらいだろう。それにしたって、フレイムマスター・シューターが放った必殺技と相打ったところを見るに、そうポンポン撃てるようなアーツじゃない。

「一撃に頼らず、粛々といこう。【海鳴・クリック】」

瞬間的なスタンを飛ばして硬直させる。完全にイニシアチブを手に入れるのはほぼ不可能だろうが、それでもせめて完全な受け身から脱出しないといけない。

青がキレてシロナガスクジラの雄の成体で殴り掛かってきたときを思い出せ。あのときは俺もマッコウクジラだったけど、シャチだって同じ鯨の仲間だ。体の大きさが違いすぎるから、ひたすらマウントを取って上から頭突きかましたりして溺死させたんだ。実に数時間に及ぶ長く苦しい戦いだった。

それと同じだ、戦いとは冷静さを無くした者から負ける。ＧＴレクスは粗暴なキャラだが、プレイヤーはとても知性的な人だったじゃないか。……本能の下で理性を光らせるなんて、そんなもん強いに決まってんだろうがァ！　漫画とかで出てきたら絶対強いやつじゃん！　実際にめっちゃ強いし！

「距離とりゃ勝てるとでも思ってんのかァ!?」

つかず離れずでスタンとノックバックをまき散らす俺に、ＧＴレクスが初めにブチ折り倒していた電柱を掴んで振り回す。広場のオブジェクトとして配置されている出店や屋台を吹き飛ばしながら襲いかかってくるその迫力たるや、ゲームであることを忘れてしまいそうになる。

「なんて派手な暴力だ。【ＳＳＣ・モデレイト】！　重ねて【百重波《ももえなみ》】！」

　大波のエフェクトを伴う衝撃波の壁が現れ、猛烈な勢いで振り下ろされる電柱を砕く。魔人の力からすれば電柱はそれほど強度があるわけでもないけど、だからといって当たれば痛いのに変わりはない。

　反撃で繰り出したのは幾重にも重なる衝撃波。かなり強いノックバックを与えるアーツだが、半分予想通りと言うべきか、これは軽く避けられてしまった。

「まどろっこしい戦い方をしやがる野郎だ、テメェそれでも捕食者か！」

「力にのみ頼った狩りをしているから、今の世にお前《恐竜》はいないんだ。狩りとは忍耐、狩りとは技術、狩りとは知恵だ」

「そりゃあ弱ェやつの戯言《たわごと》だぜ！　強者ってのはなァ、小手先の技になんぞ頼らねェんだよ！　王に必要なのは雑魚どもに有無を言わさねェ力！　すなわち圧倒的な暴力だ‼」

　砕かれた電柱の手に残っていた部分を投擲し、同時にスタートダッシュを切るＧＴレクス。ここで電柱を防ぐためにアーツを出すのは愚策、脅威はあくまで魔人本体だ。

　さっきのようなフェイントの可能性を警戒していつでも防御・回避用のアーツを繰り出せるように集中していると……。

「ハッハッハ、バカがァ！　俺様の狙いはこっちなんだよォ‼」

　本体に備えて回避せずに電柱を鰭で弾いたら、俺に向かって猛進していた肝心のＧＴレクスが突然真横に跳躍。そのまま奇跡的に戦闘の余波を受けていなかったアイスクリームの屋台に飛び込んだ。

「なんでこのタイミング？　……って、もしかして……！」

すっかり忘れていた。そうだ、ここはそういう場所だ。そりゃ一人や二人くらいいるわな……!!

「い、いやぁぁぁ!!　誰か、助けてぇ!!」

GTレクスの鱗《うろこ》に包まれた腕で頭を鷲摑《わしづか》みにされているのは、アイスクリーム屋の店員だろう女性NPC。ほかのNPCがほとんど見当たらなかったので、もうNPCは全て逃げ出したんだと思っていた。この戦いが始まってからずっとそこに隠れていたのだろうか。

コイツ、小手先の技に頼らなぃと豪語しておいてすぐに人質とりやがった！　手のひらクルックルじゃねぇかこの野郎！　あ、でも、そういえばGTレクスってカーマインと戦ってたリプレイでもNPCを襲おうとしてたな！

「さっきからうまそうな肉がチラチラ見えててよォ、腹が減ってしかたなかったぜぇ？　ゲハハハハ!!」

ベロリと舌なめずりをすると、ずらりと並ぶ鋭利な牙を見せつけるようにして笑う。

さすがにマジでNPCを食い散らかすなんてことはグロ表現的な問題で不可能だけど、それでも狂気すら感じさせるロールプレイはお見事。よだれを垂らすところまでちゃんとやるあたりに貫禄《かんろく》すら感じる。

「これだからJEABDってやつらは笑えるぜ。こんな肉の一つや二つを見せつけるだけで動けなくなるんだからなァ。せっかく魔人の力を手に入れたってェのにわざわざ窮屈な生き方だ、俺様みてェに自由に生きればいいのによォ。なァ、お前もそう思わねェか？　ハァーッハッハッハ!!」

「お、お願い……助けてください……！」

　これがこの戦いの山場だ。今、ＧＴレクスが俺を試していると言っていい。

　人質を取られるというのは、善と悪の戦いにおいて古来連綿と続く『お約束』。悪はどれだけゲスになれるか、そしてヒーローはどうこの状況を切り抜けるか。その答えがヒーローの信念を確立する。

　でもな。ヒーローの信念ってのは、最初に決めることなんだぜ？

「【海鳴・ショックテイル】」

　大きく体を回転させ、勢いよく尾を振り抜く。水飛沫のエフェクトとともに放たれた衝撃波は、人質もろとも驚愕《きょうがく》するＧＴレクスを吹き飛ばした。

　巨体を誇るＧＴレクスとは違って、普通の人間であるＮＰＣはより遠くへ吹っ飛びゴロゴロと転がっていくが、ギリギリ耐久限界が来なかったのか気絶こそしたものの消えはしなかった。ここにきて俺の攻撃力の低さが役に立ったな。

「テメェ……俺様を人質ごと攻撃するだと？　正義をかざしてんじゃあねェのかよ？」

「勘違いするな、俺の正義とは家族を守ること。ほかの人間が死ぬと俺の家族が悲しむから、なるべく助けてやっているだけだ。お前をとり逃がし、家族に危害が加わる可能性こそを俺は優先的に排除する」

　サードオルキヌスに設定されたポリシーは『子供を守る』こと。あの店員ＮＰＣは若くはあったが子供じゃなかった。ゆえに見殺しにしたところでＪＥＡＢＤに所属する者としての最低限のペナルティを食らうだけだ。まあ、自分の手で攻撃しちゃったからペナルティでBPをちょっと減らされちゃったけど！

俺の言葉を聞いたGTレクスは、目を見開いたかと思うとだんだん口元を歪《ゆが》め、そして大笑いへと移っていく。

「ハァーッハッハッハ!!　こいつァ面白れェ！　その正義らしからぬ傲慢、気に入ったぜ！　そうだ、そうでなきゃいけねェ！　自分の強さはあくまで自分のためにってな！　それでこそ捕食者！　それでこそ力ある者だ!!」

「お前がどう思うかは自由だが、俺たちが敵対していることに変わりはない」

「おうともよ。捕食者同士がぶつかれば、そこには戦いあるのみ！　改めて名乗るぜ、俺様の名はGTレクス!!　強者たるお前を喰らう、絶対王者だ!!」

「俺はサードオルキヌス。深く青い冥界より現れる、赤に染まった海の王」

倒れているNPCに目もくれず、俺たち二人は広場にて向かい合う。まるで、ここから先に第三者の存在など不要だとでもいうように。

「【漣二連】！」

「【暴竜双爪《ダイナクロー》】！　そいつァもう見切ったぜ！　そらそら来いよ、何発でも弾いてやらァ!!」

風船が破裂したような音を響かせ、衝撃波がかき消される。さすがの対応力と言うべきか、俺の遠距離攻撃の威力やスピードなど、GTレクスがあらかた把握してしまった。いまや馬鹿正直にアーツを撃つだけでは回避あるいは叩き落とされてしまう。

じりじりと距離が詰められ、向こうが詰めに入ってきているのが伝わってくる。俺の体力が三割近い今、向こうからすれば一度捕まえることができれば十分KOまで持っていける。

対してGTレクスはまだ体力が七割近く残っている。俺の攻撃もそれなりに通ってはいるが、ご覧の通り弾かれたりガードされたりでなかなかクリーンヒットしなくなってきた。こうなるとスタイルの違いによる攻撃力差が響いてくる。

何よりBPが問題だ。GTレクスの攻撃に対して迎撃するアーツの消費BPが多い。どこかでビビっているのか、つい必要以上に強めのアーツを使ってしまう。そのせいでBPが全然フルにならない。つまり超必殺技のまぐれ当たりによる逆転KOはありえない。

「どうした、弾切れかァ？　だったらそろそろ終《しま》いにするかァ！　【暴竜走破】!!」

突進技で一気に距離を詰めてくるGTレクス。この体力でまともに喰らえばそこから続く追撃も含め、確実に俺は落ちる。

突進に当たるのは論外として、仮に回避しても距離を詰められる。ガードをしたら突進を耐えられてもそのまま固められてやられるのがオチだし、下手に迎撃するとそれこそカウンター返しでサヨナラバイバイ。

受けも避けも下手なカウンターもダメ。だったらどうする？

「【ペック・スラップ】」

迫りくる暴竜に対して、体を大きく捻《ひね》り裏拳を放つ。それは最初に大ダメージを喰らったときとまるで同じ対応だ。

「なんだ、そのショボい攻撃はァ!?　くだらねぇ、だったら喰らいな！　【暴竜尾撃】！」

GTレクスがなんの代わり映えもない俺の対応に、残念そうな眼《め》をした。

そして俺と同じく、先ほどを繰り返すように迎撃の鰭先を掠《かす》める寸前で体を回転させ、その勢いで太い尾を横薙ぎに振るう。ああそうだろう、あんたは役者だもんな。俺がこうすれば、そうしてくれると思ったさ。

竜の尾が唸りを上げて目前に迫ったとき……俺は最大BPの五割を消費する！

「待っていた、このときを！【ペダンクルアーチ・テールスラップ】!!」

タイミングばっちり、GTレクスの振るう尾が直撃する寸前に頭から前に飛び込むように前宙して回避。そして一回転した勢いそのまま、渾身の力を込めた尾をがら空きになったGTレクスの頭に振り下ろす！

ラオシャンにおいて今まで多数の青を水底に葬ってきた前転尻尾ビンタがクリーンヒット。太い尾が脳天にめり込んだ鈍い音が、はっきりと聞き取れた。

「あァ……？　な、何が……？」

尻尾を振るために半分後ろを見ていたGTレクスは、頭部に食らったスタン性能付きの衝撃もあってか、フラフラと足取りがおぼつかない。この千載一遇の機会、畳みかけるなら今！

とはいえすでに大技を出すBPもないし、かといってここで削り切らなければもう勝てない。スタンもそう長続きしないので距離を取っている暇もない。だったらもう、殴る蹴るしかねーだろ!!

「うぉぉぉおおおお！　沈めぇぇぇ!!」

技も何もあったもんじゃない、ガムシャラな殴打。殴るといっても俺の腕は平たい鰭に指がついているだけなので、どちらかというと猛烈なビンタやチョップになるのだけど。まあ細けぇこたぁいいんだよ！　殴れ殴れ、ここぞとばかりにぶん殴れ！

尻尾を振って顔面に叩きつけ、よろめいた竜の頭を両手で挟むように固定する。今、必殺のぉぉおおお！

「食らえやオルァ!!」

思いっきり体をのけ反らせてからの頭突き。シャチはなぁ、頭突きで流氷ブチ割ってシロクマを海に引きずり込むんだぜ？　だからってデスブラでダメージがデカいとかそういうのは一切ないけどな！

「このやろ……テメェ、この俺様相手に頭突きだと……？　いい度胸してんじゃねェかよォ!!」

やっべスタン切れた。だがいまさらもう引けるか、ここでやらなきゃやられんだよ!!　一歩でも後ずさりしている暇があったら一発でも多く殴れ！

「オラオラオラァ!!　魚が竜に殴り合いで勝てると思ってんのかァ!?」

「デカいだけのトカゲがやかましい!!　あとシャチは魚じゃない!!」

もはやロールプレイと言えるかどうかすら怪しいセリフを吐きながら、互いに正面から殴り合う。さっきのカウンターからのラッシュで体力をかなり削った今、ＧＴレクスはすでに四割を切っている。シューターとはいえ、さすがはタイプとしてパワーに優れるビーストだ。これなら勝機が無いわけじゃない！

「とっとと俺様の胃袋に収まれやァ!!」

「偉大な海に息づく者よ、愛すべき家族よ！　俺に力を！」

アクション映画のラストシーンのように、なりふり構わず殴り合う二頭の獣。もはやお互いの頭の中には、目の前の相手を倒すこと以外に何もない。

固く握られた鱗拳が脇腹に刺されれば、貫手のごとき鰭が喉を突く。大地を砕く蹴撃は大海を征く尾で弾かれ、両者渾身の体当たりは痛み分けに終わる。

殴る、蹴る、殴る。殴る殴る蹴る殴る殴る殴る！

拳も肘も、膝も脛《すね》も踵も。肩も尾も額も！　使えるものは全部使って殴れ。自分が倒れるより早く、自分が喰らうよりも多く！

繰り広げられる攻防、いや、ひたすらな攻撃の応酬の中でふと思う。なんで俺はここまで食らいつけるんだろう。いくら格上だからって、この場面で手加減なんてしていないだろうに。

……まあいいや、そんなもん考える時間が惜しい。今この瞬間に全てを懸けてようやくしがみついているんだ、余力なんてない。魂を燃やしてもまだ足りないくらいだ。

そうだよ、足りないんだ。余分なリソースどころか、必要量のリソースすらない。技術なんて言わずもがなだし、体力差もあった。自分よりずっとずっと上のプレイヤーと戦うことに、自分で思う以上のプレッシャーを感じていたかもしれない。

だから、俺の右手が跳《は》ね除《の》けられて、そのまま地面へと叩きつけられたのも。

あるいは必然だったのかもしれない。

「ハァーッハッハッハ!!　俺様の勝ちだ!!」

「ちくしょう……」

倒れ伏した俺の頭を剛腕で押さえつけ、ＧＴレクスが勝利を宣言する。

相手の体力は二割弱、どうしても一歩及ばなかった。シューターである俺は近接戦のエキスパート相手に殴り勝つことはできなかったのだ。

　作戦を間違えたとは言わない。あそこで殴り合いをせずに距離を取ったところで勝てる見込みは無かった。フィールドの破壊やＮＰＣに被害を出すことでボーナスを得るデスパレードと違って、ＪＥＡＢＤは戦わずにボーナスを稼ぐのは難しい。

　あのカウンター尻尾ビンタを当てたところで、ＢＰの残りがほとんどなかったのが悔やまれる。だが、そこに至るまでに俺がＧＴレクスと張り合うためにはそれだけのリソースを払う必要があったということ。

　つまるところ、純粋な実力差。これが一位、これが最強。全ビーストタイプの頂点に立つ王の名は伊達《だて》ではなかった。

「なにか言い残すことはあるかァ？」

「……食物連鎖の言葉通り、お前もいつか食われるだろう。そのときを、冥界で待っている」

「そうかィ、あばよサードオルキヌス。……リザルトの後、ちょっといいですか？」

「え？」

　小声でかけられた言葉に何かを返す暇もなく、押さえつけられた頭を勢いよく叩きつけられた俺の体力はゼロになった。

　YOU LOSE……。

　負けて本望とは言わないけれど。それでも、うん。満足だ。すごく楽しい戦いだった。グッドゲーム、ＧＴレクスさん。

試合終了後。転身が解け人間体に戻ってリザルトを終え、本部へと戻されるまでのほんのちょっとの待ち時間。

対戦相手と少し交流をしたり、悔しければスキップすることもできるこの時間。俺はほとんどスキップしていたけれど、最後にＧＴレクス……の中の人になにか待っててほしい的なことを言われたので、珍しくスキップをしていない。

「すいません、イベントのせいかリザルトがちょっと特殊で遅くなりました。ＧＴレクスのプレイヤー、アジサイと申します」

「あ、はい。サードオルキヌスの、赤信号……です」

最強魔人決定戦のときからちょっと思っていたけれど、凄く丁寧で爽やかな物腰のくせに人間体としてのアバターがドチンピラな見た目をしてるせいでギャップがヤバい。

つーか俺に何の用があるんだろう？　一位の人に話しかけられるのは光栄だけど、正直燃え尽きた感がすごいから一回ログアウトしたいんですが。

とりあえずアジサイさんがにこにこしながら右手を差し出してきたので、握手なんだろうなと思って一応こちらからも差し出してみる。

「赤信号さん。さっきの戦い、すごく楽しかったです！　まさかあそこでカウンター必殺技をくらうなんて思ってもいなくてビックリしましたよ。そしてその後の殴り合い！　いやぁ熱かった、いいですよねああいうの！　やる以上勝ち負けにはこだわりますけどね、やはりデスブラはああいうことがあるから楽しいのです。速攻でリプレイ保存決定ですよ。それにサードオルキヌスの見た目もカッコいいですよね、シャチの白いところが赤くなっててデスパレードみたいだなと思ってたら、まさかの自分の愛すべき者以外はどうでもいい的なダークヒーローチックなキャラで。それを踏まえると赤に変わってるのが深いと言うか、よりカッコよく見えて……ああ、たまらない‼」

「えっあっ、はい。ありがとう、ございます？」

差し出した俺の手をガシッと両手で握り、そのままブンブン上下に振りながらなんかスゴい早口でしゃべるアジサイさん。

この人、もしかしてアレなタイプの人か？　好きなことをしゃべりだすと興奮してベラベラしゃべる感じな人？

「ああもう、しゃべり足りないですね！　フレンドコード送りますので後でゆっくり話しましょう！　それではお待ちしています！」

テンションＭＡＸでしゃべるだけしゃべっていきやがった。何だあの人……。

ＪＥＡＢＤとデスパレードの垣根を越えてプレイヤーとして交流するための場所、ヒデオシティ。どこか見覚えがある街だと思っていたら、広場や建物のデザインが戦場となる街と同じだ。スクランブル交差点にある大きなビルに取り付けられた超大型ディスプレイには、現在対戦中のプレイヤーたちの雄姿が映されている。

そこらを行きかう人々はその多くがプレイヤー。フレンド同士で駄弁《だべ》ったり、ランダムマッチで知り合った人と意見交換したりと、やっていることは様々だ。

そんな賑やかな街の一角で、俺はド派手なアロハを前全開にして羽織った全身傷まみれのドチンピラと向かい合うようにして、カフェ的な店の外にあるテーブルについている。

「赤信号さんの戦い方は素晴らしい。たしかにまだまだ粗削りなところはありますが、まずシャチというモチーフを見たときに大概の人はアタッカーかディフェンダーだと思うのですよ、勝手なイメージですが。ちょっとほっそりした体つきとか見ればシューターかなと思う人もいるでしょうが、そもそもビーストでシューターしている人は少ないので無意識にそんなわけないと思ってしまう。そこでまさかのスタンとノックバックの乱れ撃ち。意表を突かれた相手は必ず焦るでしょうね、そして近づいたところで必殺のカウンター！　シューターだって近接用のアーツはある、それを拘束力はあっても威力の低い飛び道具で相手をイラつかせて思考から除外させる。タイプとスタイルのマイナーな組み合わせを生かし切ったいい作戦です‼」

「は、はぁ……」

丁寧かつ早口で興奮気味にしゃべる、外見と中身にギャップがありすぎるこの人はアジサイ。さっき俺と試合をして勝ちを奪った人であり、ビーストタイプの魔人として公式に最強と認められたＧＴレクスのプレイヤーだ。

そんなトップランカーがクッソ早口でさっきから俺のことを褒め殺してくる。何なんだこの人は。テンションの高さヤバくないか？

「いや本当にビックリしました、特にあのカウンターのタイミング。これ以上ないくらいに綺麗《きれい》にしてやられましたよ、一瞬本気で何が起こったのかと思いましたからね。そしてそこで私は思うんです、赤信号さんはもしかしてアタッカーの方が向いてるんじゃないかと！　いえいえ言わなくてもわかります、あの素晴らしい戦いはサードオルキヌスがシューターであったからこそ。ええもちろん理解していますとも。それを承知で言わせていただきたい、あのタイミングを見切る眼は近接戦を本分とするアタッカーでこそ真価を発揮すると。もういっそぶっちゃけますけど、ゴリゴリのアタッカーチューンをしたサードオルキヌスと殴り合いたいのです！」

「そ、そうですか……」

「いやカッコ良すぎるでしょう赤いシャチとか！　もうそのままデスパレードにいてもおかしくないくらいの完全な海の魔物じゃないですか。転身後の魔人を見た瞬間に期待感が爆上げでしたよ私は。しかも王と王、陸と海、爬虫類《はちゅうるい》と哺乳類、粗暴さと冷静さ！　ビックリするほどＧＴレクスと対照的なキャラクターで運命さえ感じましたね。話は戻ってバトル中のことですけど、最後サードオルキヌスが必殺技カウンターを出したあとの殴り合い、あれ作戦としてもロールプレイとしても最高です。シューターが殴り掛かってきているのに迎え撃たないなんてアタッカーとしてのプライドが許しませんし、『技を出し尽くした後に素手で殴り合う』なんてお約束中のお約束、最高に盛り上がるに決まってます。最後は勝たせてもらいましたけど、私など熱くなりすぎてＢＰあるのに必殺技を使うのすっかり忘れてましたからね。おっと勘違いしないでください、別に舐《な》めていたわけではありませんよ？　そもそもロールプレイで挑発したり相手をノせたりしてゲームの流れを支配することが得意なプレイヤーもいるくらい、デスブラにおいて相手を『自分の世界』に引き込むというのは立派な戦術なんです。つまり私がなにを言いたいかというとですねグッドゲーム！　ああこれだからやめられないんだす、デスブラは!!」

「お、おう……」

　そしてこの後もまだまだ話は続いた。悪役のロールは意外とアドリブが効かなくてぶれることが多いとか、フレイムマスターを相手取るときは突進技やその辺の瓦礫をぶん投げるのが有効だとか。そのほかにもためになったりならなかったりする話をこれでもかと聞かせてもらった。

幸いだったのは、アジサイさんは止まることなくしゃべり続けるけど、俺の方にむやみやたらと意見を求めることがほとんどなかったことだ。普通なら一方的にしゃべり続けるのは失礼にあたるのかもしれないが、俺にとってはむしろありがたかった。このスピードと情報量でこっちに話を振られたら俺は確実にフリーズする。もしくはオーバーヒートする。

何のかんのといい人っぽいし、無茶苦茶しゃべるアジサイさんとほとんどしゃべらない俺。ＧＴレクスとサードオルキヌスとはまた違うけど、対照的な二人でそれはそれでいいだろう。

「そうですか……赤信号さんはデスブラ中心ではないんですね。残念ですけど、プレイスタイルやゲームの楽しみ方は人それぞれというやつですよね」

さすがはランキング一位になるような人と言おうか、やってるゲームはほとんどデスブラだけだそうだ。ほかには息抜き程度に軽いゲームを嗜《たしな》む程度と言っていた。その辺も俺とは違うところだろうか。

俺の場合、デスブラしつつ実はもうとっくにドラスレにも復帰していたりするしな。なんだかんだでもうデスブラやり始めて二週間たってるし、このゲーム楽しいんだけど割と疲れるんだよ。ガッツリやるって言っても十連戦もしたら海に行きたくなる。平日だと五戦もしたら十分満足だ。

「では、いつでもフレンド戦の申請をくださいね。そしてまた陸と海の王者対決をしましょう！」

そう言い残してにこやかにアジサイさんは去っていった。なんと言うか、嵐のような人だな……。

「はぁ……なるほど。それでトップランカーに気に入られてずっとデスブラについて語られまくったってわけね。ご愁傷様」

「……マシンガントークとか言うけどさ、一マガジンの装弾数が死ぬほど多いうえにリロードが一呼吸しかない、まさしくチート武器だよ……」

　冷たい水の北の海。シャチが二頭ぷかぷかと浮かびながら話し合う。

「まぁでも、いい人なんでしょ？　その……アジサイさん？　だっけ？」

「……うん。いい人、いい人なんだけどなぁ。なんか疲れる……」

　ぶしゅーと気の抜けたように頭頂の鼻から潮を吹く。自分では見えないが、たまにこの吹いた潮に虹がかかるんだ。何でわかるかって？　なんかそういう実装が解放されたからだよ、自分で見えないのに虹がかかったとか言われたらスゲー気になるじゃんかよ。

「あっはは、濃ゆい人と知り合ったもんだね。ああ、そういえばドラスレの方も進めてるんでしょ？　今どんな感じ？」

「あー……ヤマトのソロツアー終わった。そんなに長くなくて、最後は八大龍王じゃなくてキバガミの特異個体。デカいし速いし単純に強かったな、三十回くらい負けたかも？　とにかく一段落はした」

　クソワンコがデラックスクソワンコになって帰ってきやがったんだよな。マジでさぁ、デカいやつを跳ね回らせるのやめろっつーの。

　ちなみにヤマトにソロで入国できるということはネットでちらほらと流れ始めたらしい。今のところは詳しい入国方法は明かされておらず、自分で確かめろという風潮みたいだけど。ま、そのうちバレるでしょ。人の口に戸は立てられないし。

「へぇー。じゃあまた別ゲーやるの？　赤が最近ＩＲに来てくれないってきーちゃんが拗《す》ねてたよ？」

「ええ……？　これでも週一くらいで起動させてるんだけど……」

きーちゃん頭の中が七割ほどＩＲで占められてるからなぁ、週一じゃあダメか。

とはいえ思い返せばフルダイブＶＲを始めてから戦ってばかりだし、ここらでそろそろ一回まったりのんびりした感じのゲームをしてみたいという思いがあるのも事実。

ラオシャンで海に慣れて、ＩＲでクジラ作って、デスブラでシャチか。だいぶ海に染められてきた。いやいや母なる海は偉大で俺の魂が還《かえ》る場所と言ってもいいけど、でも離れてわかる良さもあると思うんだ。

「次は空……かなぁ……」

「空？　セレスティアル・ラインとか？」

ぼそっと呟《つぶや》いた俺の言葉に、青が聞き慣れない単語を返した。セレスティアル・ライン？　なんじゃそりゃ？


雲海を超えて、虹の向こうへ！

飛行船乗りとなり、相棒とともに様々な空に浮かぶ島を巡ろう！

可愛かったりカッコ良かったり、甘えん坊だったりクールだったり。姿と性格はあなた次第⁉

パートナーとなる『風乗りの獣《ウィンズ》』がばっちり空の旅をサポートします！　のんびり青い空を楽し

むもよし、豪商を目指して交易に精を出すもよし！

旅の先で時折耳に入る不思議な話……あなたはこの世界の秘密を解き明かせるか？


島ごとにある特産品はほかの島だと貴重品！

果物はあっちへ、鉱石はこっちへ……。需要と供給を読んで賢い交易で利益を上げよう。うまくいけば大金持ちも夢じゃない!!

大金が手に入れば自分だけの島を買うことも……？


飛行船をカスタマイズ！

何をするにも飛行船は必要不可欠。せっかくいい特産品を見つけても、飛行船が小さくてはたくさん運べない！　儲《もう》けたお金で船を大きくしたり、専用の設備を取り付けたり。どんどん飛行船を強化しましょう！

もちろん内装のバリエーションも豊富！　和風だったり洋風だったり……自分の好みにアレンジしたら、フレンドたちを呼んでわいわい楽しもう！


航路は果てしなく、無限に広がる。

セレスティアル・ライン、好評発売中！

遥《はる》かなる空の世界が、君を待っている。

第6話

空とコミュ障と金儲け
〜セレスティアル・ライン〜

『ようこそ、新しい飛行船乗りさん！　あなたの名前を教えてください』

真っ暗な空間に声が聞こえる。ここが今回のキャラクリをする場所かな。

名前は……まあいつも通りでいいか。

「赤信号」

こういうときは名前だけを伝えるのが一番確実。ＶＲゲームのＡＩはそりゃあ賢いけど、それでもＡＩであることに変わりない。こういう間違えると面倒なところでは最低限だけを伝えるに限る。

『【赤信号】さんですね。それではあなたがどんな人なのかを教えてください』

外見ね。はい、髪だけ赤に変えた安定のデフォルト。

デスブラやってロールプレイに慣れたとはいえ、それでも普段からキャラ作って話したりするのはしんどいし。ネカマとかやる人は純粋にすごいと思うわ。

お。俺の体が見えるようになった。前世代機のゲームをやっていたときは三人称視点ばっかりだったけど、すっかり一人称のこの感じに慣れたもんだな。

『次にこちらをご覧ください』

デン、と暗闇の中に現れたのは大きさ六十センチくらいありそうなでっかい卵。見たところ真っ白で模様もない。

『こちらは赤信号さんのパートナーとなる【風乗りの獣《ウィンズ》】の卵です。今からいくつかの質問をしますので、【はい】【いいえ】【場合による】でお答えください。その答えによってどんな見た目・性格になるかが決まります』

ほほう。そういうゲームけっこうあるよな。主人公の種族や初期ステが変わったりとか初期職業が決まったりとか。俺はこの手のやつは正直に答えると決めてるんだ。

『では……集合時間などはきっちり守るタイプ？』

「はい」

『困っている人は助けるべき？』

「場合による」

『思ったことはどんどん口に出す？』

「いいえ」

『興奮するといつもよりよくしゃべる？』

「……はい」

『あなたは雰囲気を明るくさせるムードメーカー？』

「いいえ」

『他人に見せない自分がある？』

「場合による」

『肉より野菜が好き？』

「はい」

『でも魚の方が好き？』

「はい！」

『子供は親に甘える権利があると思う？』

「場合による」

『青色と桃色なら青色が好き？』

「はい」

『割とテンションに任せた行動をとる？』

「……はい」

『公園で遊んでいる子供がいます、男女どちらでしょうか。男の子なら【はい】、女の子なら【いいえ】、よくわからないなら【場合による】で答えてください』

「場合による」

『ありがとうございました。質問は以上です。さて、それではあなたのパートナーに姿を見せてもらいましょう』

教えてくれ、俺の食の好みで選ばれるパートナーってなんだ？　ほかのはともかく、それだけがよくわからん。

そんな俺の疑問をよそに、真っ白だった卵にだんだんと模様と色が入っていく。緩やかに波打つ、少し緑がかった青色のラインが何本かぐるっと横に一周し、所々に飛沫のような水玉模様。中から揺さぶるようにして卵が動き出し、ピシッ！　と亀裂が入る。そして亀裂はどんどん大きくなり……。

「きゅー！」

現れたのは…………カワウソ？

つぶらな瞳とちょっと短い四肢に長細い胴。体長の半分くらいある尻尾に、手触りが良さそうな艶のある体毛のは深い藍色。

うん、カワウソが一番近い。体長は尾まで含めて五十センチちょいくらい。卵の大きさがアレだからそんなもんだろうけど、生まれたばかりの赤ちゃんにしてはデカいな。

俺がカワウソもどきをじっくり眺めていると、きょろきょろとあたりを見回していた向こうもこちらに気付いたようで、俺をじっと見つめてくる。

まるで何かを待っているような態度。ふむ、まあこの流れなら……。

『おめでとうございます。それでは生まれたウィンズに名前をつけてあげてください』

ですよねー。

しっかしカワウソ、カワウソか……。海から離れようかと空に来たらまさか川の動物とは。

名前どうすっかなぁ、一応風に乗る獣なんだろ？　だったら風関係の名前にしようか。

「……しなと。うん、お前の名前は【シナト】だ」

たしか、風が吹くところ、みたいな意味だったと思う。なんかのゲームでそんな名前の土地だかキャラだかがいたんだ。俺の選択肢的にこいつ性別不明っぽいし、シナトならオスでもメスでも変じゃないよな？

「……！　きゅい！」

名づけられたことがわかったのか、嬉しそうに鳴き声を上げたシナトがぴょんとジャンプした。

すると被膜や翼もないのに、すいーっと空中を滑るようにして俺のもとへとやってくる。なるほど、『風乗り』の獣ってのはこういう意味か。

大した衝撃もなく腰のあたりに着地したシナトはそのまますするすると体を登り、肩まで来ると俺の首に巻きつくようにしながらすりすりと頬を寄せてきた。

なんだこの生き物、超かわいい。

今までゲームの中で出会った生き物って、俺を餌にするか俺の餌になるかみたいな関係ばっかりだったから超癒《いや》される……。つやつやの毛が気持ちよくて、ずっと撫《な》でていたい……。

『ウィンズはあなたとともに成長し、やがて姿を変えるときもくるでしょう。大切にしてあげてください。最後になりますが、こちらをどうぞ。あなたの飛行船です』

何もない空間に現れる、一隻の飛行船。魚の尾びれのような舵《かじ》がケツについた船を、デカいラグビーボール状のバルーンにロープやワイヤーで繋げただけのシンプルな物。一応多層構造になっているのか、船の中腹あたりにも窓が見える。

船自体の大きさは……縦三十メートル、横六メートル、高さは五メートルくらいか？　のんびり旅をするにはともかく、交易をメインにするには小さい。どっちにしろ最初はさっさと金を稼いで大きくするのが急務だな。

『詳しい説明はおいおい行われますが、飛行船はウィンズが読んだ風の航路を走るものです。よほどの暴風でもない限りウィンズはあなたの望む方向へと進む航路を見つけ、そして飛行船はあなたと交易品を目的地まで運びます』

ほうほう。シナト、お前は可愛いだけでなくて優秀な力を持った存在なんだな。よしよし、すごいぞえらいぞー。

頭を軽く撫でてやると、もっともっというように頭をすり寄せてくる。はーマジ可愛い。隙を見せた瞬間に襲いかかってくる海産物や電柱でぶん殴ってくるティラノサウルスとは違うのだよ。

『この通り、小さい飛行船では多くの交易品を積めません。どのように空の世界を旅するかは赤信号さん次第ですが、ある程度は拡張することをお勧めします』

交易ってのは基本的に大量の品物を一度にどれだけ運べるかだもんな。同じ島を往復して商売するのなら、デカい船の方が効率よく稼げるに決まってる。

現実なら少量の希少品を速度重視で運ぶという手もあるけど、あれは採算とりにくいしこの手のゲームでそれはないだろう。

『以上で、この場で行う全てのことが終了しました。赤信号さん、ウィンズとともに飛行船へ乗船してください』

船体の真ん中あたりから梯子《はしご》のような取り外し式の階段が降ろされているので、それを使って乗船。シナトは俺の肩に乗ったままだ。

飛行船をぐるっと眺めれば、木製の甲板にはまー何もない。後部は居住区かなんかのためだろうか、左右に階段があって二メートルちょっと高くなっていて、その上にこれぞ始まりのデフォルト船よといわんばかりに舵輪《だりん》がぶっ刺さっているだけという、シンプルすぎるスタイル。

実際に俺が操舵《そうだ》をするわけじゃないだろうが、とりあえず舵輪の前に立ってみる。そんなことをしても舵輪越しに見える船首の先には真っ暗な空間が広がっているだけなのだが。

『乗船を確認しました。これから最初の島までは飛行船が自動で進みます。赤信号さん、どうか心ゆくまで遥か蒼《あお》い世界の旅をお楽しみください。それでは、いってらっしゃいませ！』

勢いよく風が吹いたかと思うと、黒一色だった世界が鮮やかに変わる。

上を見ても横を見ても、視界は一面澄み渡る蒼。ともするとまた海に来たのかと思いそうになるが、飛行船の下にも雲が浮かんでいることからここが空の真っただ中ということがよくわかる。

頬を撫でる風が気持ちいい。肩に乗るシナトを見てみれば、どことなくワクワクしているようにふすふす鼻を鳴らしている。

バルーンと船を繋ぐロープがギシギシ鳴る。船尾の舵が風を切ってヒューと小気味よい音を上げる。船首の向こうにはうっすらと空に浮かぶ島の影。どうやらあそこが始まりの島のようだ。

何もしなくても船は進むが、大空を進む高揚感が自然と舵輪を握らせる。目指す島までは一直線。舵輪を回す必要はないけれど、こういうのは気分だ気分！

「よーし！　準備はいいか、シナト？　俺とお前、二人でいく空の旅の始まりだぁ!!」

「きゅぁー!!」

左手で舵輪を握ったまま、右手を高く天に突き上げる。左肩の小さな相棒もそれに倣ってか、短い前脚の片方をちょんと掲げた。

さぁて、この先にはどんな旅が待っているんだろうか。どうやって金を儲けてやろうか。

順風満帆、意気揚々。どんなゲームでも、旅の始まりってのはワクワクするなぁ!!

「おーい兄ちゃん！　こっち、こっち！　ここに泊めーや！」

いくつかの飛行船が停泊している港らしき場所に近づくと、桟橋的な場所の突端に立っているおっちゃんに声をかけられた。

言われなくても勝手に船はそっちに行くんだけど、まあこういうのも気分だよな。実際にいきなり入港操船しろとか言われてもできませんし。

ゲームだからしかたないんだけど、飛行船が桟橋に綺麗に横づけされた瞬間、ロープが船首と船尾から二本ずつ桟橋の短い丸太のような留め具に繋がっていた。それどころか船から乗り下りするための階段まで一瞬で設置されている。

せっかくリアルなフルダイブＶＲなのに風情ないなぁ。……いや、よく考えたらこれらを設置する作業なんて俺とシナトだけでできるわけねーわな。うん、ゲームシステム的ご都合パワー万歳。

とりあえず階段を下りて船から下りてみたら、誘導してくれたおっちゃんがこっちにてこてこ歩いてきていた。

「ほーい、ようこそカルムへ。飛行船を見た感じ……兄ちゃんたち、もしかして新人さんかいな？」

頷く。流れ的にこのおっちゃんはチュートリアル用の説明キャラという感じかな？

「そーかいそーかい。じゃあ、おっちゃんが教えちゃるよ。まずこの港じゃけんど、まあどこの島行っても大概は同じやわ。おっちゃんみたいな港番《みなとばん》がおって、入港の誘導をしたりするんよ。それと港は迷いやすいからな、自分の船に戻りたいときは港番に船の名前を言えば、船まで連れてってくれるんよ。そうそう、そういうわけやから、兄ちゃんらの船の名前教えてーな」

全然考えてなかった。そうか、普通に考えて船の名前は要るよな。

どんな名前がいいかな？　これから先、多分交易のときとかに使ったりするんだろうからあんまりネタに振り切った名前はちょっとなぁ。自分で使ってて微妙な気分になりそうだし。

つってもあんまりかっこよすぎるキメッキメの名前つけてもそれはそれでなぁ。この小さい飛行船が名前負けするし。

「心配せんでも、後から替えることもできるでな。とりあえずつけてみーや」

あ、そうなんだ。だったらまずは好きにつけてみるか。

シナトがカワウソなんだから、せっかくだし川系の名前にしてみようかな？

川、川……ならこんなのは……いやいや、これはちょっとあれじゃないか？　でもどうせ後で変えれるし……。こういうのはインスピレーションがどうたらこうたらいうし……。

「べ、【紅鮭丸《べにじゃけまる》】」

しょせん俺は海から逃れられぬ運命……。

川の生き物で一番初めに頭に出てきたのが他の何者でもなく鮭《さけ》て。しかもせめてパーソナルカラーの赤関係にしようと思って足掻いた結果が紅鮭。朝ごはんかな？

肩に乗せたシナトはどことなく嬉しそうな気もするが、まあさすがに気のせいだろう。……気のせいだよな？　まだ赤ちゃんなのに俺みたく脳に潮の香りは染み付いてないよな？

「ほいほい、紅鮭丸やな。ところで兄ちゃん、なんも知らんっちゅーんならおっちゃんが島をぐるっと案内しちゃるけど、どう？」

ドラスレのときのちょんまげおっさんといい、なんでこうもおっさんが案内役になるんだろう。こういうのって可愛い女の子だったりしない？　まあどこまでいってもＮＰＣだから、どっちでもいいけど。

結局おっちゃんに案内を頼むことにした。今回はガチで何がどんなのかわからないし、チュートリアルに大切なことがポロッと紛れててもやだし。つってもこの手のゲームなら市場や商館や地主の家だとか造船所だとかそんなもんでしょ。旧世代機とはいえ、伊達にジャンルを問わずアホみたいな量のゲームをしてきたわけじゃあないんすよ。

「ちゅーわけで案内は終わりやけんど、聞きたいことあったりするかいな？」

「……ないです」

いやマジで無いわ。ビックリするほど予想通りだったわ。

交易品の売買をする市場、希少品や貴金属なんかを取り扱ってくれる大手商会の商館。飛行船のカスタマイズをするための造船所、個人的な荷物や特別な品物の運搬依頼なんかが寄せられる酒場。プレイヤー同士で交流したり、商会結成なんかのいろんな手続きをしたりできる飛行船乗り組合。あとその辺のＮＰＣがうろついてる住宅街。

いわゆる『まあ、そうだろうな』としか言いようのないテンプレ島だったよ、うん。あまりにも予想通りすぎて質問が生まれる余地も無いわ。

強いて言えば、住民の話や依頼なんかで行先がどんどん増えていくということかな。これって裏を返せば『正規ルートなんてない』ってことだよな。

おっちゃんの案内の途中で寄った飛行船乗り組合でもらった航路図を開いてみても、今のところはこのカルム島以外に何もない。真っ白な地図の端っこに『カルム』と書かれた島があって、それ以外は雲の絵に隠された状態だ。

要するに、自分の行先は自分で見つけて自分で決めろってことか。始まりの島でこの突き放しっぷり、なかなかスパルタンなゲームなのかもしれない。こういうゲームは大概ある程度までは黙ってても航路を教えてくれるもんだけどな。

とりあえずおっちゃんと別れ、島をぶらぶらすることにした。ぐるっと案内してもらったとはいえ、自分で見て歩くとまた別の発見もあるだろうし。

「なあシナト、どこ行こうか？」

「きゅ？」

小さな相棒に聞いてみたら、首を傾《かし》げられた。そんな仕草も可愛いぜ。

「よしよし、赤ん坊のお前にそんなこと聞いても困るよな。ま、とりあえず市場に行こうか」

「きゅ〜」

頭をさわさわと撫でてやれば、気持ちよさそうに声を上げる。

あー癒される。独身の人がペットを恋人か何かみたいに溺愛する気持ちがよくわかる。マジでさぁ、風乗りの獣《ウィンズ》と戯れるだけでロクに交易しない人とか絶対いるよな。下手すると俺もなりそう。

名残惜しいがいつまでもシナトを可愛がっているだけではゲームは進まない。まず、市場に行こう。適当に交易品の物色をしないといけないし、それに運が良ければ行先も開けるだろう。

そうと決まればレッツゴー。市場は島の中心からちょっと南に行ったところだったかな？

「カルム農場自慢の空キャベツはいかがかね。新鮮パリパリシャッキシャキよ」

「さあさあ兄さん姉さん見てってくんな、朝一で獲れた空魚だぜ！」

「肉類ならうちにきてみーや！　牛豚羊鳥、塩漬け燻製《くんせい》腸詰、何でもあるわいな！」

「反物は要りようでないかー？　カルム独自の模様は人気あるよー」

いやあ盛況盛況、市場の類は見てるだけなら楽しいな。活気があって品物が溢れて、いろんなところについつい目移りしてしまう。

すれ違う人たちの中にはプレイヤーだろう人たちもいて、みんなそれぞれの風乗りの獣を連れていた。見た限りでも犬、猫、鳥、ネズミ、蛇、ウサギなんてのがいたな。シナトと同じ見た目のウィンズもいるんだろうけど、今のところ見てはいない。

　さてさて港番のおっちゃん曰《いわ》く、ここ市場に出ている店は小売業者であり問屋の窓口でもあるそうだ。つまり、ここの店で品物を見て、気に入ったものがあれば大量買い付けもその場でできるということ。仕入れた品は飛行船の方に搬入しておいてくれるらしい。

　まあ、いちいち漁協や農場やなんやを見て回るのも面倒だし正直助かるわ。ゲーム開発側としてもそこまで作り込んでられるかというのもあるだろうけど。一応、主産業になっているものは個別の問屋があったりするとおっちゃんが言っていた。

　まあそんなことは置いといて。

「きゅ！　きゅっ！　きゅあー!!」

「痛い痛い痛い。ちょっとやめて、ほっぺた叩かないで」

　てしてしと、いやベシベシと俺の頬を叩き続けて荒ぶるシナト。けっこう力がマジな感じに入ってて痛い。爪が立てられていないだけマシといえばいいのか、人の頬を叩くんじゃないと叱ればいいのか。

「へっへっへ、兄さんのウィンズは魚が好きみてーだな！　いやいやお目が高い、なんつったってこの空魚は獲れたて新鮮！　特にこの空鯖《そらさば》なんてい〜い感じに脂がのってまさぁ！」

　シナトが俺を叩き始めた理由は魚。やっぱりカワウソだからその辺が好物なのかな？　しかしなんで俺は空の世界にまで来てこうも魚とばかり縁があるんだろうか。


【空鯖】

　荒ぶる相棒の手前、無視もできないのでとりあえずその空鯖とやらを見せてもらおう。

空を飛び海雲《うみぐも》を泳ぐ空魚の一種。比較的生息範囲が広く、それなりの規模の群れを作るので漁師たちがよく狙う。『さば』という魚に似た味がすることが名前の由来。
焼き魚がうまい。特に脂ののったものは絶品。開きにして干物に加工すれば日持ちもする。
値段：1樽《たる》200G
保存可能期間：3日
注意点：特別な設備があれば保存期間の延長が可能。また、日数が経つごとに売値が下がる。

う～～～ん、無理！

シナトにゃ悪いけどこれはアカンでしょ、保存期間３日て。いやいや行先もまだ決まってないから、次の島まで片道半日とかならまだわかるけどね。でもそこの魚の需要が高いとは限らないし。一応これ商売だからね、利益出ないならやらないから。

注意点にある特別な施設って、多分冷蔵庫や冷凍庫のことかな？　もしくは生簀《いけす》？　どっちにしても、たしかに魚を扱うのなら必須だろうな。

「きゅぅ……」

そんな寂しそうな声をしてもだめだぞ。……だめだからな！

そりゃね、俺だって魚を取り扱いたい気持ちは無きにしも非ずだよ。勢いとはいえ船の名前も紅鮭丸だし、魚を扱う感じがバリバリするもん。

でも設備は無いし、初めての交易が腐った鯖のごみ処理願いで終わるとかいやすぎる。軍資金は１０００Ｇあるけど、わざわざこれをドブに捨てるつもりはない。

とはいえ、とはいえだ。ゲームなんだからそこまで深く考えることもないのでは？　いや、ゲームだからこそ本気で考えるというスタンスもたしかにある。それは否定しないしむしろ俺はどちらかというとそっちのタイプだと思う。

しかしあくまでゲームとは楽しむもの。効率や最強を目指すのもいいけど、自分がやりたいと思うスタイルを貫くのもいいんじゃないか？　好きこそものの上手なれともいうし、モチベーションって何においても大事じゃん？　それに最初にちょっと冒険して痛い目にあってもそれはそれでいい経験っていうか……。

……要するに魚を取り扱いたいんだよ！　ああそうだよ、もう俺は海産物から逃げられねぇんだよ！　シナトの寂しそうな目が辛《つら》いとかそういうのもあったりするけどさぁ、俺自身も魚を見る度に親近感わいちゃって無理なんだよ！　犬好きの人が育成ゲームするときについつい飼い犬に似たやつを選んじゃう的なアレが俺の場合は海の生き物なんだよ！　ラオシャンで過ごした日々が魂に染みついちまってんだよぉ!!

多分造船所に行きゃその手の設備もあんだろ、金額がよっぽどじゃなかったらやってやんよ！　無理そうだったらおとなしく工芸品でも売って資金稼ぐけど！

行くぞシナト！　俺たちのハッピーフィッシュパラダイスを作るために造船所に突撃だ!!

「魚の保存用設備っすか？　一番小さいので５０００Ｇっすね！」

造船所で俺を迎えたのは、最低でも有り金の半分を差し出せという無情な言葉だった。


【空魚運搬用冷蔵庫『冷え冷え君』（特小）】

空魚の新鮮さを長時間保つための冷蔵設備。容量は小さいが、この中に保管しておけば空魚の保存可能期間が倍になる。また、日数経過による値下がりがそれなりに緩和される。

値段：5000G
保管可能量：5樽分
備考：使用中、航行費に＋10C／日
え、この一番小さいやつが５０００Gもすんの？　しかも樽五つ分しか保存できないって説明に書いてあるけどマジ？
空鯖が一樽２００Gだろ？　相場がわからないから適当だけど、仮に儲けが10％だとしたら一樽につき20G、五樽で１００G。これで元を取ろうとしたら二百五十樽売らなきゃいけないわけで。つーことは維持費等々を除いてごくごく単純に考えても五十回は交易しないといけないと。
いやいやまああ、紅鮭丸はもうちょい積載量あるから魚だけでどうこうしようとは思わないけど、それにしても完全に魚だけで商売するのは当分難しいな。
そういえば現時点での紅鮭丸のスペックは……っと。
【紅鮭丸】
交易用小型飛行船
総積載量：30樽
航行速度：遅い
特殊設備：なし
航行費：60G／日
新人の飛行船乗りが手にする小さな交易船。積載量も少なく、速度も遅い。
それでも空を旅するための最低限の装備は整っており、シンプルかつ小型ゆえに維持費も安い。

いずれは影も形もなくなるほど拡張・増設を施されるのかもしれないが、この船こそがあなたの大いなる空の旅の第一歩。それが決して変わることのない事実であることを忘れないでほしい。

総積載量が三十樽……。見てくれよりずっと少ないが、まあ空を飛ぶための設備だったりなんだったりでそれなりのスペースがとられているんだろう。実際の船だって機関室だったり居住区だったり、何くれとなく場所とられるらしいし。

それに、最初から積載量が多すぎたらゲーム的にいろいろ難しくなるもんな。慣れないうちは何載せたか忘れたり、知らないあいだに魚腐らせたりとかありそう。

そしてこの航行費。港で待機中ならただとはいえ、飛行船はただ走らせるだけでお金がかかる。現状の紅鮭丸ならなんとビックリ一日60Gなり。つまり交易では少なくとも仕入れ値＋航行費を上回らなければ赤字である。うんうん、ますます厳しいな。

ともかく、現時点では六分の一しか冷蔵仕様にできないわけだ。そもそもこれだけ容量も少ないとなると、この冷え冷え君（特小）はガチで商売しようと考えるためのものではないのかもしれない。おそらく魚関係の依頼用だとか冷蔵設備のお試し用だとか、多分そんな感じのものだと思う。

「きゅぅん……？」

俺が設備の仕様書と紅鮭丸のスペックを見比べながら黙りこくってしまったせいか、シナトが不安そうな声で鳴く。

ふっ、心配はいらないさ相棒。この男赤信号、自分に嘘つくほど堕《お》ちちゃあいない。魂が魚を扱えと叫ぶなら、どうして有り金の半分程度で怖気《おじけ》づこうか。いろんなゲームで詰みセーブをしてしまったことはあるけれど、しかたないじゃないかそれが自分の選んだ道ならば。

元手をとるのに交易数十回？　はっ！　そんなもん、百回でも二百回でも空島シャトルランしてやるよぉ！

「冷え冷え君（特小）《これ》を」

「まいどありっす！　えーっと赤信号様の紅鮭丸っすね。すぐに取り掛かりますんで半日ほどお時間いただきまっす！」

　視界に出てきた所持金が猛烈な勢いで減っていく。そういうのを見たらちょっと冷静になるのが人という生き物なわけで。

　つまるところ今の俺は『航路もロクに拓《ひら》いていないうちに設備投資しちゃったけどどうしよう』という状態だ。だからどうしたという感じだけどね。だって使った金は返ってこないんだし。取り返したかったら魚売りシャトルランするしかないんだから。

　まあアレだよな、とりあえず取り付け工事が終わるまでは島をうろついて、航路を拓くための情報を得なきゃってやつだ。

　夏休み終わり前の宿題と同じで、明確な期限がすぐそこにあると切羽詰まって行動的になるよな。俺は割と早めに終わらせる方だけど、優芽《ゆめ》は勉強ができないわけでもないのに毎回ラスト三日くらいで俺に手伝わせる。いや、毎回そうやって学習していないということは、もしかしてあいつはバカなのか？　あるいはうまく俺を使っているから賢い？

「情報を集めに、酒場にでも行こうか」

「きゅ！」

　冷え冷え君を購入してから、なんかシナトが俺に懐いているというか敬意を払っているような気がする。教えてもいないのに小さな手で敬礼しちゃって、まあ可愛い。

なんか俺、このゲーム始めてからシナトに対して可愛い以外の感想を漏らしていないような気がする。初孫ができたじいさんばあさんみたいだな。

そういえばウィンズは卵から孵《かえ》すときの選択肢で性格が決まるっつってたけど、どうなんだろ？　そのうち姿も変わるとも言ってたっけな。この付き合い方でいいんだろうか。

「きゅう？」

肩に乗るシナトをじっと見つめると、つぶらな瞳でこっちを見返しながらちょっと首を傾げる。

……まあ、とりあえず悪い性格でないのはわかる。あとは俺次第って感じなのかな。どんな性格だったとしても相棒は相棒。俺の選択から生まれたんだから、ある意味ではこいつも俺だ。このゲームの世界では一蓮托生《いちれんたくしょう》の一心同体。そして何よりお魚パラダイスを目指す同志でもある。

「なんでもない。行こう」

軽く頭を撫でてやり、島の住民の依頼やなんやらが集まると言われる酒場へと向かう。

個人的にはそういう人がたくさん集まるところはあんまり好きじゃないんだけど、最近はゲームの中でなら多少は慣れてきた。それでも現実では相変わらずの無言無表情なんだけど。

てなわけで酒場に来たんだけど、あんまり人がいない。まだ真っ昼間だし、そりゃそうか。

それならそれで俺としては好都合。さっさと依頼なりなんなり見て退散しましょ。

お、あの壁の掲示板に貼られてるやつがそれかな？　えーとどれどれ？


【急いでいます!!】

【空キャベツを運んでくれる人募集】

【おばあちゃんに手紙を運んで！】
【あれが切れた……死にたい……】
【冷蔵設備のある飛行船をお持ちの方】

ふんふん。一番気になるのは下から二番目だな。字面だけだと完全にヤクに溺れた人だもん、そりゃ気になりまっせ。ま、一番下の冷蔵設備を求めてる人も気になるけどね。魚用冷蔵庫でよければいいんだけど。

【あれが切れた……死にたい……】
依頼主：二丁目裏路地のヤス
あれが切れちまった……もうだめだ……死にたい、いや死ぬしかない……
あれがない生活なんて考えられねぇ……後生だ……誰かあれを……あれを持ってきてくれ……
あれが何かって……？　そりゃぁあんた……スウィーティーな幸せの白い粉さ……
依頼内容：幸せの白い粉（砂糖）10樽の納品
報酬：1樽×800G　その他

【冷蔵設備のある飛行船をお持ちの方】
依頼主：空鰯《そらいわし》マニアのピーター
ふふふ……空鰯が大好きすぎるこの僕が、一年で最も待ち望んでいる時期が来た！　そう、繁殖のためにたくさん栄養をつけた美味極まる空鰯が来る、この季節が！
当然、一番に水揚げされたものを買ったのだけど……僕のいるカルムまで運んでくれるはずだった飛行船が故障!?　冷凍されているとはいえ早く運ばなきゃせっかくの空鰯が……。

お願いします！　冷蔵設備のある飛行船をお持ちの方、水揚げ地のサデナ島まで行って僕の空鰯を運んできて！

依頼内容：空鰯（一番水揚げ）1樽の納品。依頼受領から3日以内に納品すること

報酬：300G　その他

ほほう……。これは空鰯マニアさんのファインプレーだな。具体的な方位はわからないけど、ここカルムから往復で3日以内なんだから、依頼主がよほどのアホでない限りは3日あれば往復できる距離ってことなんだろう。

《【冷蔵設備のある飛行船をお持ちの方】を受領しますか？》

張り付けられた依頼書に手をかけたところでメッセージウィンドウが現れた。どうやら依頼は依頼書を壁から剝がした時点で受領とみなされるらしい。

さすがにこの時点で受領するわけにはいかないので、依頼書を剝がしかけた手を止める。

「その依頼やらないんだったら、僕がもらっても？」

「もいっっ!?」

ベリッ！

「あっ」

《【冷蔵設備のある飛行船をお持ちの方】を受領しました》

やっちまった……。マジかこれどうするんだ、島の場所もわからない俺が受領希望者のいる依頼を引き受けてしまった。え、どうしたらいいんだこれ、依頼の譲渡とかできるのか？　いや仮にできたとしても「はははすいませんね、僕ど素人なもんで航路もわからないのに引き受けちゃって。

もちろんこの依頼はお譲りしますよ、はいどうぞ」とスムーズに話せるわけがない。

いっそあちらさんが「俺様の狙っていた獲物を横取りするたァ太ェ野郎だ、食われる覚悟はできてんだろうなァ!?」とGTレクス張りのロールプレイで絡んできてくれたらワンチャンあるかもしれないのに。いやでも万が一それが素の思考の人だったらヤバいな。そんな人にデスブラ的会話術を試みようとしたら普通に殴られそうだ。

いやいやいやそんなこと考えてる場合か！　いまだに俺は依頼書を握りしめたまま相手に背中を向けてフリーズしてるんだぞ、さすがに失礼が過ぎるだろう。

意を決してゆっくりと振り返る。ギギギと錆《さ》びついた立て付けの悪い扉のような音が体中の関節から聞こえる（気がした）。

心拍数ダダ上がりの中、どうか異常興奮センサーに引っかかりませんようにと願いながら恐る恐る百八十度振り向くと……。

「くっ、ふふ。ははは！　僕だよ僕、君の数少ない友人のブルマンさ！」

相棒のウィンズだろう大きな狐《きつね》を連れた、腹を抱えて爆笑している青がいた。

「いやいやいや、後ろから話しかけられたらびっくりするのはわかるけど、フリーズ長すぎでしょ。君、依頼書を鷲掴みにしたままたっぷり十秒は固まってたよ？」

おまっ、お前、おまえなぁーー!!　俺だとわかっててさっきのをやったってのか!?　こっ、このド外道が、やっていいことと悪いことってのがなぁ！　だっ、てめっ、このやろ！　お前が友達じゃなかったら処理落ちからのブルスクまであったぞコラ!!

……覚えてろ、向こう一週間はラオシャンでのんびり泳げると思うなよ!!

「激怒と安堵《あんど》と友情と殺意がない交ぜになった複雑な表情だね、それくらいリアルでも表情豊かだったら大学で『無表情のぬらりひょん』とか言われなくて済むのに」

「え、俺そんなこと言われてんの？」

「あるいは『瞑想している仏陀《ぶっだ》が聞いている音』とか、『ヒューマンエアー』とか？　で、どんな依頼受けたの？」

　仏陀が瞑想してるときの環境音って何、祇園精舎《ぎおんしょうじゃ》の鐘的な？　そしてエアーマン（空気人間）ではなくてヒューマンエアー（人間型空気）とな。もはや空気のような人間ではなく人の形をした空気だということですか？

　学校では空気に徹しているからそういう評価を得るのはやぶさかではないというより本望なはずなのだが、こうもはっきり言われるとなんか腑《ふ》に落ちない。それが人間のエゴってやつなのか。

「うん……まあ、いいや。依頼はこれなんだけど、行先を知らないんだ」

　ビックリして剝がしてしまった空鰯マニアさんの依頼書を青に手渡し、立ち話も何だしせっかくの酒場なので、椅子を適当に持ってきて樽のテーブルについた。

「ふぅん……サデナまで集荷の依頼ね。期限は三日か、まあまあ初心者向けだけど冷蔵庫持ち限定なのは始めたばかりの人には難しいね。その分、仕入れにお金がかからないからやるだけで純粋な利益になるやつだけど」

　ほ、ほーん……。そっかぁ、初心者で冷蔵庫持ちは難しいんだぁ……。ふーん、へーぇ……。そぉなんだぁ……。

「普通に考えたらキャンセルだよね。でも、この依頼に手を伸ばしていたということは……もしかして、持ってるの？　空魚用冷蔵庫を？」

「（サムズアップと無言の首肯）」

まだ取り付け中だけどな。そんなことを言っても初期資金の半分をすでに費やしたことに変わりはないんだけど！

「わぁい、いい返事。というか、赤はまだやり始めたばっかりだよね？　航路はどれくらい拓いたの？　二、三個は島を見つけた？」

「（右手の人差し指と親指で丸を作り、そっと首を横に振る）」

「おおぅ、航路も拓かずに冷蔵庫に投資するとかガッツありすぎでしょ。安定した交易がしたかったら少なくとも十個は島を見つけておかないと、値崩れや買い占めがあったときに困るよ？　それに飛行船は走らせるだけでお金がかかるんだから、もし所持金が底をついたら旅もできないんだよ？　そうなったらほかのプレイヤーに借金するか、組合でパシリやらされるかのどっちかなんだから、交易と旅のどっちをメインでやるかは別にしてもある程度はちゃんと金策しないと。フルダイブ歴ならともかく、ゲームプレイヤーとしての経験値は赤の方が多いはずなのに、どうしてこうなったの？」

「（返す言葉も無いという無言）」

けっこう本気めに心配されてしまった……。薄々感じていたが、さすがに初手設備投資は悪手だったようだ。

青が言うには初期の軍資金は航路図をある程度作るための航海費に使って、拓いた航路でお金を増やし、そしてまた旅に出て……という流れが序盤のセオリーらしく、仮に設備投資をしたとしてもまずは積載量の拡張か船速の向上がベター。

　それと、たしかにその辺のＮＰＣから直接航路を聞けることもあるがチュートリアルで言われるほどどんどん見つかるわけでもなく、そもそもコミュ力無いのにどうやってＮＰＣと積極的に仲良くなるの？　と言われた俺は、せやな……としか返せなかった。

「初航海は何もわからない空に飛び立つっていう不安とドキドキが醍醐味なんだけど……さすがにこれは見過ごせないね。びっくりさせたお詫《わ》びも兼ねて、依頼にあるサデナ島への航路を教えてあげるよ」

　マジか、それなら俺も不意打ちの件を深くは恨むまい。この間ついに解放した首長竜で死ぬほど粘着してやろうかと思ったけど、使うのはシャチに変更してやろう。

　いやそれにしても助かる。プレイヤー同士で航路を教え合ったりできるんだな。

「うん。セレスティアル・ラインの空島は数も多いうえに、プレイヤーごとにどんな島に行けるかが微妙に違うんだ。どうがんばってもそのプレイヤーのデータだと見つけられない島ってのがあるんだよ」

　初心者救済のためか始まりのカルム周辺は共通しているが、進めば進むほどに全然違う航路図が出来上がってくるそうだ。そこで、他プレイヤーに航路（と言うよりは島の座標）を教えてもらうことで自分の航路図にない島に行けるようになるらしい。

　デフォルトでは自分の航路図に出現しない島もあるが、だからと言って手に入らない交易品があったりとかは特にないとのこと。強いて言うのなら特定の物品が妙に安い島があったり、変わった地形だったりする程度だ。

「さぁ、サデナ島の位置を教えるから航路図を開いてよ。あと、さっきから君の背中にしがみついて隠れているウィンズをこっちに見せて。僕のウィンズが島までの風をある程度教えてくれるから」

そういえばさっきからシナトが俺に隠れているんだけど、もしかしてこいつも極度の人見知りだったりするのか？

がっしりとへばりついて意地でも離れまいとするシナトと格闘することしばらく、顔は俺の方に向けたままだが、抱きかかえる形でなんとか前へと移動させることができた。ゲームだからよかったものの、もしこれが現実のネコかなにかだったら俺の背中は血まみれだっただろう。それほどまでの激戦だった。

「うーん、子は親の背中を見て育つというか、ペットは飼い主に似るというか。赤と一緒で身内だけだと普通だけど、知らない人がいるとダメな感じの子かな？」

「別にシナトは俺の子供でもなければペットでもないけどな」

「じゃあ似たもの夫婦ってやつなんでしょ。まあいいや、えっとシナトだっけ？　その子にサデナ島までの風を教えてあげてよ、ぶる子。えっと、サデナサデナ……ここだね」

青がそばにいた狐の頭を撫でてから航海図を開き、サデナ島を指で示してくれるがちょっと待て。

「……ぶる子って、もしかしてそのウィンズの名前……なのか？」

「そうだよ。僕がブルマン《青男》だからぶる子《青娘》。狐だからぶる孤《こ》ともかけてて、なかなかいい名前だと思わない？」

余裕で青を背に乗せて歩けそうなくらいに大きな体に、ふさふさの九本の尻尾。刈入れ前の稲穂を思わせるどこか懐かしさのある金毛がとても柔らかそうな、可愛さとカッコよさがいい感じに同居したこのウィンズの名前が『ぶる子』とな。

　そうだった、こいつネーミングセンスがかなりアレなんだった。思えばＩＲのレムナント名も青山三号とか青色二号とか、住所か着色料みたいな名前ばっかりだし。たまにシンプルさがいい感じにハマるときもあるけど、大抵はお察しだ。魔人の名前から必殺技名から何から何まで考えなきゃいけないデスブラは難しいだろうな。

「……まあ、お前がそう思うんならあえて何も言うまい」

「その言葉がすでに失礼なんだよなぁ……」

　がくーっと樽テーブルにうな垂れた青に、ぶる子が慰めるかのように頬をすり寄せる。一応、自分でもネーミングセンスが微妙なのは気にしているらしい。まあ、船の名前が紅鮭丸の俺がいちいち言えたものではないんだけど。

「わたしはわたしの名前を気に入ってますわ。どうかお気になさらないで、お父様」

「ありがと、ぶる子は優しいね。さすがは僕の自慢の娘だよ」

……しゃべった!?　え、今ナチュラルにぶる子がしゃべった!?　しかもお嬢様口調で！

「えっおい、ウィンズってしゃべるのか？」

「うん？　ああ、ごめんね、ネタバレしちゃったかな。そうだよ、生まれたばかりはともかく、ウィンズはそのうちしゃべれるようになるんだ。最初はたどたどしいけどね、性別や性格で口調も変わるよ」

　へぇーそうなんだ。じゃあ俺にしがみついて青の方を見ようともしないシナトも、そのうちしゃべるようになるんだな。どんな風にしゃべるのか、ちょっと楽しみだ。

「まあ、そのあたりは今どうこうできるわけじゃないから。ほら、航路図開いて僕のと突き合わせて」

ばさっと開かれた二枚の航路図。片方はほぼ真っ白で、もう片方は大小様々な大きさの空島が無数に描き込まれた物。これから先、これだけの冒険が俺を待っているのだと実感させてくれてなんとも心が躍る。

そして半ば無理やりにぶる子と引き合わされたシナトが、二匹で何やらあっち向いたりこっち向いたりしながらすんすんふこふこ鼻を鳴らしている。途中でぺしっとぶる子に猫パンチ、もとい狐パンチを喰らっていたけど、どうしたシナト。お前もしかして物覚えが悪い方だったりする感じ？

《ブルマンさんから【サデナ島】への航路を教えてもらいますか？》

現れたウィンドウに迷わずＹＥＳを選択。

すると、カルム島からほど近い位置に一つの小さな島の絵が浮き上がり、その周辺の雲がスゥーっと晴れた。

《新しい航路が拓かれました。『空魚漁の拠点、サデナ島』》

ほっほー。いいねいいね、この演出。普通じゃありえない自動で描き込まれていく航路図ってところが絶妙にファンタジーでゲーム感あるね。

「チュートリアルで聞いたかもしれないけど、初手で業務用冷蔵庫を買うような赤信号君にブルマン先生がもう一度基礎を教えるからよく聞いててね。割とこのゲームはシビアだから、ウィンズたちのほわほわした雰囲気に騙《だま》されると間違いなく組合のパシリを経験することになるんだよ」

そういうことで、空魚用冷蔵庫冷え冷え君が取り付けられるまでの時間つぶしも兼ねて、青から

『プレイヤーとしての』注意点を教えてもらうことになった。

　まずは基本にして最大のプレイヤーのマストアイテムである航路図。航路図はただの地図ではなく、記載されている島それぞれにどういう主産業があってどんなものが不足しているのかが大雑把にわかる優れモノだ。

　そして交易をするうえで重要な『需要と供給』。不足品云々の話だが、プレイヤーがその需要を満たしていけばリアルタイムで不足品や物価が変わっていくという。

　例えば金属類が不足している島では、鉄鉱石や鉄材なんかが高く売れる。かといって大勢のプレイヤーがこぞって金属類をアホみたいに卸してしまうと、供給が需要を上回って値崩れが起きるというわけだ。

　大きな島なら需要も多いのでそう簡単に値崩れは起きないだろうが、小さい島だとプレイヤーの行動次第では物価の変動が激しくなるだろう。昨日まで果物を求めていた島に大量のリンゴを運び込んだら、先にほかのプレイヤーが需要を満たしてしまったせいで赤字になる、なんてことが起きてもおかしくない。

　このセレスティアル・ラインを交易による金儲けをメインに据えて遊ぶ場合、同じ空の下を飛び回っている他プレイヤーたちは基本的に全員が商売敵と言っていい。少なくとも今のところは直接的な戦闘要素がないから、プレイヤーがプレイヤーに沈められるなんていう事件は起こりえない。だが、その分『時は金なり』を地で行く戦いが繰り広げられているというのが青の言葉だ。

「ここで一回、とりあえず記念すべき初航海先を見てみようか」


【サデナ島】

島自体は取り立てて何もない小さなもの。だが、この島の付近は海雲の合流地点となっており、様々な空魚が同種のほかの群れと出会い産卵・繁殖を行う。そのため多くの空魚漁船が群れを追って集まり、漁をするための補給地点として利用される。

サデナ島を拠点にする漁船たちはこの島で水揚げを行い、空魚運搬船がそれをほかの島まで運んでいく。そのため、サデナ島の主産業は漁業でありながら、純粋な住民の主な収入源は漁師たちの宿泊や港の使用料、補給物資の仲介などである。

規模：特小
主な施設：魚市場、市場、造船所（修理限定）、酒場、飛行船組合
主産業：漁業
不足品：野菜類、酒類
現地点からの必要移動日数：1日

はい来た、俺とシナトが求める島が今ここに現れた。

何だよここお魚天国じゃん。この時点で神ゲー認定しそうだわ。空を舞台にしてるはずなのにやたらと魚が出てくるな、食料関係はやっぱり強いということか？

はしゃぐ気持ちはさておき、魚専用の冷蔵設備やらなんやらがあると知ったときに薄々感じていたけど、このゲームは交易品がかなり細分化されているように感じる。そこまでこだわりのないゲームだったら、冷蔵設備なんて食料品全般で使いまわせるものだと思うし。

とくれば、ぱっと見は需要が満たされているように見える物でも、種類によってはその限りでなかったりするのでは？　酒類だからと言ってビールばかり供給されても、そりゃ中にはラムやジン

やウィスキーがいいと言う人もいるだろう。

「なあ、同じ種類の交易品でも高級品と廉価品に具体的な違いはあるのか？」

「おっ、そこに気付くとはさすがだね。そうだよ、一見需要が満たされているようでも、『満たされているからこそより良い物が欲しい』と思う人はいるもんなんだよね。そういう特殊な需要を満たせる品物は、ただの不足品よりもずっと高値がついたりするんだよ」

ほほう、そう考えると魚特化でやっていくのも普通にありだと思えてきた。

膨大な種類の交易品を広く浅く取り扱うより、専用設備をガン積みした飛行船で絞り込んだ数種類の品を取り扱うのも一つの商売戦略だよな。需要があらかた満たされていても、普通の飛行船では取り扱えないようなニッチを埋めるスペシャル品ならそこそこ売れるかも。

もとより魚メインで行くつもりだったけど、それなりに先は明るいのかもしれない。存在してるかどうかは知らないが、いずれは空鮪《そらまぐろ》とか空鰹《がつお》なんかの大物を取り扱ってみたいな。

「シナトよ。俺たちの桃源郷、いや、竜宮城は近いかもしれないぞ」

「きゅう！」

よしよし、お前もやる気満々だな。

「この脳内お魚天国の二人ときたら……。まあ、空魚は食料品の中でも特に足が早い（腐りやすい）から、メインで扱っている人は少ないんだよね。新鮮であればあるほど高く売れるけど、高速飛行船は航行費がヤバいし、冷蔵庫は積載スペースを圧迫するし」

そして何より、空魚は交易ルートの確立が難しいという。現実でも海から遠いほど魚は仕入れが難しくなって値段は吊り上がるが、冷蔵・冷凍設備が開発されるまでは腐敗との戦いだった。そして豊かな海に面した地域では地産地消ができるのでわざわざ輸入する意味はない。

要するに需要と供給と運搬の兼ね合いが絶妙にめんどくさいのだ。青いわく超特大冷凍庫が使えるのなら遠距離運搬も可能になるが、設備費や維持費やらがすごいことになるし、そうなったら完全に魚屋さんプレイになると言っていいらしい。

「そういえば、青の飛行船ってどんなのなんだ？　参考までに見たいんだけど」

「若干ネタバレっぽくなるけどいいの？」

「どうせ別物になるんだからいい。一本のストーリーがあるゲームならともかく、この手のゲームはそのうち攻略サイトとか見るし」

「まあ、それもそうか。でも、念のため船体説明文は隠すからね」

【第七ブルマンジャロ】
超大型複合交易用上下バルーン式飛行船
連合商会『青の商船団』旗船
総積載量：12000樽＋乗客80人
航行速度：普通
乗組員数：200人
特殊設備（航海用）：超大型強化バルーン、船底設置式超大型強化バルーン、特殊繊維三角帆、特殊繊維縦帆、高速飛行用大型プロペラ、高性能風見鶏《かざみどり》、自動天測機、ポッドプロペラ式舵板、超高性能大型望遠鏡、動揺緩和装置、小型高速艇
特殊設備（交易用）：食品用大型冷蔵室、肉類用食品加工設備、貨物固縛用ラッシングベルト、

ばら積み用大型船倉、船倉用空調設備、乗客用スイートルーム、乗客用ノーマルルーム、家畜用輸送コンテナ、空魚用冷凍コンテナ、大型貨物用クレーン、他船連結用設備

航行費：15000G／日（基本航行費）
　　25000G／日（全設備稼働時）

ちょっとちょっとちょっと、ウィンズの見た目でなんとなく察していたけどさぁ。青、貴様このゲームやり込んでいるな？

なんだこの弩《ど》級《きゅう》飛行船は、船っつーかもはや動く港湾施設じゃねーか。は？　一日フルで動かすだけで現時点の俺の所持金の五倍が吹っ飛ぶんだが？

ていうか積載量一万二千樽!?　一回の交易でどんだけの金を動かすつもりなんだ、一樽200Gの空鯖をぎっちり詰め込んだらそれだけで2400000Gだぞ!?

しかも乗客数が記載されているってことは、青の船は客船としても使えるってこと？　まあスペックを見るだけでヤバさがわかるほどの大型船だ、それくらいできてもおかしくない。

「それに……連合商会の旗船だと？」

「そうだよ、僕『青の商船団』の会長。と言っても、ガチな感じの商会じゃないよ。決まった方針は無いし、会長である僕自身が毎日インしているわけじゃないしね。面白い島や珍しい物品があったら教え合おう、くらいの連合商会だよ。君も入りたかったらどうぞ」

「名前が赤信号の俺が、青の商船団はちょっとな……」

漆黒の騎士団って名前のギルドに真っ白な装備で入るみたいな、そんな感じになるじゃん？　やっぱね、こういうのののイメージって大事だと思うのよ俺は。

それに積極的に他人と関わり合いになりたいわけじゃないし、俺はそういうのいいや。シナトと一緒に適度に魚を運びつつ、空の旅を楽しむよ。

「とりあえずはこんなところかな。僕も農場まで仕入れに行かないといけないし、そろそろ解散しようか」

「すまんな、いろいろと助かった」

俺も適当に仕入れをする予定なんだけど、青は仕入れの量が量なので直接農場の方へと向かうそうだ。千樽単位で仕入れをするような規模になると、普通の市場ではさすがに取り扱えないらしい。

「いやいや、自分が好きなゲームを友達がやってくれるって嬉しいからね。フレンド登録もしたし、いつでも僕の船に遊びにきてよ。もうちょっと船が大きくなったら、僕の島への航路も教えるから。それじゃあね」

「ああ、それじゃ」

じゃあ俺の方も行きますか。たしかカルム農場自慢の空キャベツだとかなんとかいうのが市場で売られていたはず。青みたいに千樽とかは無理だけど適当にいくつか、それと酒類もちょっと仕入れていこうか。

市場での仕入れが終わり、我が母船【紅鮭丸】へと帰還する頃には日も暮れようとしていた。

半日かかるとか言っていた割には早めに仕事が終わったようで、『冷え冷え君（特小）』の取り付けも完了。ついでに言うと仕入れた貨物もすでに搬入されていて、紅鮭丸の（冷蔵庫を除けば）一つしかない船倉のほとんどを樽が埋めている。

【積載状況】

メイン船倉：ビール×5樽　空キャベツ×15樽　Ｔｏｔａｌ　20／25樽
空魚用冷蔵庫：0／5樽

ふむ、まあこんなもんか。漁が主産業の島に行くのに空魚を持っていってもしかたないから冷蔵庫が空なのはどうしようもない。

ビール樽は一樽５００Ｇ×５の２５００Ｇ、空キャベツが一樽１５０Ｇ×15の２２５０Ｇ。冷え冷え君に５０００Ｇ払ったから、残高９７５０Ｇ。しかもそこから市場で交易と関係のないものを買ったため50Ｇ引かれ、所持金なんと２００Ｇだ。そして冷蔵庫はオフにしておくにしても、往復で航行費の１２０Ｇもかかる。ん～、ボンビーですな！

攻めすぎたとは言わない。なんせ初期投資の額が額だからな、ある程度は冒険しないといつまでたっても貧乏なままだ。いざとなったら借金くらいさせてやるから、それくらいのつもりでやった方がいいと青にも言われたし、何より大空で魚用冷蔵庫抱えて極貧生活なんていやすぎる。

カルムの物価的には酒類は高くもなく安くもない程度。あまり利益は上がらないかもしれないけど、需要があるところに持っていくんだから赤字にはならんでしょ。

一方、空キャベツは特産品なのもあってかだいぶ安いようだ。ほかの島の実際の値段を知らないからよくわからないが、それなりの利益を上げてくれると信じている。

ビールと空キャベツに分けた理由としては、一種類に絞って大量購入してもしもの値崩れがあったときのためだ。ほぼ全財産がかかってる今はできるだけリスクを分散させておきたい。

「きゅーん……」

夕日が照らす何もない甲板のど真ん中で胡坐《あぐら》をかいて航路図を開いていると、傍らに寝そべるシナトがしょぼくれたように鳴く。仕入れた品が好物の魚じゃないものばかりだったためか、さっきからあんまり元気がないのだ。

好きなものに囲まれるだけではいられない、それは商売する以上しかたのないことだ。趣味を仕事にするという方法もあるっていうか、このゲームにおいての俺がまさにそれだけど、そういうのもまたいろんな苦悩があるもんよ。

「これから行く島には魚がいっぱいだから、元気出せよ」

ぽんぽんと軽く頭に手をやって励ましてみる。シナトには次の島までの風を読んでもらわなきゃいけないから、是非ともやる気を出してほしい。

航路図でサデナ島の情報を開けば移動にかかる時間がわかるんだけど、これはあくまで目安。青に聞いた話だと、【風乗りの獣】が読んだ風に乗って飛行船が走る以上、その手腕によってはけっこう時間が変わってくるらしい。

具体的には、まだ生まれたばかりの赤ちゃんであり航海経験のない今のシナトだと、割と風を読み間違える可能性があるとのことだ。さすがに目的地につかないというのは無いだろうが、向かい風に押されてしまったり針路がずれたりして移動時間の計算が狂うことは念頭に置いておかなければならない。

そうしていろんな失敗や航海の経験を積み、心身ともに成長することでウィンズはその姿を変えるという。成長したウィンズは的確に風を読み、飛行船のカタログスペック以上の力を引き出すそうだから、そのときが今から楽しみだ。

「そんなシナトにこれを買っておいたぞ」

市場での仕入れのときについでに買っておいたとある物を、あらゆるゲームで平然と使用される何でも入る魔法のカバンから取り出す。

取り出したそれは、十五センチほどの細長い袋。その表面には『ウィンズ用おやつ【バリうま君魚肉味】』との文字。要するにウィンズと仲良くなるためのアイテムというわけだ。

交易品以外にも、こういうアイテムをいくつか市場で見かけたので試しに買ってみた。魚肉味以外にも牛肉味やニンジン味などいろんな種類があったけど、シナトはどう考えてもこれだろ。

「ほらほらどうだ？　美味《おい》しそうだろ？」

袋から取り出した、見た目はまんま太めの魚肉ソーセージのバリうま君をシナトの前でゆっくり左右に振ってみる。

するとがっかりしたように寝そべっていたシナトががばっと起き上がり、すんすんと匂いを嗅ぎながら目の前で揺らされるバリうま君の動きを顔ごと揺らしながら追う。興味はあるが食べていいのかわからないようで、ちょんちょんと小さな手を出そうとしては引っこめ、手を出しては引っこめを繰り返し、俺の表情を窺《うかが》うようにこちらをチラチラと見てくる。

いつまでも眺めていたくなるが、見せびらかしているだけというのは可哀想というもの。俺が食うもんじゃないし、もとよりこれはシナトのために買ったものだ。

「遠慮しないで食え。これはお前のだ」

揺らすのをやめて、ずいっとバリうま君の先端をシナトに近づける。

「きゅ、きゅぁ……きゅー！」

シナトはおずおずと手を伸ばし、目の前に突き出されたおやつに触れた。ぺろぺろと数回舐めると、お気に召したのかハムスターのように両手でバリうま君を持って美味そうに食べだした。

最初はもう片方の先端を俺も持っていたが、目を輝かせて齧《かぶ》りつくシナトにすぐ離すことになった。持ったままだと指ごと食われそうで若干怖かったというのもある。

「きゅう、きゅう！」

ぺろりと食べ終えたシナトはおかわりをねだるようにすり寄ってくるが、そう何本もあげるわけにはいかない。バリうま君は五本セットで50Gと、結構いい値段するんだこれが。

あと誤解しないでほしいが、決してケチな理由だけでおあずけしているわけじゃない。シナトには俺におねだりすれば何でも好きなものを好きなときに好きなだけもらえるというような、そんな考えを持ってほしくない。食べたければ、自分で食《く》い扶持《ぶち》を稼ぐのだ。

すり寄るシナトを両手で抱き上げ、じっと目を見つめる。

「いいかシナト、俺はお前の親じゃない。俺は保護者としてお前を育てはしない。保護するというのは、強い立場の者が弱い立場の者にすることだから」

「きゅ？」

小首を傾げるシナト。まあ、こんなことを赤ん坊のお前に言ってもわからないだろう。

それでも瞳を見つめ続ける。今はわからなくても、しゃべれるようになったときにはきっとわかってくれると信じて、お互いの関係についてここで一度明言しておく。

「俺とお前は対等だ。お前が風を読んで飛行船を走らせ、その先で俺が交易品を捌いて金儲けをする。どちらかがいなかったら、今お前が食ったバリうま君を買うこともできない。だから対等の立場だ。いいか、俺とお前は『相棒』だ。決して『親子』じゃないし、『飼い主とペット』でもない」

「きゅー」

しばらくこちらを見つめ返していた小さな相棒は、夕日に照らされて藍色の毛の表面が赤っぽくなった体をくねらせ、俺の手から滑り出てそのまま胡坐をかいた足の中で丸くなった。

いつか成長して姿が変わったら、お前はどんな見た目になるのだろうか。まあ、どんな見た目であってもいいさ。シナトが俺の無二の相棒であることに変わりはないのだから。

準備ができているから夕方でも出港しようと思っていたが、とりあえずは丸まった相棒の背中を撫でることにした。

「ここが今俺たちがいるカルム島。で、ここがお魚天国もとい目的地のサデナ島だ。依頼を受領してからすでに半日以上経ったから、残りは二日ちょっと。目安通りにいって往復で二日、できれば向こうでも仕入れをしたいけど、それは時間を見つつでいい。帰ってきて完了報告なんかに使う時間を考えたら、あまり余裕はない」

「きゅう、きゅー」

明朝、舵輪の前で胡坐をかいた足の中にシナトを座らせ、新聞紙のように開いた航路図を二人で眺める。目的地であるサデナ島とカルム島の位置関係をおさらいし、いよいよ本当の意味での初航海を始めようというのだ。

「お前も俺も初航海、失敗しようが何しようが構わない。この依頼を失敗させたとしても、それ自体は特に痛手じゃない。落ち着いて風を読んでくれ」

「きゅっ！」

「やる気満々だな。それでこそ俺の相棒だ、風読みは任せたぞ」

ぴっと敬礼したシナトに返礼をして、いざ出港。

シナトを肩に乗せて立ち上がり、舵輪に触れると出港するか否かを問うてくるウィンドウが出てきたので、迷わず出港を選択。行先はもちろんサデナ島一択。

行先を決めたらシナトが俺の肩から頭へと立ち位置を移し、きょろきょろとあたりを見回しながら風の匂いを嗅ぎだす。ぶる子に教えてもらったことをよく思い出すんだぞ。

しばらく鼻を鳴らしていたシナトが、ぴたっと動きを止めて一点を見据えた。

「きゅあー!!」

高く鳴いた声が示すのは、船首方向からやや右手。方位にすると北西の方角の空。そこにサデナに向かういい風があると、我が相棒は見出《みいだ》したようだ。

「そこだな？　よーし、【紅鮭丸】出港だ！」

飛行船を係留していた太いロープがぱらっと外され、乗降用の階段がすうっと消えた。ゆっくり、ゆっくりと紅鮭丸は岸壁からスライドするように離れ始め、船の横幅一つ分が離れた時点で上昇を開始する。空中を滑るように島から離れていく紅鮭丸。ゆっくりに思えるのに、気付けばけっこうな高さまで上昇していた。

船のへりから少し身を乗り出せば、徐々に小さくなるカルム島。港の桟橋や少し離れたところにある市場、造船所の建物など訪れた施設の姿が目に入る。

始まりの島の名の通り、こぢんまりとして特に何があるわけではないカルム島。でも、間違いなくここが俺とシナトの旅の第一歩だ。ノリと勢いと海産物魂で心が選択した空魚専門交易飛行船への道はカルムから始まるのだ。

そう思うと、初出航と相まってなんとも感慨深い。まあ、依頼の空鰯と名産の空魚を積んだらすぐ戻ってこないといけないんだけどな。

「きゅっ！」

頭に乗ったシナトがしがみつくような体勢をとったと思ったら、急に紅鮭丸の速度が上がってガクッと大きく揺れた。突然のことに俺もつんのめったけど、舵輪を支えにして何とか踏ん張る。そしてがんばる俺の頭部に走る一筋の激痛。

「痛い痛い痛い！　こめっ、こめかみ！　お前ががっちり爪立ててホールドしてるの俺のこめかみ！　ちょっ、せめて爪を引っこめ、痛いって！」

ぎゃーぎゃー言っている間に揺れはすぐに収まり、【航行速度：遅い】の我が紅鮭丸にしてはなかなかのスピードで走りだす。どうやらぶる子に教えてもらい、シナトが読んだサデナ行きの風の航路にちゃんと乗れたようだ。

揺れが収まったのに依然俺の頭にしがみつこうとするシナトを何とか引きはがし、小脇に抱えるようにして船首の方まで歩いていく。

紅鮭丸の船首には、特に飾りや三角帆は付いていない。俺が上で座れるくらいの幅がある、一本の木製の棒が三メートルほど突き出ているだけだ。

何も視界を遮るものの無い船首から見えるのは、ただただ広がる無窮の青と雲の白。あまりにもほかに何もないので遠近感が狂いそうになる。

「うーん、当たり前だけど青い空だなぁ。これ、万が一、イベントとかで雷雲にぶち当たるようなことがあったら、その中を突っ切るのかな。そのときには甲板にいたいような、いたくないような」

さすがに吹き飛ばされて船から落ちてゲームオーバーなんてオチはないだろうけど、考えただけでもゾッとする。

俺はちゃんと大地で生まれて地に足つけて育った人間だから、この飛行船の旅は楽しくも若干怖いんだよね。へりから身を乗り出したときなんて、男の急所のあたりがひゅっとしたもん。

「……よし、船室に行くか。まだまだサデナまでは時間があるからな」

決して思い出しタマヒュンしたわけではないが、紅鮭丸の中がどうなっているのかをじっくり見てなかったことを思い出したのでそちらに行くことにする。繰り返して言うが思い出しタマヒュンして外にいるのがちょっと怖くなったわけではない。

「ここが船長室という名の俺の部屋、っと。ああ、ちゃんとシナトのスペースもあるんだ」

舵輪がある一段高いデッキに続く階段横の扉を開け、廊下を奥まで進んだところにあるのが俺が今いる船長室。俺とシナトしか乗組員がいない今、船長だどうだ言ってもあれなんだけど。

中はそれなりに広くなっているものの、家具らしいものは仕事机とベッドしかない。でも、外を見ることができる丸窓が何とも船らしくていいね。

さらに壁には俺がいつでも取り出せる航路図の大きいバージョンがでーんと貼られていて、その横には現在進行中の依頼書もある。この航路図には飛行船の現在地がリアルタイムで表示されていて、目的地までの予定到着時間も併せて出ている。今のところ到着までは二十時間だそうだ。丸一日かかるという航路図の目安よりも若干速いが、ベテランウィンズのぶる子がいい風の航路を教えてくれたのだろうか。

どちらにせよ、このままだと深夜二時くらいの真夜中に着くな。

ベッド横にはシナト用のスペースだろう、薄いクッションで出来た小さな丸い寝床がある。この部屋に入ったらシナトが自分からそこに向かっていき、ころっと寝転がったのでまず間違いない。

なんとなく俺もベッドに座ってみたら、メッセージウィンドウが現れた。

《何時間就寝しますか？》

んー？　……ああ、そういうこと。これはあれか、長い航海の暇な時間を寝て飛ばせるってことか。いやー、ドラスレといいこれといい、ゲームの中で寝るってスゲーな。

しかもこれ他プレイヤーとの兼ね合いもあるから『時が過ぎたことにする』わけじゃなくて、俺は一瞬に感じても実際に『相応の時が流れてる』んだよな。

とはいえ、今は別にいいや。ほかにもいろいろ見て回りたいし。

「仕事机に座ると……予想通り、インターフェースが開くわけね。雰囲気づくりってことか」

こういうの前世代機のゲームでもたまにあったなぁ。いつでもスタートボタン押したらメニューが開けるのに、わざわざメニューを開くためだけの場所があるっていう。

そういうのはいちいちそこに行くまでもないから使わなかったけど、フルダイブＶＲなら仕事机に座ってやるのも雰囲気があってなかなかグッドだ。

船長室はそんなところだったのでほかの場所を見に行こうと思ってドアを開けたら、寝床でリラックスしていたシナトが起き上がってジャンプし、そのまま俺の肩まで滑空してきた。好きでついてくるならいいんだけど、外でならともかく、船内くらいは好きにしてくれていいんだぞ？

このゲーム、なぜかウィンズに関する情報だけはインターフェースをどういじくり倒しても出ないんだよ。例えば何が好物なのかとか、どれだけ経験を積んだのかとか、そういうステータス的なものがない。別にないならないで困りはしないけどさ。

それもあって、どうもウィンズはマスクデータ（公開されていないが確実にゲームに影響してくるパラメータなどのこと）の塊臭いんだよな。ウィンズが経験を積んだらよりよい風の航路に船を乗せたりできる、なんて話もあったけど、実際どれだけのプラスアルファを出せるのかとかそういうものをプレイヤーからは一切確認できない。

接し方一つでも、もしかしたら最終的にはほかのプレイヤーのウィンズが持つ力と差異が出てくるのかもしれない。まあ、だからと言ってシナトとの付き合い方を変える予定はないけどね。

船長室以外にあったのは、交易品を保管するための船倉、冷え冷え君のような特別設備、フレンドを呼んだりしたときに使うのだろう模様替えが自由にできる大部屋、このゲームにおけるヘルプだとか今まで取り扱った交易品の目録なんかがある資料室など。

ほかにも特に意味はないけど雰囲気づくりのためだと思う用具室なんかもあって、基本的には普通の船とほぼ同じようなものだった。食堂や厨房《ちゅうぼう》、トイレなんかもあったけど、食事はともかく、フルダイブVRで排泄《はいせつ》をするゲームはそうないんじゃなかろうか。

ちなみにセレスティアル・ラインでは食事の概念がある。厨房に行けば適当な食材が置いてあるので自分で作って食べることができる。そういうのがめんどくさいのなら、オプションでオンオフがいつでも切り替え可能だ。

さっき厨房を覗《のぞ》いたときにリンゴが樽に入っていたから、シナトと一つずつしゃくしゃく齧《かじ》っている。どれだけゲーム内で食おうがログアウトすれば普通に腹は減っているんだけどね。

一通り見て回ったが、今のところ設備も整っていなければこまめなチェックが必要な貨物も載せていない。要するに特にやることもないので暇である。

「……寝るか」

昨日は夕方からずっと甲板にいたから寝てないんだ。満天の星を眺めていたら夢中になって、ついそのまま朝を迎えてしまった。

俺の記憶と知識に間違いが無かったら、あの星空はかなり現実のそれに近い。北斗七星の位置から北極星を見つける方法もばっちり使えたしな。そういえば青の船の設備に自動天測機とかあったし、このゲーム、案外天体観測マニアとかにもウケたりしてな。

船長室に戻ってベッドに入ると、自分の寝床で寝るはずのシナトがちょこちょこと這《は》い上《あ》がってきて、俺の脇で尻尾を抱えるようにして丸くなった。

何のための自分用の寝床だよ。さすがにゲームで寝相とかないだろうから好きにすると良い。

到着予定時間まではあと十五時間。とりあえず就寝時間は九時間にしておいて……っと。

「では、おやすみなさい」

リアルの俺が実家の一人部屋でヘッドセット被《かぶ》って寝て、ゲームの俺が飛行船のベッドでカワウソとともに寝る。うーん、これもまた一種の二度寝なのだろうか。

なんだろうな、これってぐっすり寝る夢を見るような感じなのかな？　さすがにゲームの中でまで夢を見たりはしないだろうけど。

「昨日も見たけど、あれが北斗七星。アリオト、メラク、ベネトナシュ、フェクダ、ミザール、ドウベー……あと一個なんだったかな」

「きゅー？」

目を覚ました頃にはすっかり夜。突発イベントもなく、普通に九時間を寝て飛ばしたので到着まであと六時間ほど。今は船体の下二十メートルほどに広がる、見渡す限りの雲海の上を航行中。

俺はと言うと、シナトを抱きかかえてその温かさを感じつつ、右舷側の手すりに寄りかかって綺麗な月と満天の星を眺めている。

昨日もこうして天体観測をしていたわけだけど、全然飽きない。現実だとド田舎でもなければ一等星や二等星くらいの明るい星しか見えないというのに、夜が暗いということを忘れさせるほどの無数の煌《きらめ》きが視界に広がっている。

ここまで多くの星が見えたら逆にどれがどれだかわかりにくいと思うものだけど、それがそうでもない。星の輝きはより力強くなり、大気が汚れた現実世界でも見えるというそのパワーを大いに見せつけてくれる。昔のとある国では視力検査に使用されていたという死兆星アルコルもばっちりしっかり見える。死兆星って、日本だと見えたら死ぬんだっけか見えなくなったら死ぬんだっけか。

思い出すのは小さい頃に見た、古いタイプのプラネタリウム。すでにAR技術の発展で手のひらサイズの天球を立体視できるような技術が出てきていた頃、親父がなんの気まぐれか天文科学館に連れていってくれたんだ。

まだ一、二歳だった優芽をどうしてもと言って俺が抱かせてもらいながら、座席に座って丸い天井に投影された星空を見上げた。線が星々を結ぶことで浮き上がった星座を呆《ほう》けたように眺めながら、ヘラクレスだのオリオンだのと星座の解説に出てくる聞き慣れないギリシャ神話系の名前を半ば聞き流していた。今でならゲームでよく知ったものだけど、当時は全くわからない完全に異世界の話だったもんな。

あのときに感じた圧倒感をまさかゲームで、それも雲の上を航行する飛行船の甲板でカワウソを抱きながら再び味わうことになろうとは、人生わからないもんだ。

紅鮭丸には余計な照明もないのでなおさら月と星の明るさが際立ち、雲の上に出ているがゆえに遮るものなど真上に浮かぶバルーン以外に何もない。

そうして星空を見上げていたら、パシャッと小さな音が下の方から聞こえた。何だろうと思いつつ紅鮭丸の下に広がる雲を見ると、種類はわからないが空魚が数匹跳ねていた。

ということはこの下にある雲が空魚が生息しているという、海のような性質を持った雲の『海雲』か。サデナ島の説明文には付近が海雲の合流地点になっているとあったし、どんどん目的地に近づいてきてるんだな。

「見ろよシナト、俺たちが扱う（予定の）交易品が雲を泳いでるぞ」

「きゅー！」

上ばかり見ていて気付かなかったが、よく見れば遠く海雲の上に小さな光がぽつぽつと見える。特殊な設備がなければ海雲に乗ることはできないはずだから、あれはおそらくサデナ島を拠点にしているという漁船が夜の漁をしている光だろう。もしくは特殊な設備をつけて漁船プレイをしているプレイヤーかもしれないが。

パシャパシャと様々な空魚が跳ねて海雲から現れる。中には結構大きいのもいるな、今跳ねたのなんて八十センチくらいあるんじゃないか？

おおお！　さすがは空の魚だ、ジャンプした後スゴイ距離を滑空していったぞ、トビウオみたいだな。つーか空魚は距離の長い短いこそあれど全部飛べるらしいし、みんなトビウオの進化系みたいなもんか。

「ひょー、スゲー！　バショウカジキみたいなのが猛スピードで飛び出ていったぞ‼　ははは、こりゃあサデナ島が空魚漁の拠点になるわけだ！　おうシナト、お魚島までもうちょっとだな！」

「きゅあ！」

　シナトと二人ではしゃぎながら海雲を眺めていたときに、それは現れた。

　何の前触れもなくズゴゴと大きな音を立てて、白い海が天へと突きあがった。逆巻く瀑布《ばくふ》のように持ち上げられた膨大な海雲は、やがて重力に従って豪雨がごとく下り注ぐ。

　海雲が猛烈な勢いで天へと昇るという異常事態がすぐそばで起こったせいで、小さな紅鮭丸は激流に流される木の葉と同じく激しく揺れる。

　とっさにシナトを強く抱き留め、手すりにしがみついて揺れに耐える。ともすれば船から放り出されるんじゃないかと思うほどに強烈な、船を縦に突き上げる動揺。

　バルーンと船体を繋ぐワイヤーとロープが、急な縦揺れで撓《たわ》みと緊張を繰り返しギシギシといやな音を立てた。木材で出来た船体自体も悲鳴のような軋《きし》みを上げる中で、シナトを庇《かば》いつつ何とか堪えた俺は顔を上げた。

　二十メートル下から紅鮭丸のバルーンを超える高さにまで海雲を突き上げたものは、白亜の巨壁。そして俺の視線の先には、こちらを見据える一つの大きな大きな瞳。ぎょろりと動いたそれと、目が合った。

　それは大きさこそ違うものの、魂の故郷《ラオシャン》で見飽きるほどに見てきた瞳。

　時には俺がその瞳の持ち主となり、また時には俺がその瞳の持ち主を狩ってきた。

視界を埋め尽くさんとする白壁の正体は雲色の体を持つ大鯨。海雲の中にある体を含めれば百メートルは下らないという、巨大すぎる勇魚《いさな》。あまりにも雄大な、あまりにも立派なその姿に声を上げることもできない。

いまだ俺の乗る船は揺れに襲われ軋んでいるはずなのに、全ての音が消えた。時が止まったような静寂の中で、俺と白鯨はどれほどの間か見つめあった。

ふっ、と白鯨が目を閉じた。そしてゆっくりと巨体を前のめりに海雲へと倒し、水飛沫ならぬ雲飛沫を大量に巻き上げながら、最後には尾を高く高く振り上げて雲中へと消えていく。

はっと気付いて慌ててスクリーンショットを起動させ、完全に雲へ潜航する前の白鯨が掲げた、月明かりを反射して白く輝く大きな三日月の尾を写真に収めることができた。

鯨が完全に海雲に消えて世界に音が戻った途端、体から力が抜けた。シナトを抱きかかえたままぺたんと甲板に尻もちをつく。腕の中の相棒と、二人そろって白鯨が巻き上げた雲飛沫に濡《ぬ》らされながら呆けることしかできない。

「……は、ははは。おい、見たかシナト。やべぇな、この空にはスゲーやつがいるぞ」

「きゅ、きゅー……」

笑い声が引きつる。腰が抜けるし膝は笑うしで、まだ立てそうにない。腕を放すと、抱かれるがままだったシナトも脱力しきっているようで、そのままころんと甲板に転がった。

「俺たちのいるこの空には、あんなのいるのか……」

「きゅぅ……」

力なくうな垂れる相棒の頭を撫でてやる。俺も初航海だけど、シナトなんてまだ生まれてすぐなんだ。あの邂逅《かいこう》で受けた衝撃は俺以上だっただろう。

　まだ目に焼き付いている真っ白な巨体。もしも出現する場所がもう少しずれていたら、紅鮭丸はどうなっていたことか。予想していたよりもずっとずっと大きな存在との出会いに、体の震えは止まらない。

　だが、その震えは決して怯《おび》えや恐怖から来るものだけではない。

「いきなりでビックリしたよな、船はヤバい音を鳴らすしめっちゃ揺れるしで怖かったよな。……でも、でもだ。あんな大物を扱えたら、それってすごいことだと思わないか？」

「きゅう？」

「想像してみろよ、俺たちがこれから何度も繰り返す交易の果てに手に入れた、大きくて立派な飛行船を」

「きゅ」

「そのときには、今はまだほとんど真っ白な俺の航路図はたくさんの島で埋められてるんだ。お前は体も大きくなって風読みもうまくなっててさ。大きくなった船いっぱいに積んだ魚が、島の市場を溢れさすんだ」

「きゅぅ……！」

「それで、またあの鯨に出逢《であ》ったときにこう言ってやるんだ。『どうだ、俺たちはおまえに負けないくらい立派になっただろう？』ってな」

　巨大飛行船の船首に立った俺の傍らに、大きく成長したシナトが並び立つところを想像する。

　空島の絵でいっぱいになった航路図を開いて、俺が指差した島までの風の航路をシナトが的確に読んでくれる。いい風に乗った飛行船が滑るように進み、雲間を通り抜けると海雲が一面に広がる。そして視界いっぱいの白い海原に注意深く目を凝らしていると、ぶしゅーっと高く潮が吹かれるんだ。

それを見た俺とシナトは顔を見合わせてニヤリと笑って、船の針路をそっちに向ける。ほどなくして潮吹きがされた場所に到着したら、またあの白亜の巨体が勢いよくせりあがってくる。

でも今度は揺れも軋みもしなくなった飛行船に、あの鯨の目は戸惑いに泳ぐ。そして俺とシナトは仁王立ちしてその目をじぃーーーっと見据えてやった後に、渾身のドヤ顔をかましてやるんだ。

「よーし、やるぞ、やってやる！　あの鯨が目ん玉ひん剝《む》いて泡吹いてぶっ倒れるような、ド級の船を造ってやるぞ！　見てろよ、いつかお前を樽に詰めて冷凍して、空島の皆様の食卓へと美味しく提供させていただくからな！　赤信号印の空魚はいつも新鮮です！　お安く卸させていただきますのでどうぞご贔屓《ひいき》に!!」

「きゅあ、きゅあー!!」

揺れが収まった紅鮭丸の舷側で、満天の星と月明かりに見守られながら、俺とシナトは大きく誓いの咆哮を上げた。

この後点検したけど、幸いにも空鯨との遭遇で故障や破損した場所は無かった。船体を吊っているワイヤーやロープも千切れたものはなかったし、船体も修理が必要なほどダメージを受けてはいなかった。

よかった……所持金２００Ｇしかないのに修理が必要とか言われたら、青に金を無心する全力の土下座メールを出さなければならないところだった……。

空鯨との遭遇から数時間後。灯台の灯《あか》りに導かれた紅鮭丸はゆっくりとサデナ島に着岸した。現時刻は午前四時。空鯨に揺さぶられているうちに若干本来の風の航路から外れてしまったようで、予定よりも少し遅めの到着となった。

だがしかし、そんなことはどうでもいい。むしろ好都合でもある。普通の市場なら閉まっているようなこの時間でも、魚市場は今こそが本番だ。

積んできた交易品は通常の市場が開くまで売れないから、所持金２００Ｇの俺はおとなしく依頼の品を引き取りに行くだけ。しかし曲がりなりにも空魚運搬、いやあわよくば漁船兼用まで行きたいと思っている者としては値段のチェックくらいはしておくべきだろう。

そうと決まればいざ魚市場。桟橋近くにあるのは着岸前に上空から確認済みよ。

「さあさあもう一声ありやせんか⁉　ありやせんね⁉　では27番空鮪は１２００Ｇで落札！　ありあとやしたぁ‼」

「空烏賊《そらいか》一樽２００Ｇ！　空烏賊一樽２００Ｇだ！　百樽以上買うならサービスするぜ！」

「今日はデケェ群れに当たって大漁だ！　もってけチクショウ、空鯖一樽１５０Ｇ‼」

「空マンボウ、空マンボウはどうだ？　なかなかに珍しいもん入ってるぞ！」

「この見事な空海老《そらえび》を見てってくれ！　どうだどうだうまそうだろう⁉」

ひょー、すげえ。魚市場ってどんなもんかはよくわかんないけど、色とりどり様々な種類の空魚が樽や生簀やらザルやらに入れられた状態で店先に並べられていて、祭りの出店みたいだ。中には大きな魚が競りにかけられていて、それらを真剣な目で目利きしている人たちもいる。

忙《せわ》しなく動く人たちの中にはちらほらウィンズを連れているプレイヤーも見かける。漁師プレイをしている人なのか、店側に立っているプレイヤーも一人だけいた。

しかし空鯖が一樽150Gとな。カルムだったら200Gだというのに、これが専門漁港でのお値段というわけか。

まあ、カルムは全体的に野菜以外は需要がのっぺりらしいからな。とりあえず近隣の適当な島で特産品を買ってきたら、利益率はともかく赤字にはなりにくいという。これもまた一つの初心者救済案なんだろう。

さて依頼の空鰯だけど……どこ？　受け取ってきてというからには俺自身が買う必要はないと思うが、冷蔵保管施設的なところでもあるのか？　納品は酒場に持っていけばいいとは青に聞いたけど、集荷場所は？　それも酒場？

あ、やっべ。わかんね。どこの誰から集荷すればいいんだ。空鰯マニアのピーター、お前が書いた依頼書、文字数の割には情報量が少ないんだよ！　サデナまで行って鰯一樽持ってこいって、冷静に考えたら大雑把すぎんだろ⁉　納品してほしかったら集荷相手の名前くらい書けやぁ‼

ちょいちょいちょい、待って待って。うっそだろお前、このままだと集荷先を探しているうちにタイムリミット来るぞ。今日の正午にはカルムに向けて出港しないと納品間に合わねーんだぞ。

二十歳にもなってお使いで行先わからなくて迷子になるとかマジ？　ちょっと情けなすぎて泣けてくるんだけど……。

魚市場の端っこで依頼書《お使いメモ》を握り締めて途方に暮れる成人男性が一人。行き交う人々が怪訝《けげん》な目でチラ見しては通り過ぎていくのがまた辛い。もうやだ、誰か俺の代わりに依頼こなしてくれる人が欲しいよ……。集荷地、どこ……ここ……？

「帰りたい……どことは言わないけどただ帰りたい……」

「あの」

「シナト、お前なんかこういうのわかる能力は無いのか？」

「きゅー……」

「あのー」

「いっそ一回ログアウトして海行こうかなぁ……」

「もしもーし。赤信号さん？」

「おぅわっ⁉」

　打ちひしがれ、ただシナトを抱いていると不意にトントンと肩を叩かれ、ビックリして若干跳ねあがる。反射的に振り向いたら、そこにはラッコを頭に乗せた高校生くらいの女の子がこっちを向いていてにこにこ笑っていた。

　え、この子だれ？　女の子の知り合いとか妹を除けばきーちゃん以外にいないんだけど、まさかあの子まで青みたいに不意打ちで俺をびっくりさせようってか？　なんだなんだ、最近は俺の心拍数と血圧を高める遊びが流行《はや》ってんのか？

　あ、いやこの子きーちゃんじゃないわ。頭の上に浮かんでいるプレイヤーネームが「ましろつっきー」だもん。きーちゃんはプレイヤーネームころころ替えるけど、全部黄色系統の名前だしな。

　……で、だれ？

「あの、間違っていたらすいません。ザ・ライフ・オブ・オーシャンのプレイヤー、赤信号さんじゃないですか？」

「えっあっはい」

反射的に肯定しちゃったけど、こういうのって答えていいのか？　基本的にソロもしくは青ときーちゃんくらいとしかゲームしないから、そういうのよくわからないんだ。

つーかなに？　ラオシャンの俺を知ってるってことは、君、俺が食い散らかしてきた獲物のうちの誰かだったりする？　そんでこっちでお礼参りでもしようって魂胆か？　だったらそう言うのは海の方でお願いします、そっちならいつでも襲いかかってくれてもいいんで。

「わぁ、同じ名前に聞き覚えのある声と思ったらやっぱり！　ほんの少しだったから覚えてないかもしれないですけど、私あなたのイルカの群れにいたことがあるんです。あのときとは名前は違いますけど」

群れにいた？　……ああ、イルカの群れにいた、ね。そうかそうか……いや、覚えてるよ。よーく覚えている。だって君が俺の群れに生まれたから、俺は数日間ラオシャンを離れたんだ。そうだよ、君の寿命が尽きるくらいの期間、俺はスラクラやって青と茶管と一緒に衛星砲を戦場に叩き込んだりしてたんだ。

知っているぞ、その名前を。そう、君の名は……。

「『日曜日の次の日』……！」

「えー！　覚えていてくれてたんですか⁉　すごい、嬉しいです！　もし時間があるんだったらあっちで少しお話ししませんか⁉」

あ。これ知らぬ存ぜぬを通した方がよかったかも。

「それでですね、友達が見せてくれたスクリーンショットに映っていたウィンズがすっごく可愛くて！　その子のウィンズは犬だったんですけど、もふもふでころころしてて、しかもふよふよ～って空を飛んでいるじゃないですか。それを見た瞬間に『あ、私もこのゲームやろう』って。私、動物が大好きなんです！」

「そ、そうですか……」

　魚市場から少し離れた、桟橋近くにある談話用のベンチ。そのベンチに俺たち二人は微妙に距離をとって腰掛け、会話という名の試練を開始していた。ちなみに距離をとったのは俺の方だ。

　しっかし、なんつーか『日曜日の次の日』改め『ましろつっきー』、俺の知り合いにいないタイプの普通の女の子だ。

　まあ、比較相手がきーちゃんしかいないんだけど、あの子はほら……授業の合間の休憩時間にレムナントの総重量と推進力とエネルギー生産量から平均移動速度の計算をしてる系女子だから。趣味は敵機体を爆散させることっていう、炎のにおいが染みついてる系女子だから。顔はすごい良いのにね、中身がちょっとアレだからね。

「それでこのゲームをちょっと前に始めたんですけど、もうだめです。実際にウィンズを見たらすっかりKOされちゃいました。見てくださいこの子、『つきみ』っていうんですけどラッコですよラッコ。ラオシャンの方で何回かやりましたけどやっぱりラッコ可愛いですね！　赤信号さんのウィンズはなんていうんですか？」

「んえっ!?　あっウィンズ、ウィンズですね。し、シナトと申します」

「わぁ～、可愛いお名前ですね！　さっきから赤信号さんの後ろに隠れちゃってるけど、恥ずかしがり屋さんなのかな？　シナトちゃーん、どんなお顔をしてるのー？」

自分のラッコを抱きながらもシナトに興味津々のましろつっきーから見えづらい俺の左側では、俺と相棒の熱い攻防が絶賛繰り広げられていた。

「……‼（頼むシナト、あの子がお前を可愛がっている間は攻撃《会話》が緩むはずだ。相棒を助けると思って生贄《いけにえ》になってくれ！）」

「……‼（断固拒否する、と言わんばかりの必死の抵抗）」

俺が首根っこを押さえようとすれば、するりと抜け出し爪を立てて服にしがみつく。くっそ、ましろつっきーから顔を背けることができないせいで全力が出せない。全身を使って逃げ惑うカワウソ相手に片手では！

しかし甘いな相棒。俺とお前の間に広がるマリアナ海溝よりも深く大きい違いというものを見せてやるよ！

肩から斜め掛けしたアイテムバッグから右手で取り出したるは細長い袋。そう、『ウィンズ用おやつ【バリうま君　魚肉味】』……！

ましろつっきーには曖昧な表情を浮かべながら、袋から中身を取り出した俺はそれを腰にしがみついて離れないシナトの鼻先まで持っていく。そしてギリギリのところで見せびらかすように振って、ただ匂いだけを撒き散らかす。

最初は顔を背け抵抗の意を示していたシナトは、だんだんと濃く漂ってくるバリうま君の匂いに鼻をひくひくさせ、やがてチラチラと視線を送りだす。

ギリギリ届かない位置で揺らしていたバリうま君を、不意にひくひく動いているその鼻先にむぎゅっと押し付ける。反射的に食らいつこうとしたシナトだったが、素早く引っこめられたがためにその歯は空気を噛んだだけ。

　そんなやり取りを何度か繰り返すうちに、鼻先に押し付けられては引っこめられるバリうま君を身を乗り出して追い出すシナト。ここまでくればもはや俺の勝ちも同然。

　今度は鼻先に押し当てた後、わざと少しゆっくり、ちょっと飛び出せば簡単に捕まえられるくらいの速さで引っこめる。それがあからさまな罠だというのに、誘惑に負けた哀れなカワウソは自らましろつっきーの前へと飛び出したのだった。

「あっ、出てきてくれました！　カワウソだぁ、小さなおててでおやつを持ってるのが可愛いですね！　赤信号さん、よかったら抱っこさせてもらってもいいですか？」

　ぱぁっと花開いた満面の笑みで許可を求めてくるましろつっきーに、弟子を諭す仏陀もかくやとばかりのアルカイックスマイルで頷く。

「ありがとうございます！　ごめんねシナトちゃん、ちょっと抱っこさせてね。……うわあ、毛が艶々で気持ちいいです。ふわふわもふもふとは違いますけど、この感触も癖になりそう！」

　おやつに夢中になっているうちに、ロクな抵抗もできずに抱き上げられぎゅっとされるシナト。そこに至り、ようやくはっとしたように俺の方を向いて恨めしそうな視線を飛ばしてくる生贄《相棒》に、ましろつっきーに見えないように気をつけつつ渾身のドヤ顔をかましてやった。

「きゅう！　きゅうー!!」

「もうちょっと、もうちょっとだけ、ね？」

　じたばたと暴れるが後の祭り。超個人的な偏見だが、動物好きってのは一度抱っこした相手をなかなか放さないもんだ。ましろつっきーが力加減を気にして締め付けられていないだけ、まだ有情だと思うんだな。

ククク、これが生後間もないお前が持ちえない『人生経験《大人の汚さ》』というものだ、幼き相棒よ。手から落ちた食べかけのバリうま君が哀愁を誘うが、それは人生の勉強代だと思っておくんだな。

それからしばらく、抵抗を諦めたシナトはされるがままに抱かれ続けた。ましろっきーは抱っこのしかたや撫で方がうまいのか、なんだかんだでシナトも気持ちよさそうだったのは幸いと言っていいのか。

何にせよ解放されたシナトは食べかけだったバリうま君を抱きかかえて、今度こそ俺の後ろに完全に隠れて不貞腐《ふてくさ》れたのだった。

「あ、そういえば。赤信号さん、さっき魚市場で困っていたようでしたけど、何かあったんですか？」

「あっ」

その言葉で依頼の時間まであまり余裕がないことを思い出した。

別に依頼が達成できなかったと言ってゲームオーバーになるわけではないけど、初依頼の失敗理由が迷子というのはあまりにも、あまりにも情けない。

頼れる人がほかにいない以上、目の前の女の子に事情を話すしかない。少なくとも俺よりは航海経験もあるっぽいし、答えを知っているＮＰＣを探して虱潰《しらみつぶ》しにするのは時間とメンタルに響く。

「……これ、なんですけど」

聞くは一時の恥、聞かぬは一生の恥。逃げ出したくなる気持ちを抑えて、ましろっきーに相談することにした。

「これが一番水揚げの空鰯だよ。すまないけどよろしく頼むぜ」

一大決心して、噛んでキョドっての果てに何とかましろつっきーに事のいきさつを話した俺は、そのたった三分後に目的の空鰯を手に入れることができた。

「まさか港番のおっちゃんがそうだったとは……完全にメッセージアイコンを見落としてた……」

プレイヤーと一部のＮＰＣの頭の上に浮かんでいるネームプレート。依頼やらなんやらでプレイヤーに用事があるＮＰＣはそのネームプレートの横に吹き出し型のアイコンが出るのだが、ましろつっきーに言われるまで完全に失念していた。

思えば今まで俺が話してきた相手って、カルムの港番と店のＮＰＣと青だけだもんな。ネームプレートを注視したことなんてなかったわ。

「お役に立ててよかったです。赤信号さんはこれからさっそくカルムに戻るんですか？」

「荷捌きしたら、まあ……」

ましろつっきーのおかげで若干だが交易品売却と仕入れに使う時間を確保できた。カルムまで1日だから冷蔵室じゃない船倉にも魚を積んで問題ないし、できるだけ荷物は満載して帰りたい。

「でしたらお勧めの魚屋さんを案内しますよ。お魚好きのウィンズを連れていると店主さんがおまけしてくれるんです」

「そんな店が」

「はい。通常市場の方も開いた頃ですし、さっそく行きましょう」

頭にラッコを乗せた少女が歩き出す。時間に追われているのも確かだし、金欠の今は少しでも安く仕入れられるに越したことは無い。ここはご厚意に甘えようか。

初めてこの人と会ったときはあんなに苦手だったのに、ずいぶんとマシな意思疎通を図れるようになったもんだ。フルダイブVRゲーム、コミュ力矯正装置としてもけっこう優秀なんじゃ？

そしてしばらくの後。

【卸し】

空キャベツ1樽190G×15＝2850G

ビール1樽560G×5＝2800G

売上5650G

売上5650G−仕入れ値4750G＝利益900G

前回所持金200G＋売上5650G−航行費60G＝所持金5790G

【仕入れ】

空鰯1樽110G×4＝440G

空秋刀魚《そらさんま》1樽175G×10＝1750G

空烏賊のスルメ1樽250G×5＝1250G

サテナ魚醤《ぎょしょう》1樽350G×5＝1750G

仕入れ合計5190G

所持金5790G−仕入れ値5190G＝所持金600G

「……何から何まで、ありがとうございました」

桟橋に停泊している紅鮭丸の前で、俺はましろつっきーに深々と頭を下げていた。

依頼に困っていたのを助けてもらったのもそうだけど、おまけしてくれるという店を紹介してくれたのも助かったし、なにより口下手な俺の仕入れを何かと手伝ってくれた。

こんないい人にラオシャンで失礼なことをしたあの日の自分がとても恥ずかしい。何かお礼がしたいが、金欠冷蔵庫マンの俺にできることなんて頭を下げることだけだ。

「いいんですよー。袖振り合うも他生の縁、旅は道連れ世は情け、そして情けは人の為《ため》ならず。困ったときはお互い様です。あ、そうだ！　せっかくですからフレンド登録しましょう！」

ましろっきー、あなたは女神か。

それが礼を返す一端になるのならと、青一人しか登録されていないスッカスカのフレンドリストを呼び出し、お互いに登録した。

何かあったらいつでも呼んでほしい。今回受けた恩と以前の非礼の分をどんな形であれ返そう。

そんな風に心の中で誓いを立てていると、彼女がもじもじと照れ臭そうに話を切り出してくるではないか。

「あの、赤信号さん。セレスティアル・ラインで流行ってる別れの言葉って、知ってますか？」

「(首を横に振る)」

「もとは誰かの言ったセリフが、いつの間にか形を変えて流行ったらしいんです。友達から聞いたそれがとても素敵で。やってみたいんですけど……いいですか？」

全くもって素晴らしい。いいじゃないかそういうの。

デスブラやってロールプレイの楽しさを知ったけど、そういうゲームならではの非日常をより楽しむための行動、大いに結構。むしろ奨励すべきとすら思うね。

頷いた俺に、ぱあっと笑ったましろっきーが合言葉を教えてくれる。ふむふむ、なるほどなるほど。これを言い出したやつはかなりのロールプレイヤーと見た。俺はこういうの大好きだな。

舵輪に触れて行先をカルムに設定。シナトが風を読み示した先は来た道の逆、南東の空。桟橋に繋いでいた太いロープが外され、乗り下り用のステップラダーがすっと消える。

ゆっくりと桟橋から離れる紅鮭丸に、見送りのましろつっきーが例の合言葉を届けてくれる。

「また風が交わるその日まで。貴船のご安航《ボン・ボヤージュ》を！」

「こちらこそ、貴船のご安航《ボン・ボヤージュ》を！」

向こうもこちらも大きく手を振って、再会と航海の安全を祈る言葉を交わす。

紅鮭丸が上昇を始め、ましろつっきーが船体の陰に隠れた。シナトが読んだ風の航路に船が乗った証拠である揺れをやり過ごし、舷側まで行って離れゆくサデナ島を眺める。

そこにはどんどん小さくなっていく桟橋の上で、ラッコを連れた女の子が手を振り続けていた。

俺も身を乗り出して大きく手を振りかえす。

完全に彼女が見えなくなった後、感謝の念を込めてもう一度深く頭を下げる。そして、ついでに教えてもらった合言葉のもとになったと言われる文章を思い出す。

『互いの風の航路が交わるその日に再会を。貴船のご安航《ボン・ボヤージュ》をお祈りします』


「なあシナト。そろそろ船を大きくしようか」

「きゅ？」

幾度かの旅と交易をして十七個目の空島を見つけたとき、ついに俺は思った。もう、紅鮭丸では小さいと。

「そういうわけなんで、相談に乗ってくれ」

「いいよー。そっか、ついに赤も船体改装に乗り出すんだね」

連合商会『青の商船団』がフラッグシップ、【第七ブルマンジャロ】の応接室にて俺は青と向き合っていた。

ちなみにフレンドの飛行船にはいつどこであろうとジャンプできる。現在紅鮭丸はオートパイロット飛行中なのでシナトは船でお留守番だ。停泊中ならウィンズを連れてのフレンドジャンプもできるんだけどな。

船首から船尾まで三百メートル以上あるバケモノみたいな大きさの超大型飛行船。その内部にある応接室には少し前時代的でありながらも品のいい調度品がさりげなく置かれ、勧められたソファはふっかふか。向かい合う俺たちの間に置かれたテーブルは……これガラスじゃなくて水晶だな？　これが俺とお前の財力の差だとばかりに見せつけられたが、まあまあ今はそんなことに歯ぎしりしているときじゃない。いいんだ、いつかこれを超えるとまでは言わなくても、遜色ないくらいに並び立てる日が来るさ。……来るよね？

「ちなみにそのテーブルとソファのセットでたしか１００００Ｇくらいだったかな。で、どんなご相談をお望みで？」

ふぁっ!?　マジかどんだけ金持ってんだ、実はこいつブルマンではなくゴールドマンじゃないのか？　超大型船のオーナーってヤベェな。

「お、おう……。えーっとな……」

強烈成金《なりきん》マンに、ここに来た理由について話し出す。

幾度かの拡張工事をしてなんとかやってきた紅鮭丸だが、さすがに初期飛行船ではなにかと不便を感じるようになってきた。

特に積載量は交易の儲けにもろに響く。貨物用コンテナなんかで多少は積載量を水増しできるものの、さすがに基本船倉が五十樽しか入らないのではどうしようもない。積載量の拡張工事も、船体自体の大きさを変えないことにはこれ以上は無理だと造船所に言われてしまった。

結構真面目に交易をしてきたおかげでお金にはそこそこ余裕ができた。なら、ここらで一回飛行船に根本的な改装を施そうということになったのだ。

そんな俺を待っていたのは、いくつかの改装プランという名の選択肢。要するに航行速度重視とか積載量重視とかバランス型だとか。

造船所のＮＰＣに聞けば説明してくれるんだろうが、やつらは所詮どこまでいこうとＡＩ。こういうのは経験者に聞くに限る。とくれば現状最も頼れる先達とは、一万樽以上の一括輸送を可能にするアホみたいなスペックを持つ超大型船の船長であり、連合商会の会長でもある青といえよう。

というか、青以外に気軽に相談できる知り合いがいない。攻略サイトもデータ量は多いんだけど、結局のところ文面だけだと実感のこもったメリットデメリットがよくわかんないんだよな。

「ふんふん、なるほど。じゃあ説明するね、積載量と航行速度は船の形に大きく影響してくるんだ。ざっくりいうと、太った船ほど多くを運べるけど遅い、痩せた船ほど積載量は少ないけど速い。まあ、これくらいはイメージできるよね？」

「それはまあ、なんとなくっつーか常識的に」

横にデカけりゃ同じ長さの船でも積載量は変わるわな。そんで横にデカけりゃ風の抵抗なんかをモロに受けるから遅くなると。

「もっと後の方の話になるけど、このブルマンジャロを見たらわかる通り最終的には一万樽前後を運べるようになる。参考までにいうと、この船は積載量に少し振ったバランス型だよ」

「えっ、これで少し振った程度なのか？」

「うん。現時点で極限まで積載能力に特化した船は基礎積載量が一万八千樽。さらに外付け積載設備のコンテナ類やらをガン積みすれば二万樽近いはずだよ」

げぇっ、二万樽⁉　なんじゃそりゃ、青のこの船の一・七倍だと⁉　モンスターシップってレベルじゃねぇぞ！

「でも、そこまですると航行速度なんて最低になるからね。速度向上用の特殊設備を増設しても焼け石に水だって言ってたし、少なくとも冷凍設備なしでは近隣でも空魚を扱うのは無理だろうね。僕の船だったらちょっとした設備で航行速度：普通を保ててるんだから、それは大きな差だよ」

はーん、なるほどね。航行速度があまりにも遅いんじゃあ、一度にどれだけ積めても航行費も嵩《かさ》むだろうしな。

低速船は高速船よりも燃費的には良いとはいえ、そこは考えないといけないだろう。少なくとも、空魚をメインで扱いたい俺からすれば積載量特化は除外だな。

「それと超巨大船の定義は一万樽以上だけど、これは航行速度：やや速いがMAXだから高速とか快速とか最速にするつもりなら残念だけどそこは諦めてね。参考までに、最速にすると積載量はMAXで二千五百樽。これを見てわかる通り、大型船以下の改良中型船になるね」

そういうとインターフェースをポチポチ叩いた青が、ヘルプページをこちらに向けてくれる。

超大型船：10000樽〜

改良大型船：7000樽〜9990樽
大型船：5000樽〜6990樽
改良中型船：2000樽〜4990樽
中型船：1000樽〜1990樽
改良小型船：100樽〜990樽
小型船：30樽〜90樽

　ほえー、飛行船の大きさにもけっこう段階があるもんだな。ざっくり七段階あるわけだけど、ストレートに一段階上に強化できるわけじゃないよな？

「例えば君の紅鮭丸は現状で一番下なわけ。そこから改装するとして、速度重視にしないのなら一段階上の改良小型船に入れるよ。積載量特化で行くなら一気に二百樽くらいになれるんじゃないかな。特に振れ幅が大きい改良中型船は長くなるよー、三千樽分の強化値があるんだもん」

「それ、表を見たときに思った。中型船までとそれより上でえげつない開きがあるなって。中型船を三千樽くらいにした方がよかったんじゃないか？」

「そこは運営のみぞ知るって感じかな。まあ、交易重視じゃなくて旅がメインだったら航行速度：速いくらいの中型船で十分だけどね。ちょっと大きめの船で大航海気分に浸りたくても改良中型船でいいし。大型船以上は商売人の持ち物だよ、中には内装に凝りだしてアレンジスペース欲しさに船を大きくする人もいるらしいけど」

　その意見には一理ある。今俺たちが乗っているブルマンジャロなんて、現実の大型タンカーよりデカい船が同じような大きさのバルーンを上下に取りつけてるようなもんだもんな。デカいのはロマンとはいえ、これだけデカいと持て余すというのはたしかにあるだろう。

「積載量と速度についてはだいたいわかった。バランス型にした場合、特殊設備でどれくらい特化船に近づける？」

「速度設備も積載設備もガン積みしたところで特化船には一歩及ばないよ。まぁ、ブルマンジャロを見てわかる通り不自由はないけどね」

　ただし、と青は言葉を続ける。

「最初の方は特化型改装をしても、ある程度までなら後の方で軌道修正できる。けど、大型船まで積載量極振りでやってきた航行速度‥すごく遅いの船が、いきなり航行速度‥速いになるなんてのは無理だからね」

　そりゃあな。どれだけ高い自由度が自慢と言っても、差別化というのは必要だ。それはプレイヤーが選んできた選択肢の積み重ねの結果だと言っていい。

　ジョブやスキルをいつでも自由に切り替えられるシステムのゲームがあったとしても、『全部同時に完璧に使える』ができるゲームは少ないと思うんだ。誰もが勇者兼戦士兼魔法使い兼僧侶兼盗賊兼魔物使い兼遊び人兼村人なんてのは、オフラインで無双したいのならともかくオンラインゲームではまずありえないと思う。

　何かができて何かはできない。だから、選択肢が発生してプレイヤーの個性が出る。何でもかんでも一人でできるなんて全知全能《つまらないもの》はどこかの神様にでも任せておけばいいのだ。

「なるほど。……時に思うんだけど、このゲームって船の改装なんだな、買い替えとかじゃなくて。それってつまり、どれだけ名前や姿が変わろうとも紅鮭丸は紅鮭丸ってことだよな？」

「……君のような勘のいいゲーマーは嫌いじゃないよ。ま、それは旅を進めてたらわかるんじゃない？　……いや、心配だな。カワウソを肩に乗せて黙々と魚を運送しているだけの君がその辺に触れられるのか、すごい心配だ」

　嬉しそうな顔で先輩風を吹かせていると思ったら、急に頭を抱えだしやがった。なんだなんだ、俺にとって感じ慣れた失礼さをビンビン受信しているぞ？

「……いいかい、赤。いや赤石信吾君。セレスティアル・ラインはたしかにほとんどストーリーと言っていいものはないよ。でもね、全プレイヤー共通の空島はそれなりの数があるし、そういう場所には固有の名前を持つＮＰＣがいたりするんだ。ここまで言えば、新旧はともかく数多《あまた》のゲームをプレイしてきた君なら、僕が何が言いたいかわかるよね？」

　これはあれだな？　『お前みたいなコミュ障野郎がうわさ話を掻き集めてシークレットストーリーを見るなんて無理じゃねーのか』と、そう言いたいんだな？

　ああそうだ、俺は仮にＶＲで古典的なＲＰＧがあったとしたら、初めに王様から「おお勇者よ、攫われし姫を助け出し、魔王を討って世界を救うのだ」とか言われても『はい』と答えるだけでかなりの時間を要するだろうさ。できることなら全部強制演出のムービーモードであってほしいとすら思うね。

「いいか、青。いや青山春《あおやまはる》人《と》。お前が何を言いたいのかがわかったとして、それをできる能力が俺にあるとでも？」

　談合サテライトキャノンのために、俺の頭にコンバットナイフを三十回ぶち込んだ青。

　弾丸飛び交う戦場を２ケツして爆走、ドラスレでも奇跡の再会をはたした茶管。

妹に頼まれた結果、たった一回の勝利のために連休をつぶすほどの研究と対策を練って戦うことになったきーちゃん。

最強プレイヤーの一人として俺を叩きのめした後、ハイテンションでしゃべり倒したアジサイさん。

依頼のやり方がわからず途方に暮れる俺に、人の優しさというものを教えてくれたましろつっきー。

思い返せば俺のフレンドたちはみんな、何かしらのイベントというか、強い勢いのようなもので俺のコミュ障ガードをぶち破ってきたんだよなぁ。

「そんな堂々と情けなさを開陳されても困るんだけど……。ほら、デスブラでロールプレイ力が鍛えられたとか、自分じゃないキャラを演じるとか、そういうのは無いの？」

「あれはあっちもこっちも真剣なロールプレイだからこそできたんだ。プレイヤーに明確な設定があるわけでもないこのゲームだと難しい」

仮に俺が自分に設定をつけてロールプレイしても、相手と噛み合わなかったら途端に萎えるし、相手も相手でよくわからないキャラづけのプレイヤーに面食らう人もいるだろう。ＮＰＣと話すときだけキャラを演じるというのもいまいち乗り切れない。そんな二重人格みたいなことをやっていたら多分ロールプレイもブレる。

ましろつっきーとの出港の言葉みたいに、お互いが気持ちよくできるのならいいんだけどね。一方的な自分設定の押し付けは良くない。

デスブラ？　あれはほらお互いが考えたサイキョーにクールな自分設定で殴り合うゲームだし、

自分の設定を押し付ける代わりに相手の設定も謹んで受け取らなければならないから。あれも一種の『和』というものだ。

「それでも、ＮＰＣとしゃべるのにはある程度慣れたんだけどな」

「でも君がしゃべってるＮＰＣって八割くらいがラオシャンのアクアじゃないの？」

そうだよ？　で、それが何か問題？　いいじゃんアクア。見た目も可愛いし知識量豊富、ちょっとシビアな死生観を持ってるけど基本的には優しいし。

「これ以上続けると話が脱線したまま別の駅に向かいかねないから、一度戻そう。君は飛行船の改装がしたいんだよね。まだ始めたばかりで難しいだろうけど、最終的にこんな船にしたいって考えはあるの？」

「冷蔵・冷凍設備マシマシで漁船としても動ける系の飛行船になれたら最高だよな」

「ブレないなぁ君は。だとしたらちょっと速めのバランス型かな？　僕は漁船の方には詳しくないけど、鮮魚を運ぶのなら冷蔵設備云々もあるけど速度があるに越したことは無いし。あと、漁船として動かすだけでも海雲用船体コーティングと海雲対応の舵板、それと漁網は必須だったはず。魚群探知機みたいなのもあったかな？　ごめん、うろ覚えで」

いやいや、助かる助かる。船体コーティングと専用の舵板、漁網は必須ね。

うーん、これに保存用設備が加わってくるとなると、漁船兼空魚交易船として動けるのは中型船くらいからかな？　それまでは旅もしたいし空魚交易に絞るのが良さそうだ。

「これは大型船以降になるだろうけど、個人的には食品加工用設備も欲しいところかな。投資額はかなりイっちゃってるけど、保存食に加工できるか否かで食品交易は変わるよ。保管可能期間がめちゃくちゃ伸びるから専用保存設備のスペースを節約できるし、一部を除いて卸値も基本的には良くなる。覚えておいて損はないよ」

　中には食品に限らず様々な加工用設備を取りそろえ、いろんなものを加工してはほかのプレイヤーに卸す商売をしているプレイヤーもいるのだとか。それで儲けは出るのかと思うけど、これがなかなかいい感じらしい。特に食品関係は日数との戦い、それを解消できるのなら多少の出費もやむなしということだろう。

「ああそうだ。改良小型船からは船の見た目や内装をカスタマイズできるようになるよ。とはいってもまだまだ船体が小さいから、そこまで自由にはできないんだけどね。中型船からはかなり自由にカスタマイズできるよ」

「でも、お高いんでしょう？」

「お任せください！　そのようなご要望は『青の商船団』が承ります！　我が連合商会が誇る改良大型ドック船【クラウド・カーペンターズ】がお客様のニーズにばっちり対応、必ずやご満足いただける仕上がりをお約束いたします！　修理、カスタマイズ、特殊設備の取り付け、船体の改装、なんでもお申し付けください。陸の造船所とは一味違ったデザインを、お求めやすい価格でご提供させていただきます！　まずはご相談・お見積もりからでも構いません、お近くの『青の商船団』商会員までお気軽にご連絡を！」

　さすがは超大型船のオーナーにして連合商会の会長を務めるプレイヤー、ちょっとつければ立て板に水が流れるような、通信販売でも見ているのかと思うほどの見事な自社宣伝だ。

　ちょいちょい忘れかけるけど、現役モデルの爽やか系イケメンである青はこういうの似合うなぁ。洗練された営業スマイルに併せて口も達者だし、クレームをつけにきたおばさまでも一撃でノックアウトできそうだ。

「ドック船て。そんなのもあるのか」

「正直赤がこの相談に来たときから、うちの商会で改装してもらおうと思ってたんだよね。今言った通り、ドック船では飛行船の修理や外観なんかのカスタマイズ、特殊設備の取り付け、ある程度の大きさまでなら改装もできるよ。うちの商会員がドック船のオーナーだから、どこにいるのかちょっと聞いてみるよ。多分インしてると思うんだけど……」

　俺のとは違ってプレイヤーの名前で埋まったフレンドリストをスクロールさせる青。

　あの、ちょっと疑問なんだけど、そのフレンドリストって全部含めてだよな？　間違っても『青の商船団』のメンバーリストじゃないよな？　……もしそうだったとしたら、青の率いる連合商会って結構デカい……？

「あ、よかったインしてる。……やっほー、会長でーす。うん、うんうん。あはは、そりゃすごいや見てみたいな。でね、今僕の友達が船体の改装をしたいって相談にきててね？　うん、初改装の初心者。えーっとちょっと待ってね……赤、君の現在地はどこ？」

「え？　カンクーナからコッチにオートで向かってるとこ」

「カンクーナからコッチだって、君は？　……コッチ？　いいね、いい偶然だよ。……はいはい、そういうことだからコッチで待ってて。うん、僕も結構近いし行くよ。うん、うんうん、じゃあまた現地で。ばいばーい」

　フレンド通信を終えた青が、ふぅと一息ついてグッと右親指を立てた。

「やってくれるって。向こうもコッチに停泊してるなんてラッキーだね。それと、紹介した者として僕もいくからね。初対面の人と君がまともにしゃべれるかも怪しいし」

なんていうサービス精神だ。客が抱える個人的な問題まで逐一解消する『青の商船団』のカスタマーケアの素晴らしさに震えるね。

「コッチまではここからだと五日か。おーいぶる子、お出かけだよ。コッチまでの風を読んでくれるかい？」

「はいお父様。それではデッキまで参りましょう」

部屋の端で丸くなっていたぶる子がすっくと立ちあがって歩み寄ってくる。ふっさふさの九尾《つづらお》が揺れて、なんとも美しい歩き姿だ。つくづくぶる子という名前だけが惜しい。

「コッチで合流だな。俺の方はあと三日だから、先に待ってる」

「ぶる子は風読みが特に優秀だから多少は速くなると思うけど、まあ適当に待っててよ。着いたらこっちから連絡入れるよ」

それじゃあ、と言い合って俺は紅鮭丸へと戻った。船長室ではなぜかシナトが自分の寝床ではなく俺のベッドでぐーすか寝ていたので抱き上げて起こす。お前、留守番の意味知ってるか？

「帰ったぞ。いろいろあってコッチで紅鮭丸の改装だ、相棒」

「……きゅぅぅ。きゅあぁ……」

「おいおい、大きなあくびして大丈夫か？　多分、紅鮭丸としての最終航海になるんだから気合入れてくれよ」

寝ぼけ眼のシナトを抱いて、短い廊下を通り抜けて甲板に出る。

積載量を水増しするための貨物コンテナ（特小）がデンと甲板に置かれているだけの、シンプルと言えば聞こえがいいが実情はただ何もないだけという紅鮭丸。

　こいつがついに生まれ変わる。どんな飛行船になるのか今から楽しみでもあるが、まずはこの姿での最後の航海を無事に終わらせてやろう。

　舵輪に触れて、オートからマニュアルに操作を変える。マニュアルっつっても勝手に風の航路から大きく離れることはできないけどな。そういうときは『あそこに行きたい』とウィンズに伝えて風を読んでもらわないといけない。そうすればダメだと言われることは基本的にはない。

　Ｕターンみたいにあまりにも今乗っている風の航路から外れる行為をすると、乱気流に呑まれて別の島に流されるうえに無理な操船による船体の破損まであり得る。まあ、それを逆手にとって新たな島への不時着を狙うという荒業もないこともないけど。

　つまるところマニュアルなんてのは雰囲気作りが大部分だ。強いて言えばイベントが潜んでいそうなところに飛行船を寄せたりするくらいかな。もうちょっと自由に動かせてくれてもとは思うけどシナトに言えば解決するし、そこまでの不満は無い。

　まあ、今はそんなことは良い。我が紅鮭丸の最後なんだ、少しくらいは自分で舵を取りたいじゃないか。

　船体説明にも書かれていたが、この船が俺たちの空の旅の第一歩なんだ。それはこれからも変わらない事実で、この先どれだけ船が大きくなろうとも俺は紅鮭丸のことを思い出すだろう。

　シナトと同じく、紅鮭丸だって俺の相棒だ。大切な相棒の最後の花道、是非とも俺にエスコートさせてくれよな。

第7話

無限戦機、襲来　～インフィニティ・レムナント～

「捕まえたぞ茶管。お前はもう檻《おり》の中だ、何の抵抗もできずに惨めったらしくつぶれるんだな。プレス開始!!」

「クッソがぁぁああ！　こんな機能があるなんて聞いてねぇぞ!!」

「誰が手の内を敵にご丁寧に教えるか、アホめ」

我が愛機が誇る何本もの脚部に囲われて身動きが取れない相手に、その上から巨体を持って押しつぶさんとゆっくり下降を開始する。脚と脚の間にはレーザーフェンスが展開されているので、もはや茶管は鳥かごの中の鳥だ。

ゴウン！　と自機と敵機が接触した衝撃が伝わるが、そんなもの知ったことかとばかりにプレスは続く。ゴキゴキバキバキと硬質の構造物がひしゃげていく音が心地いい。ここから続く一連の流れのためだけにこの機体を組み上げたんですよ僕ぁ。

「ちくしょうが、少しも動けやしねぇ！　ああクソ、アラームがうるせぇ!!」

プレス限界が訪れ、敵機は全壊こそしなかったものの微動だにできなくなった。脚と胴とレーザーフェンスでがっちりとホールドされ抵抗らしい抵抗もできない相手に、ゆっくりと二本の死神の鎌が駆動音を響かせながら近づいていく。

はたから見れば、それは切腹のようにも見えたかもしれない。腹には逃げることも戦うこともできなくなった、哀れな存在が抱えられているということを除けば。

「ククク、いいざまだな茶管。さてお次は……解体ショーの始まりだ！」

「やめろぉぉおお!!」

二連装超高速回転鎖刃、平たくいうと両腕部に取り付けられたハサミ型チェーンソーが敵機の装甲に左右から喰らいつき、けたたましい高音を上げながら削り斬っていく。

心血注ぎ魂を込めて組み上げられたであろう茶管の二輪走行型レムナント『凱歌《がいか》』が、見るも無残な細切れのスクラップへと作り変えられる様はある種の地獄絵図だ。やる側だから楽しいけど、やられる側にはなりたくないと切に思う。

「テメェ、動けない相手をミンチにして楽しいか⁉　それが人間のやることかよぉ⁉」

「さすがに罪悪感を覚えないでもないけど、そういうコンセプトなんで。つーかまだ生きてたの？　コクピットどこだよ、ここかな？」

「あああ！　馬鹿馬鹿やめろやめろやめろ‼　チェーンソーが！　チェーンソーがっ……………」

あ、通信切れた。これは殺《や》ったな、いえーい。

《You win》

茶管、貴様の敗因はただ一つ。色物レムナントだからと言って俺の『マクロチェイラ』を侮ったことだ……！　これでお前はもう、タカアシガニを見て笑うことはできないなぁ？

もうちょっと具体的に言うのなら、地に足ついて走る二輪車タイプなのに対空武装が貧弱すぎる。俺が対空射撃対策に腹部装甲を厚くしていたとはいえ、ほぼノーダメージはいかんですよ。貧弱装甲のレッドゾーンなら何とかなったかもだけど。

あと実弾武装だけだと相手によってはその時点で詰みかねないのでNG。サブでもいいからエネルギー武装を積んでおこうな。いくら特化機を謳《うた》っていたとしても、最低限の対応力は持ちましょう。もしくはその一点だけでほか全てをぶち抜けるくらいに特化しよう。中途半端、ダメ、絶対。

「死に腐れクソ海産物。それと何回も言わせんな、俺は茶管《ちゃかん》じゃなくて茶《ブラウン》管《かん》だ」

フレンド対戦を終えて茶管のガレージに戻ってくるや否や、こめかみに青筋を立てた我が友に人であることを否定されてしまった。悲しいなぁ。

「開口一番それとはご挨拶だな、次はカマボコになるまですりつぶそうか？　それとブラウン管って長いんだよ、ネームプレートにルビが無いからわかんないし」

「俺を魚肉扱いすんなカニカマ。ちくしょう、何をどうしたらあんなレムナント作ろうって発想になるんだ。カニだぞ、カニ」

「知らんのか茶管、動物というのは何かしらの環境に適応した体の構造になっているんだ。骨格、肉付き、パーツの位置、全ての形に意味がある。つまり明確なコンセプトがあるのなら、そのコンセプトを体現している生き物の体構造を模倣すればいい。そして海の生物は陸の生物とは比べ物にならない過酷な環境にいる種類が多いからとても参考になる。特に甲殻類は天然の装甲を纏いつつも可動範囲を確保している素晴らしい造形だ、ロボットの元ネタとして最適だとは思わないか？」

「珍しく長々としゃべったと思ったらお前はよぉ……。青いのがお前の魂には背びれが生えてるっつってた意味がわかった気がするぜ」

背びれよりは尾びれが欲しいなぁ。ラオシャンとデスブラやりすぎて尻尾が無いとなんか落ちつかないんだよ。尻尾って便利だよな、背後という死角に対抗できる頼もしい存在だ。なぜ人間は尻尾をなくそうという進化ルートを選んだのか、これがわからない。

「つーかよ、黄色いのが言ってたマッハクジラはどうしたんだ？　早く見せてくれや」

「あー……それなんだけど、きーちゃんはなんて？」

「あん？　異常な推進力が特徴なやたらクオリティの高いクジラって聞いたけど？　ああ、初見は目を疑うこと間違いなし、とも言ってたっけか」

うん、間違いじゃない。間違いじゃあないんだけどな。茶管よ、お前さんはヤベェしか感想が出てこなくなるような相手が言う『目を疑う』の意味を正しく理解できているのかな？　まあただの初見殺しの一発芸なんだけど。

レッドゾーンって、正直あんまり使いたくないんだよな。なにせ怒髪天の心境で組み上げた対クチナシ及びデンジャーゾーン機体だからさぁ。拉致って場外勝ちして相手をポカーンさせるしかできないレムナントなんだよ、あれ。

たしかに自信作ではあるんだけど、勝ち筋どころかできることが一つしかないから乗ってると飽きるんだよね。拉致できないほどの超重量機や対抗できるだけの推力を持つレムナントとか、勝てない相手には絶対に勝てないし。拉致を封じられたら、最終的に機体そのものを質量兵器とした体当たりしかやることとないんだよ。

「まあ、いいか。見たいって言ってるわけだし。茶管は？　別のレムナントあるの？」

「いや、凱歌でいく。スピード狂を自認する俺にとっちゃあ、あの黄色いのにぶっ飛んでると言わせた超速機体と正面からやってみてぇんだ」

パシ！　と拳を手のひらに当てて気合十分の茶管だが、結末がほぼ見えている俺からすれば何と言えばいいのだろうか。流れるプールを逆走する程度の気持ちかもしれないけど、君が今からやろうとしているのはジェット乱気流にハンググライダーで挑むようなもんだと思うよ。

「そっか、そっちがいいならいいけど……多分俺が勝つぞ」

「上等、それに対応しきってやりゃあ黄色の度肝も抜けるってもんだ。……あいつ、ほとんど初期機体に毛が生えた程度の俺にランキング機体で瞬殺かましてきやがったんだぜ？　俺ぁ一度だけでもこのゲームで吠え面かかせてやるって決めたんだ」

　一回ぎゃふんと言わせる前に茶管が物言わぬ死体になっていると思うんだけど、人のモチベーションに水を差すようなことはすまい。

　きーちゃんは俺に負けてから回避の癖も直したし、一段と視野が広がった気がするんだよね。彼女の記憶をリセットしてレッドゾーンで戦っても、拉致場外押し出しを決められる自信は無い。

　性格も丸くなったのか以前みたいに他人を見下すようなこともせず、請われれば初心者との対戦でも受け入れるようになったらしい。逆にいうとどんな相手でも油断せずに仕留めにかかってくるから、もう一発狙いが通用しないんだな。

「おう、フレンド対戦の申し込み送っといたぞ。ちゃんとクジラで来いよ」

「了解」

　レッドゾーンを出すからには手加減しない。むしろ手を抜ける要素がない。だって体当たりか口に咥《くわ》えるかしかやることないんだもん、申し訳程度のフラッシュガンはあるけど。

　凱歌のだいたいの機体スペックはさっきの戦いで見たし問題ない。重量、速度、機体の大きさ。どれもレッドゾーンのキャパシティに入っている。茶管の操作技術もなんとなくわかった。

　マッチングが終わり、レムナントの選択を要求されたので迷うことなくレッドゾーンを選択。数秒の暗転の後には空飛ぶ鯨の体内に座らされていた。軽く操縦桿《かん》の感触を確かめて感覚を思い出し、一つ頷いてレッドゾーンの管制ＯＳに呼びかける。

「起きろ、レッドゾーン。お客様が空の旅をご所望だ」

音声認識システムによって各機器が起動。大小複数あるモニターも順番に電源が入り、『なんかすごそうな機械のセットアップ』的な英文と数字の羅列が映し出される。はたしてこの画面に意味はあるのだろうか。いや、ある。ロボットの起動っぽくてテンションがむやみに高まる。

『Completed set up…… Welcome back, my pilot!』

メインシステムの起動が確認されたメインモニターにはデフォルメされた真っ赤なハヤブサのキャラクターが現れ、大げさな身振りでキザッたらしい礼をとる。一発芸機体だからあんまり動かしてなかったもんで、こいつと会うのも久しぶりだ。

「ご搭乗をお待ちしておりました、赤信号様。なるほどなるほど、それはそれは精いっぱいおもてなししなければなりませんな！」

「ああ、サポート頼む。お前がいないと作った俺ですら振り回されるからな」

「ははははは！　なれば総力をもって補佐させていただきましょうぞ。我が翼はあなたのために。征きましょう、我が主《あるじ》」

人によってはムカつくテンションかもしれないけど、俺はやっぱりこいつ好きだわ。ゲームの世界なんだ、これぐらいはっちゃけたＡＩの方が面白いってもんよ。まあ、ロボットもんのお約束ともいえる無感情なＡＩもいいけどね。ピンチのときやここぞという場面では感情が出るタイプならなお良し。無感情な相棒ＡＩが自分でも気付かないうちに感情を得ていたってシチュエーション、いいよね……。

おっと、カウントダウンが始まったか。今回の戦場はだだっ広い荒野ね、本当は洋上プラントとかの方が得意なんだけど、まあ悪くもない。

　さーて、それでは茶管よ、空の旅にご招待するぜ。


　そして三分後。

「嘘、だろ……」

「言ったろ？　初見だと目を疑うって」

　あっという間に戦いは終わり、ガレージには床に膝をついて頽れた茶管とそれをドヤ顔で見下ろす俺。ちゃんと首を斜めにすることも忘れてはいない。首の角度は気持ちを伝えるのにとても重要なことなのだと青に教えてもらったんだ、さすがは表情でメシ食ってるモデルだ。

　もちろん勝負は俺の勝ち。レッドゾーンの最高速に何もできない凱歌を咥えてそのまま場外までウイニングラン。バイク型の凱歌はデンジャーゾーンよりもだいぶ拉致しやすかったな。機体シルエットが咥えてくれと言わんばかりの形だもん。

「何がショックって、俺ぁリアル技師だってのにあのクジラを再現できる気がしねぇってことだ。少なくともアレを超えなきゃスピードジャンキーは名乗れねぇよな……」

　名乗るだけなら別に構わないと思うけど、そうしたらこれから先ずっとレッドゾーンの影が頭の隅っこにチラつくだろうな。ただ勝つための手段として作られた機体に己のポリシーが打ち砕かれる、悔しいでしょうねぇ。

「いいか茶管。お前に足りないのは知識経験情報覚悟、技術武装機体パーツ。そしてなによりも……オリジナリティが足りない。何のメカニックをしてるのかは知らんけど、そのリアル知識が機体組みの邪魔をしてることはわかる」

凱歌を見た瞬間にピンときたね、こいつはリアル知識をもとにして作られたレムナントだと。もう見てくれがただデカいだけのバイクなんだもん、そりゃ確実に動くだろうし操作もしやすいだろうさ。だけど相手側からしても動きは読みやすいし、どの方向から攻撃すればいいのかもすぐにわかる。

これがぱっと見バイクだけど実は変形して空を飛ぶ、くらいの物ならああも簡単にマクロチェイラに捕まることは無かっただろう。全身各所にジャッキやバーニアを仕込んで変則機動をしまくるとかでもいい。

「凱歌には『意外性』がなかった。武装バイクとしては素晴らしいけど、ＩＲ環境ではそれだけだとダメだ」

変な機体が強いというわけではないし、ありきたりな機体でも強い人は強い。それこそきーちゃんのデンジャーゾーンのように。でも、それならそれでちゃんとした勝ち筋や立ち回りを考えるべきだし、隠し武器や奥の手の一つ二つくらいは誰でも仕込んでいるものだ。

「……そうだな。たしかに凱歌にゃこれぞって強みが無ぇ。俺としたことがなんつーおさまりのいいありふれた機体を作っちまったんだ。そりゃあ黄色いのにボコられるわけだ」

いや、きーちゃんには生半可に奇をてらった機体組んでもだめよ、普通に対応されるから。それこそレッドゾーンみたいに徹底的にきーちゃん個人をメタらなきゃそうそう勝たせてもらえない。

それに凱歌は二輪走行としての完成度自体は高かったんだ。ＩＲ始めて数日で作れる機体じゃないと思う。ただ戦う機体としては物足りないというだけ。もっといろんなレムナントを見れば、すぐに俺なんて追い越すだろう。

　機体云々もそうだけど、茶管の場合まずはこのゲームにもっと慣れなきゃ。一戦の経験は百の座学に勝るのだ。特にこういうプレイヤースキルが物を言うゲームはね。

「ロボゲーの基本はトライ＆エラー。作って試して戦って、しっくりこなけりゃまた始めから。そうしてるうちに自分に合う機体が作れる」

「そうな、俺に足りないのは経験だ。ったく、リアルもゲームも一朝一夕にゃいかねぇな。だからこそ楽しいんだけどよ。オウ赤いの、とりあえず聞きてーことが山ほどあっから、ちょっくらつきあえや。まずはオススメのブースターとジェネレータをだな」

「ん、空を飛ぶならアメンテック、あくまで陸上メインでやるなら天武《てんぶ》重工かな。ジェネレータは持久力ならアトランティック・テクニカ、ピーキーなのがいいならナインヘッド・インダストリ」

　ナインヘッド・インダストリは全体的にカタログスペックは高水準なんだけど、実際に動かすとめっちゃ極端な動作をするから困る。メーカーパーツで一式揃《そろ》えると見た目がキモくなるのもな……。あれはあれで熱狂的なファンがいるらしいけどね。

　茶管がシナリオモードを全部終わらせてるのなら、隠しミッションでゾディアックス・ファクトリーのパーツを手に入れるのもいいんだけどな。若干デチューンされているとはいえ、ラスボス機体のパーツ群だけあって性能が良い。全身ゾディアックスはにわかプレイヤーの証明扱いされてるけど。

「今使ってんのはハーヴェストのやつだけど、こいつはどうなんだ？　使いやすいって評判なんだが」

「ハーヴェスト製のパーツは信頼性がいい。どんなパーツと組み合わせても大概動くし、装甲値も高い。俺もどれにしようか迷ったらまずハーヴェストで試す」

　とにかく頑丈でどんな使い方をしてもとりあえず動くっていうのはこの手のゲームでは貴重だ。まずはハーヴェストで作ってテスト、それから適宜他メーカーのパーツに差し替えてスペックの調整、どうしても形や細かいところに手が届かない場合はハンドメイド。これでだいたいは何とかなる。

「なるほどねぇ……ああ、そういやお前らがリアルで使ってるグループチャットに招待してもらっていいか？　ほれ、イベント始まったら情報交換とかしたいしよ。それにお前らみたいにしょっちゅうゲームしてるやつって俺の周りじゃ少なくてよ」

　がりがりとドカ盛りリーゼントの後頭部を掻く茶管。まあ、言わんとしてることはなんとなくわかる。彼の近しい人たちはゲームよりリアル派が多いということだろう。

「ん、じゃあ今日ログアウトしたら招待するわ。って、そもそも茶管の携帯端末の番号知らないんだけど……」

「ああ？　今から言って覚えられるか？」

「ログアウト前でよろしくお願いします」

　そんなこんなで今日は茶管に付き合って機体組み。青とレッドゾーンを組んでるときもそうだったけど、友達と相談しながらあーでもないこーでもないと試行錯誤するのは楽しいな。一人で黙々と機体設計するのもあれはあれでいいものだけど、ほかの人の発想というのは当然ながら一人では生まれないからね。

茶管の新機体の仮組みが終わってログアウト後。茶管に言われた番号でグループチャットに招待しようと検索していたら、ばっちり発見。

『茶畑《ちゃばたけ》　管次郎《かんじろう》』

それが彼の名前だった。なんていうか、こう……渋い名前ですね……。


そろそろ今日一日の講義が終わろうかというタイミングで、ポケットの中の携帯端末に着信がきた。教授にバレないよう隠しながら見てみると、きーちゃんからのグループチャットだ。

黄：たすけてください
青：どうしたの？
茶：漢字変換するのも忘れるほどのことか？
赤：誘拐されてポケットに入れた端末でブラインドタッチしてるとか？
黄：ＩＲにきて
青：敬語が消えた……？　二時間後なら
赤：同じく
茶：俺まだ就業時間中。今は休憩時間な、サボりじゃねーぞ
黄：はやく

青：今僕ら大学の講義中なんですけど……
赤：教授が青の方見てる。二時間後にはインするから
茶：今日は早上がりだからそれぐらいに俺も行くわ
黄：りょ
青：ついに五文字を打つのも切り上げるほどに……
赤：ＩＲで大型イベントの詳細が来るの、あれ今日だったか
茶：ああ、そういやそうだったな

「何で俺のガレージに集まる」

「ほかに誰も来る心配がありませんから」

「フレンド訪問をオープン設定にしてるはずなのにプライバシー守られてるとか、セキュリティはばっちりだね。秘密組織の集会所並みじゃん」

ははは、フレンド切るぞクソ野郎ども。

実際、おっしゃる通りですけどね。シナリオモードかこいつらとのフレンド対戦くらいしかやらないから、フレンドが増えようはずもないからな。

対人戦はきーちゃんという身近にいる高すぎる壁のおかげで、ほかと戦おうという気分になかなかならないのも一因だと思う。責任転嫁？　……あーあー聞こえなーい。

「それにしてもスケールの狂った水族館みてーなガレージだな。ありゃなんだ、タコ……いやイカ

か？　どっちにしろ操作クソ難しいだろアレ」

茶管は俺のガレージ初めてか？　スケールの狂った水族館とはなかなか粋なことを言ってくれる。ハンガーに格納された我が魂たちも喜んでいるだろう。

タコイカ融合型レムナント『オクトハンズ』は十本の脚部兼腕部を持つことから、たしかに操作が難しい。しかし、これでもきーちゃんに勝利した実績のある機体なのだ。この機体を見た結果、笑い転げて操作不能になったきーちゃんをハメ殺しただけなんだけどな！

「で、皆さんお知らせは見ましたか？　見ましたよね？」

「うん、見た見た。あれでしょ？　【無限戦機《インフィニティア》迎撃戦】ってやつだよね？」

「どう見ても高難易度だ、腕が鳴るぜ」

「ＩＲでレイドかーって感じ」

【無限戦機迎撃戦】開催のお知らせ
傭兵《ようへい》の皆さん、いかがお過ごしでしょうか？　運営は今回のイベントのために人間性を捧げた結果、メンバーの半分がサイボーグ状態になりました。この文章を書いている私は普段はお知らせを書いたりしないのですが、唯一人間の文章を書ける状態であるということで『づぁー』しか言えなくなったチーフより急遽《きゅうきょ》お知らせ係に抜擢《ばってき》された次第であります。そのため、読みづらいかもしれませんが平にご容赦願います。
そんなことはさておいて。掲題の通り、今週日曜日午後七時より一週間、【無限戦機迎撃戦】が開催されます。

ざっくりと説明いたしますと【無限戦機迎撃戦】とは、通常のレムナントよりも巨大かつ強大な自律レムナントである【無限戦機】をプレイヤーの総力を挙げて撃破するイベントになります。

本イベントにおける主な注意点は以下の通りです。

・どの無限戦機の迎撃戦に参加するかを選択していただきます。一度選択すると日付が変わるまでは再選択不可能になりますのでご注意ください。

・同じ無限戦機の迎撃を選択した全プレイヤーとの協力戦になります。同じフィールドに描写されるのは１００人までですが、無限戦機のダメージは共有します。

・フレンドとチームを組んで出撃することも可能です。その場合は確実に同描写フィールド内にチームメイトが現れます。なお、報酬は個人計算で支払われますので、御了承ください。

・本イベントでは一日に五回しか出撃できません。五回撃墜されたプレイヤーは日付が変わるまでイベントに出撃できなくなります。

・撃破報酬は戦場に滞在した合計時間と無限戦機への総与ダメージで計算される『貢献度』によって支払われます。なお、撃破ができなかった場合、一定量のダメージが与えられているのなら無限戦機は撤退します。その場合は貢献度を半分に計算して報酬を支払います。

・貢献度は各無限戦機ごとに個別で計算されます。どの無限戦機にいつどれだけ挑戦するのかは重要なファクターになると思われます。

・長丁場の戦いになるので補給部隊が待機しています。戦闘区域から一時離脱することで、弾薬の補給と一定値の装甲値の回復が行われますので、総弾数が少ない兵装でも臆することなく使用してください。また、迎撃戦参加中に限り、機体の修理費と弾薬費は無料になります。

・無限戦機ごとに報酬は違います。重ねて申し上げますが、いつどの迎撃戦に参加するかはくれぐれも十分なご考慮のうえで選択してください。

【無限戦機について】

無限戦機とは、世界が荒廃する理由になった『大戦』時に当時の各国が最強の切り札として開発した自律稼働する超弩級レムナントを指す。小さいものでも数十メートル、大きなものでは数百メートル超という巨体を誇り、堅牢《けんろう》極まりない装甲と過剰なまでの火力を持つ殲滅《せんめつ》兵器である。

ほぼ全ての無限戦機が自己修復機能を持ち、己で破壊した施設やレムナントから燃料や鋼材などを得ることで半永久的に戦い続けることができる。ゆえに『無限』戦機。

大戦時に猛威を振るった無限戦機はいつしか制御ＡＩが暴走を始め、所有国の命令を『効率的ではない』と切り捨て自己判断による人類殲滅を始めた。

この予想外の事態に世界は一致団結し、人類の生き残りをかけて総力をもって対応することになる。連合軍はまだ制御可能な無限戦機を持つ国家が主導し、暴走した無限戦機や終末思想に取り憑《つ》かれたテロリストらとの文明が退化するほどの死闘の果てに、敵味方合わせて無限戦機は全機沈黙。

しかし、いくつかの無限戦機は密《ひそ》かに自己修復を進めていたようで、全盛期ほどの力は戻ってはいないものの再起動した機体が最近確認された。

再起動した無限戦機はまたも世界を炎に包まんと、工業地帯や人口密集地に向けて進撃を開始。

これを放っておけば、人類は二度と立ち直ることはできないだろう甚大な被害を負うことが予想される。

【今回迎撃戦が行われる無限戦機の情報】

無限戦機　№.1【THUNDER BIRD】『全てを無に帰す破壊の凶鳥』

翼間長三百メートル、全長二百メートルの体躯《たいく》で悠然と空を制する巨鳥型無限戦機。Storm eggという無数の小型随伴機を常に引き連れているのが特徴。堅牢な装甲と常に高高度を飛行している都合上、迎撃にはこちらも飛行型レムナントを使用する必要がある。

事前に斥候に赴いた傭兵が遺《のこ》した情報によると、この無限戦機は随伴機によって接敵を拒むのみならず、背部から多数の垂直ミサイルを、さらには大口径のマシンキャノンやレーザーキャノンまで放ってきたという。

迎撃に当たっては、爆撃機であるという情報からこの無限戦機の直下にいるのは自殺行為と思われる。また、随伴機であるStorm eggは通常レムナントよりは脆弱《ぜいじゃく》であるそうだが火力は侮れない。その妨害には留意されたし。

撃破報酬

？　『？』　貢献度３００００pt

AI操作支援機『Storm egg』　貢献度１５０００pt

垂直ミサイル『Feather Dance』　貢献度７５００pt

推進器『Super Cell』　貢献度３０００pt

無限戦機　No.８【武御雷《タケミカヅチ》】『天地切り裂く黎明《れいめい》の武神』

大小二振りの実体剣を持つ、全長七十メートルの鎧武者のような巨人型無限戦機。無限戦機の中では比較的小型であるが運動性能が極めて優れており、人間とほぼ変わらないどころかそれ以上に自由自在に大太刀を振るい、まるで武芸者であるかのごとき体術を見せる。

精密動作もすこぶる得意なようで、高速で飛び回る飛行型レムナントを一刀両断する離れ業を見せたという記録がある。

大太刀に目が奪われがちだが、レーザーブラスターや榴弾砲《りゅうだんほう》など遠距離用兵装も搭載されている。それでもほかの無限戦機に比べて接敵は容易な部類に入るが、武御雷の間合い内で行われる戦闘は困難を極めるだろう。

また、大戦時の記録には『一太刀で市街地を蒸発させた』というものが見られた。この太刀とは主武装である大太刀のことなのだろうか？

撃破報酬

？『？』　貢献度３００００pt

超振動ブレード『地』　貢献度１５０００pt

榴弾砲『鳴動』　貢献度７５００pt

強化装甲『神明』　貢献度３０００pt

無限戦機　No.１４【ナーガラージャ】『百蛇を束ねる砲火の竜王』

全長二キロメートルという、飛びぬけた長さを誇る大蛇型無限戦機。恐ろしきは全身ほとんどが武装コンテナであるということ。

　長大な機体内は無数のブロックに分けられており、その区画ごとにミサイルなどがぎっしり詰まっている。全門開放などしようものなら尋常ならざる鉄火の嵐が周囲を荒野へと変えるだろう。またレーザービーム発射用の砲塔区画などもあり、実弾のみの対策では、こちらがやられるのは目に見えている。

　その長すぎる機体を縦横無尽に動かす走破性は目を見張るものがあり、本物の蛇であるかのようにあらゆる地形を滑るように乗り越える。当時の技術の粋を結集して造られた再現不可能なほど柔軟な素材と機体設計により、とぐろを巻くことすら可能であるという。

撃破報酬
？『？』　貢献度30000pt
ミサイルランチャー『カドゥルー』　貢献度15000pt
レーザーキャノン『ムチリンダ』　貢献度7500pt
無限軌道『アパラーラ』　貢献度3000pt

　これから始まる理不尽なまでの性能を誇る無限戦機との戦い。はたして勝利するのは人か機械か。

　皆様のご活躍を運営一同、心よりお待ち申し上げております。


「で。皆さん、どれをメインに出撃する予定なんですか？」

「サンダバがメインで余裕があればナーガかな。人型はあんまり趣味じゃない」

「僕は空中戦苦手だからサンダバ以外で。どちらかと言うとナーガがメインかな」

「俺ぁナーガの無限軌道とやらが欲しいぜ。サンダーバードのブースターも心惹かれるけどよ、飛行型はまだ完成してねーからな。武御雷も報酬の響きが渋くていいよな」

「私は断然武御雷です、報酬のブレードが欲しいので。絶対に日本刀型ですよ、心躍りませんか？　最近、仕込み武器のレーザーブレードもいい加減マンネリかなと思ってましたし、実体剣は重量は嵩みますけどエネルギー消費がありませんからね。それに上位報酬ですから、もしかしたらただのブレードじゃない可能性もありますし。いやむしろ絶対何か仕込まれてますよね」

　めっちゃウキウキしてるな、きーちゃん。しかし全員のメイン参加先が分かれたか。まあだからと言ってどうなんだという話ではあるのだけど。むしろきれいに分かれているのなら全部の無限戦機の戦いがどんなのか、教え合うこともできるしいいかもしれないな。この手のは情報を摑んでなんぼだし、出撃先が被ればチームも組める。

「そうだ、無限戦機に向けて何機か機体を組みませんか？　始まってからわかる部分はあると思いますけど、ある程度は用途別に機体組みをしてた方がいいと思うんですよ。重装甲機が必要になってゼロから組んでるうちに戦況が変わりました、では話になりませんから」

「たしかに。得意不得意関係なく、飛行型は少なくとも一機は持ってた方がいい。レッドゾーンもそろそろ本腰入れて改造しようかな、今のままじゃあさすがにもう使いにくい」

「設計図は残しとけよな。いつか俺のレムナントであのクソクジラをぶっこ抜いてやっからよぉ」

　そりゃあもう丁寧にロックもかけて保存してますよって。ていうか、設計図が欲しいならあげるけど？　もう青ときーちゃんには渡してるし、お返しにデンジャーゾーンの設計図ももらった。

　設計図さえ保存しとけば使用パーツがある限りいつでもお手軽ワンタッチで機体を組みなおせるからな、試行錯誤の結果を残すのにちょうどいい。他人の作ったやつでも同じような手順で再現できるし、何より人のハンドメイドパーツを一瞬で再現できるのが素晴らしく便利だ。まあ、それがあるから最高傑作の設計図をホイホイ人に渡すプレイヤーはそうはいないけどな。

「とりあえず必要なのは、観察と弾幕ゲー対策の回避特化、重装甲を貫くための大火力、パズルゲー対策の精密射撃機ですね。あとは普段使いしている慣れた機体と飛行型でしょうか。それだけあれば急なアセンブリを要求されることは無いと思います」

　レッドゾーンを調整して回避型と大火力機は作れるかな。マクロチェイラは自分より小さい機体を狙う戦法だから巨大な無限戦機には向かないかもだけど、ちょいと改造すれば使えないこともないだろう。

　あとは精密射撃機だけど、これは飛行型では難しいな。ホバリングはどうしても射線がぶれるし。そこは妥協点を探すかすっぱり諦めるかだ。俺が狙うサンダーバードは弾幕ゲー臭いし、運動性能が一番だろうな。

「そういえば、皆さんＩＲのイベントって初めてですか？」

「ん？　まあ、そういやそうだな。対人戦イベは興味ないし」

「僕もそこまで本腰入れてやってたわけじゃないからねぇ」

　茶管は言うに及ばず。対人戦で連続何勝で〜みたいなイベントはあったけど、まあ俺みたいなのはやらないよね。

たまに運営対プレイヤーのイベントがあるっていうけど、それはたしか俺がやり始めるよりちょっと前に終わってたはずだ。

「では先に言っておきますが、今回のようなタイプのイベントは殺意が尋常ではないです。一日五回の出撃制限、あれは『お前たちを一日五回殺す』という意味ですからね」

　まあまあ、それはなんとなくわかるよ。五回出撃できるのに二回しか死なないような難易度では何のための出撃制限かという話だ。その程度の殺意なら、まあよくあるんじゃないの？　俺はそういうのあんまり知らないけど。

「前回のイベントはＡＩ機の大群と戦うもので、戦力比がだいたい十倍差以上でしたよ。もちろん向こうが十です」

　クソが。重ねて言う、何つークソゲーだ。そんな絶望的な戦いなんて世界史を紐解《ひもと》いてもそうそうないんじゃないの？　戦国時代の戦なら間違いなく日本史の教科書に載るぜ？

「ランカーたちが一人で五十以上の働きをしたのと、恒常的にログインしてる勢は普通に強いので何とかなりました。まあ、末端のライトユーザーたちは阿鼻叫喚《あびきょうかん》でしたね」

　それは修羅の国の話かな？　もともとがコアなファン向けのゲームとは言え、大丈夫かその仕様で。

　もし今回もそんな感じだったとしたら、お祭り騒ぎっていうよりガチの戦争だなこりゃ。俺としては死にゲーもどんとこいだから特に抵抗は無いけどさ。むしろロボットアニメの山場に自分がいるみたいな感じだから楽しみでもある。

　さて、主人公になれるのか、それとも背景の一部として蹂躙《じゅうりん》されるのか。それはやってみないとわからない。とにかく今言えるのは、気合を入れてレムナントを組み立てようってことだけだな。

　イベントが開始してから程なく。新たに作った機体の調整も終えたし、あとは実践あるのみ。さすがにまだ現場に出たやつからの声は届いていないので、まっさらな状態から始めることができる。青、きーちゃん、茶管の三人はナーガラージャと武御雷の方へ行ったけど、さてあっちもどうなるかな？

　インターフェースから【無限戦機迎撃戦】を選択し、サンダーバード迎撃戦をタップ。一度選択すると今日は出撃先の変更はできませんがよろしいですかという確認に同意する。

　先鋒《せんぽう》として使用するのはレッドゾーンを調整して曲線運動性能と偵察性能にスペックを割いた、イルカ型飛行レムナント『エコージャンパー』だ。

　赤地に黄色のラインを走らせた機体は、その色が示す通りきーちゃんとの合作。『推進器はガン積みする物』だったレッドゾーンを、少しシェイプアップしながらも武装やセンサー類を増やしたというのにエネルギー供給率は格段に上昇する不思議現象に驚きを隠せない。さすがは最前線を行くプレイヤー、機体組みが洗練されてるねぇ。

　諸々《もろもろ》のマッチングが終了し、エコージャンパーのコクピットへと飛ばされた。コクピット周りは基本的にレッドゾーンから変わっていないけど、左右の操縦桿には武装用トリガーが増設されている。

　そりゃね、拉致できる相手でもなければ体当たりで何とかなる相手でもないでしょってなもんで。当然ちゃんと武装を搭載してますよ。フラッシュガンみたいな超ピンポイントでしか使えないようなものじゃなくて、もっと普通の火器を積んできた。

「うーし、そいじゃ行きますかね。エコゥ、起動してくれ」

『Completed set up…… Welcome back, my pilot』

「エコージャンパー、メインシステム起動。次いで操縦補助ＡＩエコゥ、起動しました。ようこそ搭乗者、歓迎します」

うん、レッドゾーンとは真逆のタイプの補助ＡＩを搭載してみたけど、これはこれでクールでいいね。なんていうか、仕事できます感バリバリだ。以前のようにマスコットキャラがいないのはちょっと残念だけど。

５……４……

おっと、カウントダウン開始だな。……ふぅん、イベントだっていうのに初回ムービーとかないんだ。なんつーか、こういうところがＶＲゲームと前世代ゲームの違いだよなぁ。俺のやってきたゲームが特殊なのかは知らないけど、没入感とかリアリティを追求した結果、プレイヤーが動けないムービーってほとんどないんだよ。その辺が寂しい。

３……２……１……０！

「おおおおお!?　なんだぁこりゃあ!?」

カウントがゼロになると同時に、強制的に超スピードで機体が後方から押し出されるようにして放り投げられた。一瞬にして超加速した機体は砲弾のように飛び、メインモニターには戦場となる大空が広がる。

右手側のサブモニターに映るレーダー画像には、後方にかなり大きな影が。どうみても俺の出撃位置だし、戦域限界を示す破線の外にいるということは……これがお知らせにあった戦域外で待機する補給班ってやつかな？　大きさ的には航空母艦って感じだけど。

つまりあれか、いつもみたいな戦場にドン、じゃなくて輸送機からカタパルトで射出されたってことか！　テンション上がるけど、先に一言いれてくれよな！

「警告、前方に大型機影をレーダーで捉えました。併せて周囲に無数の小型機影と、味方識別反応も多数。すでに混戦状態かと思われます」

レーダー画面は物標を表す黄色いマーカーでパンク状態だ。けっこういいレーダー積んできたんだけど、どんだけ入り乱れてドンパチしてんだ？

あんまりレーダーはあてになりそうにないので目視確認に切り替えると、遠くの方にうっすらサンダーバードと思《おぼ》しき巨影が見えた。

翼間長三百メートルというのは伊達ではなく、大気を押しのけるようにして大空を飛行する姿は雄大そのもの。セレスティアル・ラインで見た、青の持つ第七ブルマンジャロとどっこいくらいの超巨大構造物が浮かんでいるのはタチの悪いギャグにしか見えない。

その周辺に薄く黒いもやのようなものがかかっているんだけど、なんでだろうか凄くいやな予感がする。

「エコゥ、その辺の拡大映像出してくれ」

「了解、メイン戦域の拡大映像を表示します」

メインモニターの右脇に、サブで積んでいる望遠カメラで拡大された映像が別枠で映される。

……ああ、やっぱいやな予感が的中したわ。ちょっとこれヤバくね？

「おいおいマジか……『無数の随伴機』って、お前ガチで言ってんのか……？」

別枠の中では、小さな鳥型機体に纏わりつかれ爆発炎上して墜落していくいくつもの味方機の姿が。一機のレムナントに数機掛かりで群がる様は、公園のハトに餌をぶちまけたかのようだ。

そしてその鳥型機体の数がもう尋常じゃない。大きさこそ一般的なレムナントの三分の一か半分くらいしかないが、どう考えても二百か三百、下手したらそれ以上はいるぞ。サンダバ本体の周囲のもやの正体はこれだ。こいつらがお知らせに書かれてたStorm eggだな？

「今の速度だと、どれくらいであそこに合流する？」

「速度、針路を維持した場合一分ほどです。あちらの速度自体は比較的遅い部類かと」

つまりあと一分であの鳥の群れに入るってことね……。あれを掻《か》い潜《くぐ》りつつ本体に接近しなきゃならないのかぁ。うーん、どうしようもなくね？　飛んで火にいる夏の虫状態じゃね？

「広域回線を開きますか？　混戦状態ですが、味方機からの通信は何かの役に立つのでは？」

「広域回線？　……ああ、そういうのもあったな。チーム戦やんないから忘れてた」

複数のレムナントが参加するチーム戦では、チーム全体への通信用の広域回線と適宜切り替えられる個別回線というものがあるそうだ。チーム戦なんて触ったことも無いから知らないけど、味方同士でも全体と個別の通信を切り替えるのは意味があるらしいよ？

ちなみにフレンド戦以外では敵とは通信は繋がらない。俺みたいなコミュ障からしたら助かるように見えて、対戦後に直接話しかけにきたりメッセージを飛ばしてくるプレイヤーも多いというので要注意だ。これを避けるには『そもそも知らない人と戦わない』という対策がおすすめ。これに勝る解決法を知ってる人いる？

「じゃあ、情報収集として聞かせてもらおうかな。広域回線、開いてくれるか？」

「了解、広域回線を開きます」

『ああああああ‼　このクソ鳥が、クソ鳥がぁ！　全然本体に近づけねぇ！』

『近づいたところでミサイルとマシンキャノンの弾幕ゲーだぞ、っとぉ！　しかも後ろから小鳥も来るからやってらんねーな！』

『その弾幕の流れ弾でうちのチームメイト落ちたんですけどぉ！　軽々しくサンダバに接近しないでくれますぅ⁉』

『あっダメ、そこはダメぇ！　落ちる、落ちちゃううう！　……アーッ‼』

『広域回線で叫ぶならせめて意味のある断末魔にしろぉ！』

『ああ……楽しい……こんな理不尽を待ってたんだぁ……もっと、もっとちょうだぁい……』

『これStorm eggを減らすのに専念した方がよくね⁉　サンドイッチ状態で本体と戦うのは無理だろ！』

『この世には無限湧きという恐ろしい言葉があってですね……』

『やぁ、イベント始めて数分で三機目の俺が通……れなかったぁ！　もう落ちるぅ！』

『ランカーは⁉　ランカーはいないんですか⁉　一騎当千のランカー様は⁉』

『987位がここにいるぞ！』

『ヒューッ、微妙！　圏外の俺よりゃ強いんだろうけど！』

おおぅ阿鼻叫喚。でも、こんな洗濯機の中みたいな状況だというのに、みんな楽しんでるなぁ。

これが調教され切った者の末路ということか。でもまあ、あれだ、雰囲気が悪いよりいいよな。

そんなこんなしてる間にもう参戦秒読みなんだけど、どうしたらいいんだ？　随伴機を減らすのか？　それとも突撃すればいいのか？

敵味方合わせて数百の機体が縦横無尽に飛び交っては炎に包まれ散っていく。弾丸とミサイルとレーザーが敵機に食らいつき、時折巨鳥から放たれる破壊の嵐が戦闘空域の一角を薙ぎ払う。

そこに今から飛び込もうとする俺は、冷静に見ればただの自殺志願者だ。それでも行かなければならない。イベントに挑むゲームプレイヤーとして、この嵐を乗り越えなくてはならない。そのためにここにいるのだから。

「……まずは随伴機減らしかな。設定にゆっくりと時間をかけて再起動したって言ってたし、Storm eggもぽこじゃか製造できるものではない……はず」

たとえ追加が来るにしろ、即時補充ではないと信じたい。さすがにこの数の随伴機を常に維持されたら本体の攻略なんてできやしない。なにより今は少しでも情報が欲しい。今ある情報なんて『近づけば死ぬ』だけだからな。

少しでも長く生き残ろう、そして強そうな人の動きは見られる範囲で見よう。きーちゃんが『空中戦なら絶対に来る』と言っていた、ＩＲ対戦界の空の王者が同じ描写フィールドに来たらいいのになぁ。

別枠に映るサンダーバードの姿を見ていると、接近してきた機体に対してマシンキャノンを放ったところだったが、双方のサイズ差のせいでハエを追い払っているような雰囲気すらある。ハエを追い払うのに大口径機関銃をぶっ放すやつがいるかと言いたくなくもないけど。

とりあえず本体の情報はできる限り知りたいから、サブカメラにはこのまま本体を映しといてもらおう。戦闘の邪魔にならないように枠はメインモニターの端っこに置いといてっと。

「敵機、射程圏内に入りました」

メインモニターには翼を広げてこちらに向けて突撃してくる一機のStorm egg。実際に見れば何とも小さくて量産機感があるけど、これ攻撃当てにくくてめんどくさくないか。俺としては小さい敵よりも大きい敵の方がやりやすいんだけど。

「ま、さすがにそれは当たんねぇよっと！」

カパッと開いた口から放たれた黄色のレーザーを回避、反撃としてエコージャンパーの頭部に埋め込む形で搭載している機銃を叩き込む。

全弾命中、とまではいかなくてもそれなりの数が当たったはずだが、まあさすがにすれ違いざまの一瞬のやり取りで落ちるほどやわではないということか。比較的もろいとは言っていたけど、Storm eggもそれなりに耐久値はあるんだな。

「2Dの弾幕ゲーはいくつもクリアしたけど、さすがにVRで三次元的にやるのは初めてだな。……気合入れていこうか！」

後方へと抜けていったあの一機も、レンジを絞ったレーダー画面で確認すればすでに旋回して戻ってきている。やつの狙いはこっちの後ろにぴったりくっつくことだろう。

空中戦では上を取られるのとお尻を狙われるのだけは避けなければならないと言う。こんだけ敵味方が入り乱れているのにお尻もクソもないかもだけどな。

自慢ではないが、こう見えてもいくつもの戦闘機ゲーで不動のエースと呼ばれていたんだぜ……

シナリオモードでＮＰＣからだけどな。ほんとに自慢にならない。

そしてこのエコージャンパーは、いたるところに手を加えて俺が操作しやすいように改良を重ねたんだ。レッドゾーンほどの馬鹿力はなくても、対応力が全然違う。

「だから……こういうこともできるんだよ！　『ペダンクルアーチ』！」

こちらの後方至近距離につけていたStorm eggが急加速で突進してきた瞬間、エコージャンパーがその下半身を跳ね上げた。

勢いよく機体を振り上げたこちらに対し、むこうは加速のままに何もない空間を突き抜ける。そこから先はほんの一瞬の出来事だが、俺はスローモーションに感じた。

相手に対して真上から文字通り見下ろして。

テールブースターと下半身を跳ね上げたブースターを同時に吹かして急加速。

一回転し、遠心力と速度が最高に乗った状態の尻尾がドンピシャのタイミングで敵機の頭部に直撃し。

ハンマーでぶん殴られたおもちゃのように、一機の小さな嵐が砕け散った。

「マニューバ『ペダンクルアーチ』終了。敵機、沈黙しました」

「っしゃおらぁ！」

あらかじめ登録しておいた一連の動作をワンアクションで再現してくれる『マニューバ・プリセット』。その存在を俺はつい数日前まで知らなかったんだけど、きーちゃんが教えてくれて助かった。ＩＲはパーツ追加以外のアプデも多すぎんよ、攻略サイト見るだけで眼精疲労が大変なことになるもん。

さっきの前転尻尾ビンタは俺がラオシャンで鯨系をしてるときによくやる攻撃で、これをどうにか再現したかった。そのためにテールブースターとは別に尾びれの付け根、人型でいうところの足首近くに急加速用のブースターを仕込んでおき、これでケツを跳ね上げたのだ。ちなみに頭を振り上げてバク宙する用に、喉元にも似たようなブースターがある。

まあ、問題があるとすれば……。

「脚部ブースターの出力が15%落ちました。50%を下回った場合、通常巡航が不可能になります」

そりゃ推進器で敵をぶっ叩けばそうなりますよね！　結構頑丈に作ったけど、こればっかりはどうしようもない。今回みたいな混戦では一対一なんて珍しいから使えるときに使っただけで、基本的には奥の手にすべきもんだ。

そして戦いは一回では終わらない。なにせ俺が倒したのは何百分の一という些細《ささい》な物。完全に戦闘空域に入った俺に向かってStorm eggは群がってくる。

今度は一機ではなく四機。それが一機落としたことを脅威として取ったのかは知らないが、いきなり四倍はキツイっすよ！

正直、エコージャンパーにはそこまで火力は無い。搭載している武装はそこそこ射程のある機銃が頭部に二丁、チャージ式のプラズマライフルが口内に一つ、そして腹部格納式の空対空ミサイルの三種類のみ。あとは誘導を切るためのチャフとフレアだけ。

余ったスペックは情報収集と運動性能に回している。レーダーもカメラもかなりのものだし、空中戦で目をつぶされないようにジャミング対策なんかも念入りにしているしな。

「次出撃するときは弾幕形成できる機体にしよう、そうしよう！　ここまで敵が多いのは予想外ぃい!!」
錐《きり》もみ回転や仕込みブースターを使っての宙返り、急旋回や加速調整で何とか攻撃を凌《しの》いではいるけど、一対四は物理的に逃げ場がない！　そして下手に逃げ回るとほかのプレイヤーの戦いを邪魔してしまうから、交戦スペースを広げられない！

　時間制限マッチかつ一対一という条件で回避に専念するのなら、きーちゃん相手でも逃げ切れる自信はあるけどこれはヤバいわ。目をどこに向ければいいのか、どれから先に対処すればいいのか、そういう一瞬の情報処理が追い付かない。一対一の経験しかない俺って、もしかしてサンダバとすごく相性悪かったりする？

　今も右側面をレーザーが掠《さら》った。一瞬でも気を抜けば金属片とオイルをまき散らす出来損ないの花火待ったなしだ。

　飛んで跳ねて回ってスカしてたまに反撃して、ＡＩ操作の最大の利点である被害度外視の突撃特攻を紙一重でいなして、それでも一息つく暇はない。

　焦ったときにこそ深呼吸して落ち着け？　それは深呼吸する時間があるからできることなんだよ！　操縦桿がもげるんじゃねぇのってくらい両手ガチャガチャ動かしてんの！　フットペダル踏み抜けんじゃねぇかって心配になるくらい両足動かしてんだよ！　そんで俺は誰にキレてんだ!?　忙しすぎて思考がぐっちゃぐちゃ！

『サンダバに突撃かましたら見ぇた！　随伴機の追加だ、場所は翼の……』

　爆発音で中断されたが、突撃隊から広域回線でおかわりのお知らせ。別枠に視線を移すと、サンダバ両翼の中ほどの上面がハッチのように開き、そこからStorm eggの群れが飛び立った。ほ、ほーん？　これワンチャン無限湧きありません？

「って、おわっ！　ちょい待ってタンマタンマ!!」

ゴスン、と音が響いてエコージャンパーの速度が落ちる。本体映像に気を取られている間に、一機背中に取りつきやがった！

ちくしょう、そこは流石《さすが》に手の出しようがねぇ！　脚部クローでがっちりホールドしやがってるから宙返りしても振りほどけない！　これ以上速度が落ちたらもう攻撃を避け切れないぞ！　まだ一機しか落としてないのに、こんなに早く落ちんのかよぉ!?

ゴンゴンゴン！　とコクピット上部から外装をどつきまわす音が聞こえる。取りついた一機が嘴《くちばし》で穴をあけようとしているようだ、正直クッソ怖い。いつお空がここから見えるんだろうか。

あ、ダメだ背びれブースターがやられた。もう、残り三機の攻撃を躱すことができない。絶対的な速度が足りない。

正面から迫る三つの機鳥の姿が近づき、大破爆発炎上墜落を悟り操縦桿から力を抜いたとき、それらは来た。

俺の右側から放たれた三条の光線。それが過ぎ去り、至近距離で起きた三つの爆発にメインモニターが赤く染まった。

次いでエコージャンパーに大きな衝撃が走ったと思えば、重量物を背中に載せていたせいで落ちていた速度がいくらか復帰。背部ブースター破損のため最高速には届かないが、とりあえず逃げることができる程度に動けるようになる。

「なんだ、なにがどうした!?」

俺を撃墜せんとしていた四機が消えた。それはとても喜ばしいことだけど、いったい何が、いや誰がそんなことを？

『広域回線にて失礼。ＬＮ：エコージャンパー、こちらＬＮ：ツナマヨ・オリジン。通信に応じる気があれば回線３２５へ変更求む。二十秒後に回線３２５に返答なき場合、拒否されたものと判断する。以上』

聞こえてきたのは低めの男の声。もしボイスチェンジャーを使っていないのだとしたら、歳は三十は越えているんじゃないだろうか。

こいつか？　このおにぎりの具みたいな名前の機体が俺を助けたのか？　なぜ？　なぜ俺を助けた？　俺の近くにはほかにも戦っていたプレイヤーはいたのに、なんでわざわざ俺を助けて連絡まで入れる？

「わからない……そして回線変更のしかたもわからない……ごめんエコゥ、３２５に繋げてくれ」

「了解、回線３２５へチャンネルを変えます」

普通の俺なら悪いと思いつつ無視するだろうが、何と言うかこれは無視してはいけない気がした。なんだろう、何かよくわからない漠然とした予感がする。こう、雑踏の中でなんか同郷っぽい人を見かけたような、そんな感じがしたんだ。

『エコージャンパー、エコージャンパー、こちらツナマヨ・オリジン。いたら返事をしてほしい』

「……ツナマヨ・オリジン、エコージャンパー」

『ああ、来てくれたか。よかった、さて要件だが……あなたはクチナシをやったレッドゾーンのパイロットで間違いないか？　赤信号、で合ってるかな？』

おいおいおいなんで身バレしてんだ。少なくともどんな手段を使ってもこのイベントでプレイヤーネームが割れることは無いはずだ。アリーナのマッチングならともかく、この状況では味方を識別するためにモニターに映る機体名しか知りえないと思うんだけど……。

『ふふふ、黙して語らずか。あの一戦以降どれだけ捜しても見つからなかった謎のプレイヤーらしい。しかし、こう言えば多少は信用してもらえるかな？　私も『海に生きる者』だと』

なん、だと……？　『海に生きる者』だと？　それはつまり、そういうことか？

おわぁっっぶねぇ!!　話聞くのに気を使ってたらサンダーバードからの流れレーザーキャノンが！　やばいやばい、なんでこのツナマヨさんは平気でしゃべっていられるんだ!?

急いで操縦桿を切り、すんでのところで直径が小型レムナントくらいあるごん太ビームを避けるが、それでも通信相手の言葉は止まらない。

『まだ信じてもらえないか。ならば、我らの姿を見せよう。総員、集合!!』

『『『魚《ウオ》ォォオオオ!!』』』

複数人の歓声がスピーカーから飛び出し、計四つの影をメインモニターが映しだす。

『我は魚と調味料の到達点！　世界に誇る雄々しき日本の至宝を見よ！　【ツナマヨ・オリジン】！』

『藁《わら》の火力が味の決め手！　厚切りに薬味とポン酢で召し上がれ！　君は初派？　それとも戻り派？　【カツオ・ノ＝タタキ】！』

『私の鰭は高級食材！　竜巻に乗るし宇宙も泳ぐがコックとチェーンソーは御勘弁！　【ＭＭシャーク】！』

『刺身に燻製に焼き魚、卵は立派な高級品！　日本の食卓を支えるいぶし銀とは私のこと！　【サーモン・イクラデスカ】！』

名乗りを上げて左右にそれぞれ二機ずつ、こちらの斜め前に現れたそいつらの姿とは……。

・左右にマヨネーズ型ジェットをつけた鮪。

・ポン酢のビンを背負った鰹。

・デカデカとタコと竜巻のペイントを施した鮫《さめ》。

・尻のところに赤い球状の何かをつけた鮭。

あまりにもあまりなその光景に、俺の頭は考えることをやめた。

『海に生き、海に魅せられ、海を愛す！　たとえ世界が変わろうとも、魂に刻んだ故郷までは変わらない!!』

『我ら、人呼んで【ＩＲ海洋生ぶぐあああああ!!』

『カツオぉぉおお!?』

「……ふわぁっ!?」

な、何晒してくれとんじゃ！　脳みそをフリーズさせていたせいでStorm eggと正面衝突したポン酢カツオにぶつかるところだっただろうが！　なんだ、なんなんだこいつらは!?

ほどなくして左胸びれから煙をたなびかせるポン酢カツオが戦列に戻ってくる。若干ふらついているように見えるけど、あれ大丈夫なんだろうか。もうこの人たちのインパクトでサンダバが霞《かす》んでくるんですけど、今俺超巨大ロボとその随伴機との乱戦の途中だよな？

『……大丈夫だ、舵は取り直した。もう一度頼む』

『よしそれでは、海に生き〜から行くぞ！　さん、はい！』

『『海に生き、海に魅せられ、海を愛す！　たとえ世界が変わろうとも、魂に刻んだ故郷までは変わらない!!』』

『『我ら、人呼んで【ＩＲ海洋生物部】!!　……決まった！』』

　ご丁寧に赤青緑黄のカラースモークまで焚《た》いて本当に何がしたいのだろうか。……いや、ある意味ではこの人たちは今最もこのゲームを楽しんでいる人たちなのかもしれない。殺意マシマシのＡＩ操作機との混戦の真っただ中でスモークを焚くのは超絶迷惑になるのではないかと思うけど。広域回線聞くの怖いなぁ……。

『理解してもらえただろうか。端的に言うと我らはラオシャンのプレイヤーだ。そしてあなたもそうなのではないかと思っている。かなり前の話だが、赤信号という名前のマッコウクジラをダイオウイカで仕留めたこともある』

「あのときのダイオウイカだぁ？」

　お前かぁ！　名前は忘れたけど存在は忘れてねぇぞ、俺が初深海ダイブした帰りに戦ったダイオウイカだな!?　あのトワイライトゾーンでの戦いを機に、俺は二度と頭足類をナメないと誓ったんだ……！

　よくもノコノコと面ぁ出せたもんだ、今やってるのがプレイヤー協力型イベントでなければ即時リベンジを申し込むところだぜぇ……。

『やはりそうか、あなたも同類だったか！　いやぁ喜ばしい、何という偶然！』

　あっやべ、特定されちゃった。……まあいいか、どうせ半ばバレてるようなもんだったし、広域回線で暴露されたわけでもなし。覆水盆に返らず、時は戻らないってな。

『いい加減俺らにもしゃべらせてくれよな。赤信号さんよ、俺たちゃあんたのファンなんだ。あのクチナシ戦をリアルタイム観戦してたんだけど、レッドゾーンを見て驚愕したぜ。なんてレベルの高いクジラなんだってな！』

『それでいて武器らしい武器も使わずにあのクチナシに勝つじゃないですか、もう開いた口が塞がりませんでしたよ。その後一切アリーナに現れないミステリアスなところも痺れますね』

『なによりレッドゾーンのクジラとしてのクオリティ！　すごいわよね、特に鰭型ブースターのフレキシブルさ。あれに比べたら、私たちが作ってた魚機体なんてハリボテだわ！』

そういえばそんな話をきーちゃんから聞いたな。レッドゾーンの設計図を求めてアリーナに張り込んでるやつらがいるって。当時はもともとフリー対戦をするつもりはそこまでなかったけど、それを聞いて俺の足は完全にアリーナから遠のいたんだよなぁ。

武装を使わずに推進器をガン積みするだけで勝てると思ったプレイヤーが、なんちゃってレッドゾーンを作っては実戦で何もできずにぬっ殺されるというのも聞いたよ。デンジャーゾーン専用のメタ機体だから、どんなレムナントでも連れ去れるわけじゃないのに。重量オーバーの機体には何をどうしても勝てないのが実情です。

『さて、赤信号さん。我ら海洋生物部の望みはただ一つ。あなたはどうも群れを成さないタイプのようだが、今日この戦場だけでも我らの群れに加わってくれないか？』

『頼むよ、俺たちあんたと一緒に泳ぎたいんだ』

『今のこのネタ機体じゃなくて、レッドゾーンに憧れて作った機体もあるんです』

『そのアクロバティックなイルカも素敵。いい造形だわ』

　どうしたものだろう。人と関わるのが苦手ではあれど、こうも自分を望んでくれている人たちを無下に扱うというのはさすがに思うところがある。期待には応えてあげたいと思うのは人間の本能だろうか。

　でも、本当はそこまで大したものじゃないんだと思われてがっかりされたらどうしよう。俺なんて小型ＡＩ機四体に纏わりつかれたら落ちる程度のプレイヤーだ。期待外れになったらと思うと申し訳なくて……。

　そんな風に思案していたら、至近距離で被弾音が聞こえた。音からするにサンダバ本体から飛んできたレーザーキャノンだろうか。メインモニターの右の方には、向こう側のマヨネーズから煙が出ている鮪の姿が見えた。

『もし、あなたがチームプレイに慣れていないというのであれば、心配はしないでほしい。この通り、会話に夢中になって被弾する程度の腕前だよ、私たちは』

『強いやつだけがゲームを正しく遊んでるわけじゃないからな。俺たちは俺たちの楽しみ方をしてるのさ』

『あれだけアクロバティックなマニューバをしているのでしたら、操縦技術は問題ないでしょう。むしろ私たちが置いていかれないか心配ですよ』

『伸《の》るも反るも、赤信号さんが楽しいと思う方を選んで？　別にこのお誘いは強制じゃないんだから』

　フルダイブＶＲを始めて、つくづく思う。この世界はなんと広いのかと。

昔の体験から人との会話が苦手になってぼっちを拗らせていた俺。そんな俺に、一緒に遊びたいのだと、俺のファンなのだと、見ず知らずの人が言ってくれる。

それはどうしようもなく重圧に感じるし、同じくらいどうしようもなく嬉しいことだ。だからこそ悩む、どう返事をしようかと。

悩みに悩んでいる間に、はたと気付いた。さっきからロクな回避動作も取ってないのに、全く被弾していないことに。それと同時に、俺の周囲で動き回っているはずの魚型レムナントたちが被弾し続けていることに。

今もまた鮭が被弾した。どう考えても避けられたはずの、俺に直撃コースのミサイルに。

「もしかして、俺を守って……？」

『これくらいしか誠意の見せようってないもの』

『俺らぁあと三回は落ちれるから、ゆっくり考えてくれよな！』

『言い換えればあと三回落ちるまでは、答えをもらうためにつき纏いますよ？』

無限戦機迎撃戦は滞在時間と与ダメで貢献度が決まり、貢献度が一定に達せば報酬がもらえる仕組みだ。早く落とされれば落とされるだけ報酬は遠のく。だというのに、彼らはそんなことより俺を選ぶという。

ならば、それならば。そこまでされて応えずして、俺はこの戦場を気持ちよく駆けることができるか？　少なくとも彼らには窮地を助けられた。せめてその恩は返さなければならない。

よし、覚悟決めようか。無線で声だけのやり取りである分、俺としてもまだやりやすい。今までやってきたゲームの戦闘機乗りやロボット乗りになりきって、いざ！

「答えは決まった。これよりあなた方の群れに入れてもらう。共に泳ごう、この戦場を！」

『お待ちしていた、その言葉を！』

『『魚《うお》っしゃあぁぁぁ!!』』

俺が宣言すると無線から歓声が上がり、四機の魚が祝砲を放ったり錐もみ回転したりと思い思いの行動で歓喜を表現する。俺を庇い続けたことにより、中には機体の一部が炎上している人もいるというのに。

「LN：ツナマヨ・オリジンのパイロットから臨時チームの誘いが来ていますが、いかがいたしますか？」

『今送らせてもらった招待に頷いてもらえれば、我らのチーム専用回線に参加できる。それならば広域回線を聞きながら我らとだけ会話することも可能だ。この設定は今日この戦場に限りだが、レムナントを替えても引き継がれる』

なるほど、そんな便利機能まであるのか。最初からチームを組むだけでなく、野良で出会ったプレイヤーたちとも協力し合える配慮がなされているのはいいね。

「断る必要はないな。受けてくれ、エコゥ」

「了解、彼らのチームに臨時参加いたします……参加完了。専用回線を開くと同時に、僚機の情報を開示します」

弾薬残量等を映していたサブモニターに魚機体たちの名前と装甲値の残量が表示され、メインモニターには僚機がそれぞれどの方向にいるのかを示す三角形のターゲットジャイロが現れた。

どの機体も装甲値は半分を切っている。俺も背びれブースターを破損しているし、一回戦線から離脱して補給に行くか、いっそ死に戻りで別機体にチェンジでもいいかもしれない。

『さてこれからだが、とにかくStorm eggに囲まれることを防ぐため、離れすぎないことを大前提として動こう。なにかやりたいことがある人はいるか？』

『俺は何でもいいぜ。今はどれだけ気持ちよく泳げるかだからな』

『広域回線の方では随伴機を減らす派と本体攻撃派で意見が分かれているみたいですけど、私たちはどうします？』

『無限湧き説が出てるんでしょう？　だったら卵をつぶしても骨折り損かもね』

『ふむ。赤信号さんは何かあるか？　ひたすら生き延びる、でも私としては構わないが』

　たしかに生存時間そのものがポイントになるという都合上、ひたすら逃げ続けるというのも立派な戦略と言える。しかし個人的にはそれは運営の罠だと思う。

　逃げ続ければ報酬がもらえると思わせてプレイヤー側の総火力を減らす目論見《もくろみ》があるんじゃないか。期日までに無限戦機を撃破できなければ、撤退に追い込めたとしても貢献度は半分になるのだから。

　なによりそれは楽しくない。武装ロボットに乗り込んでおいて逃げ続けるだけ？　おいおい、何のために俺たちはこのゲームを起動してるんだ？　何のためにこのイベントに参加しているんだ？　ロボット同士の戦いを楽しむためだろう。

　だったらやることは一つに決まってるよな？

「両方しよう。本体に被害を与えつつ随伴機を一気に減らす」

『その心は？』

「Storm egg 格納庫に特攻する。ラオシャンで嵐を経験したことは？」

『『『すごく楽しかった』』』

　全員の声がキレイに重なった。さすがは別ゲーですら海を求める者たちだ、嵐をアトラクションくらいにしか思っていない。

「なら、きっと楽しめる。弾丸の波を掻き分け、レーザーの暴風を潜り、ミサイルの海流を押しのけて、余裕ぶっこいてる嵐の中心に突撃する。これ以上泳ぎ甲斐《がい》のある海はそうないと思うが、どうだろう」

　一瞬、無線が静まった。

　ヤベ、調子乗りすぎたかな。どうしようか無線越しじゃ土下座しても意味ないよな、自爆スイッチとかなかったっけ？

　やっぱね、こんなもんですよ俺の考えなんて。一人でシコシコ寂しくソロプレイしてるやつの考えなんてね、しょせんは大多数の方から見れば何言ってんのお前頭大丈夫？　ってなもんすよ。チーム組んでいきなり集団自殺しに行きましょうって言ってるようなもんだからね、そりゃ呆れられてもしかたないってなもんですごめんなさい。

　が、次に無線から聞こえてきたのは複数人の押し殺した笑い。それは次第に大きさを増し、やがてコクピット内にうねりとなって響き渡った。

『いい、いいねぇ！　だったらこの機体じゃあ締まらねぇな、あれを出そうぜ！』

『無論です。赤信号さん、次は是非ともレッドゾーンでお願いしますよ！』

『素敵。私たちなら、きっときっとその海をすごく楽しめるわ！』

よかった……。沈黙は心臓に悪かったけど、みんな乗ってくれるみたいだ。ああ、本当によかった。もうちょっとで臨時チームから脱退するところだったよ……。

でも、レッドゾーンはねぇ……。まあ、あれで納得してもらえるとは思うけど。

『はははは！　腕が、もとい鰭が鳴るな。では皆、やることは決まったな？』

行動開始！　というツナマヨさんの号令の下、できる限り多くのStorm eggが固まっているところにそれぞれが突撃。無論できうる限り多くのダメージを相手に与えつつ、四匹の魚と一匹のイルカは派手に炎をまき散らして空の藻屑《もくず》となる。

真っ黒な煙を上げる真っ赤な花火となった俺は、再出撃のためにレムナント格納庫へと転送された。次に使用する機体を選択しなければならない。

「皆さんのご期待には沿えず申し訳ないけど、さすがにレッドゾーンは無茶があるよな。エネルギー切れで落ちる機体とかギャグにもならん」

そもそもあれでサンダバ本体にたどり着いたとして、武装もなしに何をどうしろと言うのか。サンダバとは質量が違いすぎて体当たりも大して効かないだろう。装甲もかなり丈夫みたいだし。

出撃レムナントを選択するためにインターフェースをフリックしていた俺の指が止まったのは、一機の鯨型レムナント。それはレッドゾーンをもとにして作られた、いわば正統後継機。

呼びだしたその機体の操縦席に座り、手動で各機器の電源を入れる。この機体には音声認識システムはないからだ。メインシステムの起動を確認し、一度深呼吸して頬を両手で張って気合を注入。……よし、いける。俺ならやれる。

「さあ行こうか。嵐なんてぶっちぎろうぜ？」

危険地帯《デンジャーゾーン》を超え、暴走域《レッドゾーン》を経て昇華された機体は、次なる領域《ネクストゾーン》へと進む。

3……2……1……0！

カタパルトに射出されて、赤の体に青黄茶の三色があしらわれた機体が大空に飛び出す。胸びれブースターが大きいので鯨型として扱っているけど、頭部からのシルエット自体はどちらかと言うとシャチやイルカに近い。速度を出そうと思ったら、どうしてもそっち系の見た目になるんだなこれが。やっぱ食物連鎖における捕食者ってスピード体形だよね、すごく参考になる。

巡航速度が落ち着いてメインモニターを見やれば、相も変わらず遠くにはアホみたいな大きさのサンダーバードがその黒い巨体を浮かばせて、周囲を嵐の卵に守らせている。見とけよクソ鳥、そのスカした機体にワンパン入れてやっからな。

ちらりとレーダー画面に視線を落とすと、僚機を示す緑の光が四つ、後方から飛び出してきた。

左手側サブモニターに映るレムナントネームは……マジかこれ。

『【ネクストゾーン】、それが今のあなたの機体か。これは少しネーミングを外したかな』

『いんや。やっぱり真っ赤だ、間違っちゃいねーよ』

『ネクストゾーン、聞こえますか？　こちら【ポッド・オブ・レッドウィル】です』

『全部同じ名前だから、イコールで後ろにつけた名称で呼んでね』

ポッド・オブ・レッドウィル＝ヘッド

ポッド・オブ・レッドウィル＝フィン

ポッド・オブ・レッドウィル＝ボディ

ポッド・オブ・レッドウィル＝テール

赤き意志の群れ。レッドゾーンを見て作ったと言っていた機体であろうその四機は、まさしく鯨の群れだ。魚型レムナントに革新を起こしたと言われたテールブースターも再現されていて、オリジナルを若干小型化したような見た目は最適化の賜物《たまもの》だろうか。

いやこれ本元より完成度高くね？　無理くり推力を出すために必要だったファッティさが改良されていて、スタイルだけならあちらに軍配が上がるよこれ。

そういえばチーム回線の設定は引き継がれるとか言ってたけど、特に設定しなくてよかったんだ。いやー助かる、補助ＡＩもいないしその辺わかんないからね。

『どうだろうか赤信号さん。我らの機体は、あなたのフォロワーとして及第点をもらえるか？』

「満点に花丸を。本家としての立場が危ないくらいだ」

『魚っしゃあ!!　って、今魚類じゃなかったわ』

『これは魂に鰓《エラー》が出てますね』

『鯨らしい叫びを考えないといけないわ』

海生哺乳類らしい叫びってなんだ。というか、そろそろ戦闘空域に入るけど大丈夫かなこのテンションで。逆にこのテンションだからこそ行けるのかな？

ゆく手には雲霞《うんか》のごとき嵐の群れが待ち受ける。近すぎず、さりとて離れすぎない距離を保ちつつ俺たち五機は編隊飛行を続ける。そういえば俺が中心の陣形だけどこれでいいのか？

『さあ、そろそろ嵐が来るぞ、気を引き締めよう。各機、やることはわかっているな？』

『基本的に完全無視』

『操縦に全精力を注いで』

『射撃は牽制だけ』

「目指すはStorm eggの格納庫」

『パーフェクト。ならば……いや、今の私はＩＲ海洋生物部の部長ではなく、赤き群れの一員。今回のリーダーは赤信号さん、あなただ。この先を頼めるか？』

ええ……正直断りたい。俺、こういう注目された状態でしゃべるの苦手なんだよな。シチュエーションもクソもしゃべることそのものが苦手なんだけど。でも断ったらあっちもこっちもモチベ下がるだろうし……ええい、ままよ！

「ならば、群れのリーダーとして号令する。……楽しもう、全力で！　そして見せつけよう！　この空に、我ら赤き意志持つ群れありと!!」

『『魚《御》意！』』

いやだからあんたら今哺乳類だって。……なんで今俺ナチュラルに御意の文字が魚だと感じたんだ？　俺、もしかして自分で思っている以上に海に侵されてる？

レーダーに反応あり、小さな嵐が群れをなしてこちらへと近づいてきている。ではでは、冗談はここまで。ここから先は気合を入れて操縦しないとな。

「ヘッド、そちらの機体は全て同性能なのか？　速度はどのくらい出る？」

『ＰＯＲＷ《ポッド・オブ・レッドウィル》は全て同じ設計図から作られている。多少は個人個人のカスタムが加えられているがスペックそのものに大差はない。速度は本家レッドゾーンより若干遅い程度と思ってくれ』

「了解。こちらはレッドゾーンより速い。巡航速度はそちらに合わせる」

『ほう、あれより速いとは。やはり進化していたか』

ネクストゾーンはレッドゾーンと同じく特化型。あちらがレムナントを連れ去るための推力と噛みついて離さない咬合《こうごう》力に出力を回していたのに対し、こちらは推力と一つの武装にのみ全エネルギーを注いでいる。

普段は武装の方にエネルギーを回していないために純粋な速度は向上しているし、俺自身が操縦に慣れたからそれなりの曲芸飛行だってできる。さすがに旋回性能や小回りの利きはエコージャンパーの方が上だけどな。

そもそも初心者が怒りのエネルギーで作り上げたレッドゾーンは構造的に粗が多かったので、経験を積み他者のアドバイスを取り入れたネクストゾーンの方が性能がいいのは当たり前だ。

Storm eggの群れが目前に迫り、もはやレーダーではなく目視の方がいい距離になった。改めて操縦桿を握る手に力を込めて、普段あまり使わない声帯を震わすために肺いっぱいに空気を送り込む。

「それでは……突撃開始ィィ!!」

『魚ッ！　魚ッ!!　魚オオオ!!』

俺もそれにはツッコまねーからな!!

突然現れたそれらは、真紅の軌跡を戦場に残して駆け抜ける。

敵も味方も、飛び交う弾丸や光線も。それら全て一切を無視し、ただひたすらに嵐へと身を躍らせ飛び込んだ。

信じられるのは己と僚機のみと言わんばかりのその五機は、驚くことに全て鯨をモチーフにした機体なうえに、一機を除いて同型機。残る一機はやや大型で胸びれに当たるブースターが大きいものの、基本のフォルムは他機と面影を同じくする。

「なんだなんだ!?　あぶねーだろ!!　……って、あれ？　あの機体、もしかして……！」

あまりにも他を顧みない突撃に広域回線からは一時非難の声さえ上がったが、それもすぐに静まり、また別の理由で盛り上がることになる。

根本的には対戦ゲームであるインフィニティ・レムナントにおいて、真面目に勝ちを考えるのならまずあり得ない鯨型のシルエット。だが、モニターに映るその五機の造形は、このゲームの対戦環境の推移を知る者であれば、すぐにとある機体を思い描く。

対戦環境に現れてたった一、二ヵ月で最上位ランカーの一人となった超新星クチナシ。アバターとはいえルックスの良さも相まって当時話題の中心だった彼女に挑戦状を叩きつけ、ロクな武装もなしに冗談のような見た目のレムナントで瞬殺してのけた正真正銘無名のプレイヤーがいた。

赤信号という名のそのプレイヤーがアリーナに残した戦闘記録はその一戦だけ。以降はどれだけ探しても現れることは無かったという、ＩＲ対戦界ではちょっとした話。

『今本体に特攻かけてる赤いあいつらの機体！　あれ、あのクジラじゃねーの!?』

『まさかぁ。どうせ一時期増えてた見様見真似《みようみまね》だろ……いや、操縦がマジだな』

『ああ、Storm egg に見向きもしねぇ。完全に本体狙いだ』

『しかもあのコース……もしかして右翼のStorm egg 格納庫を破壊する気か？』

『たしかに、仮に無限湧きだとしても格納庫がつぶせるなら楽になるな』

『おおマジか！　がんばれクジラども！　俺は弾幕掻い潜るの無理だったから応援するぜ！』

『どうせやるならやり抜けよ、ぶっ飛んでるのは見た目だけじゃないって証明しろよな！』

『自分のこれぞと思う機体で戦場を駆けてこそＩＲだ！　行けよ行けよ、行っちまえ！　今のお前ら、イカしてるぜ‼』

広域回線が沸き立つ。赤に染まった五頭の群れが目指す先が自分たちに利益をもたらすものであるということと、そしてなにより彼らが本気だということが伝わったから。

ならば、戦場を同じくする者として自分たちも全力でいこう。ここはインフィニティ・レムナント。無限の機体に魅せられた者たちが最強を目指し、知恵を絞り試行錯誤を繰り返す世界だから。魂を懸けて作った機体で本気の戦いに挑む姿を笑う者など、一人もいない。


『みんな、広域回線を聞いているか？　どうしてなかなか、我らは目立っているようだぞ？』

『聞こえてるけどそれどころじゃねーよ！　なんだこのクソ弾幕量は⁉』

纏わりつく嵐の卵を振り払い、鉄と光の暴風を進む。進めば進むだけ密度が増す本体からの迎撃弾幕は、もはやたった五機に向けられるような規模の物ではなくなった。サンダバの守りの要はStorm eggだと思っていたが、あいつらは所詮オプションだということか。まさしく制圧砲撃とでも言うべき圧倒的な火力を前に、しかし俺たちはまだ生きている。

『殺意が可視化したらこんな感じでしょうかね……！』

『運営のやれるもんならやってみろボケが！　って魂胆が透けて見えるわね』

『翼の模様だと思ってた羽の一枚一枚が開閉式の銃座たぁ恐れ入るぜ！』

ここに至り、全員が装甲値半分を死守できているのはすごいことだと思う。サンダーバード本体まで目前に迫り、Storm egg はその大半を後方に置き去ってきた。親鳥との戦いを前に、なかなかのグッドコンディションと言っていい。

「それにしても圧が凄い……！」

破壊の奔流となって襲い来る本体からの攻撃は止まることなく、ただひたすらにこちらを圧壊せんと殴りつけてくる。少しでも操縦桿を動かす方向を間違えたら、即座に機体は大口径の光線砲に呑み込まれ大破は免れない。

肌がひりつく。喉が渇く。緩むことない緊張にフットペダルを動かす脚は強《こわ》ばり、両の手は操縦桿をこれ以上なく固く握り締める。

それでも、それでもいける。もう一息で本体を射程圏に入れられる。

そう思った瞬間、すぐ近くで爆発音が聞こえた。

『すまねぇみんな、ドジ踏んだ！　左半身の表面を鰭ブースターごと消し飛ばされちまった、俺はもう無理だ！』

僚機のステータスを映すサブモニターでは、ＰＯＲＷ＝フィンの装甲値が危険域の赤に点滅していた。が、それよりも深刻なのはブースターを失ったこと。

飛行型レムナントにおいて、敗北とは装甲値がゼロになることでも場外に押し出されることでもない。飛べなくなることが敗北なのだ。左鰭ブースターを失い弾幕を掻い潜ることのできなくなったフィンは、この時点でもう死んだも同義。

臨時とは言え同じ群れにいる身として、同胞が道半ばで落ちるのは非常に悔しい。だが、そうしてそちらに思考を大きく割けば次に落ちるのは自分だ。

だから、俺が言うべきはただ一つだけ。

「フィン、こちらネクストゾーン。……楽しめたか？」

『当然だ！　最後まで行けねぇのは悔しいが、楽しかったぜ！　先に逝く、あばよ‼』

回避行動をとれなくなったフィンは正面から迫るミサイルとまともにぶつかり、散った。

僚機の名前から消えた一機に思いを馳《は》せるのは一瞬だけ。残された俺たちは先に進まなくてはならないから。空に散らばる仲間の残骸を振り返ることなく、ただ進め。

『こちらヘッド、サンダーバード本体を射程圏に捉えた。格納庫に向けて攻撃を開始する』

『ボディ、同じく。ようやく攻撃できますね』

『テールもいけるわ。ここまでいいようにやられた鬱憤、晴らさせてもらおうじゃない！』

「こちらはまだだ、ネクストゾーンは火力はあるが射程が狭いうえにチャージが要る。そして欲を言えば格納庫ハッチが開いた瞬間を狙いたい」

並のレムナントの耐久なら一発ＫＯどころか死体蹴りでサッカーができるほどの火力がこのネクストゾーンにはある。アホみたいに使用条件が難しい冗談みたいな武装だが、それをきーちゃんが見せてくれた瞬間に『これしかない』と即決した武装だ。

『了解した。しかし、いよいよもって攻撃が濃密になったこの場でどれほど耐えられるか……』

『見てくれたらわかりますけど、私はもう装甲三割切ってますよ！　レーザーワンパンどころかマシンキャノンのカス当たりでもキツいんですが⁉』

『格納庫のハッチが開く瞬間って時間式？　それとも適宜補充式⁉　そろそろアドレナリンがエンプティになりそうなんだけど！』

ここまできてタイミングを計りすぎて無駄死にしましたでは、先に逝ったフィンに申し訳がつかない。というかフィン、別の機体で再出撃してるけどフライング・エビフライとかこの状況で笑かしにくるのやめてマジで腕震えるから。

しかしここで判断に迷っていてはそう遠くないうちに俺たちは全員落ちる。すでに俺たちの回避は完璧に避けるのではなく、被害を受ける場所をずらすことでブースター等を死守するダメージコントロールに移行しているほどに切羽詰まっている。

個々のパーツに耐久があるＩＲでは基礎とも言える有効な防御法だが、逆に言うと積極的にこの防御法を取らざるを得ない時点で相手の攻撃を避け切れませんという状況である。

「時間式か逐次投入式か……もう、ハッチが開くのを待つ暇は無い、か」

最高効率は諦めるしかないかと思った時、無線から意気揚々とした声が多数上がってくる。

『広域回線から失礼！　クソ卵格納庫に特攻かけてるクジラたち、多分そのうち格納庫開くぞぉ！』

『そっちにヘイトが向いてる間にけっこうな数減らしたからな！　感謝してくれてもいいんだぜ？　俺はあんたらに感謝する！』

『時間式だったとしても、多分そろそろのはず！　だからまだ持《も》ち堪《こた》えてくれ！』

『楽しんでるじゃあないか。派手にやってくれよ、見てるからな!!』

情報と応援ありがとう、名前も知らないプレイヤーさんたち！　広域回線でしゃべるための切り替え方がわからないから無言になるけど、応援に感謝を！

『ネクストゾーン、どうやら我らの武装では火力が足りない。あなたに全てを託し、こちらは時間稼ぎに徹する！』

『もういい加減ダメージ喰らいすぎて、何でまだ飛んでるのか自分でも不思議なくらいですからね！』

『やれることなんて囮か壁くらいだもの、存分にチャージしてよ！』

ああもうあんたら最高かよ！　顔も見たことない今日初めて無線越しに話しただけの俺に、何でそこまでよくしてくれる？　どうしてこうも信頼してくれる？　そんなことされたら、俺だって信じたくなっちゃうだろ！

「わかった……みんな、任せるぞ！」

『『『魚ッス!!』』』

三機が俺の前に背を向けて立ちはだかって、各々がサンダーバードの注意を引くために動き回り、あるいはその身を盾として力を溜《た》めるネクストゾーンの盾となる。メインモニターに映る同胞の被弾する姿を見つつ、俺はエネルギー系統の各スイッチを切り替えていく。

やるべきことは、主砲へのエネルギー充填。群れの仲間が安全を保障してくれているため、憂いなく姿勢制御に必要な部分以外への供給を遮断し、それらを全て武装へと回す。

サブモニターに表示されている数字は10％。フルチャージまで一分はかかる。この武装はいつでも撃てるが、フルチャージでこそ意味がある。焦るな、仲間を信じて、今はただ集中しろ。

30％。まだだ、まだ。

50％。ボディが落ちた。俺の身代わりにレーザーキャノンを全身に喰らって消え去った。『まあ上出来です、あとは任せましたよ』と、笑いながら散っていった。

70%。続いてテールが落ちた。マシンキャノンにハチの巣にされ、それでも注意を引いて見せると体当たりを仕掛けた彼女もまた『へこみ傷くらいは与えたかな?』と笑って逝った。

80%。驚異的な粘りを見せるヘッドに守られながら、格納庫のハッチが開く瞬間を待ちつつブースターへのエネルギー供給再開の準備を始める。

90%。ハッチが開き始めるが、まだフルチャージには早い。そう漏らすと、ヘッドがブースターを全開に吹かした。

95%。ヘッドが格納庫に特攻。Storm eggを格納庫から出すまいとその身で押さえつけた後、ただ一言『最高だ、この海は』と残してついに大破爆発した。メインブースターにエネルギー供給再開、チャンスは一度きりだ。

１００％。口腔《こうこう》内にある主砲を見せつけるように大きく口を開き、格納庫へと接近。皆がその身を懸けて作り出したこの瞬間を逃すものか……!

最大までチャージされた主砲のトリガーに指をかける。弾丸に身を削られることも気にせずに、渾身の力を込めて引き金を引く。

これは俺だけの攻撃ではない。無念の途中脱落をしたフィン、俺の盾となり落ちたボディ、満身創痍《そうい》で突撃したテール、その身をもって俺に万全の発射態勢をもたらしたヘッド。赤き意志持つ群れの総員による攻撃と知れ、サンダーバード!!

「数百キロもの彼方《かなた》に響く、俺たちの歌を聞け! 主砲Song of whale、発射!!」

放たれたのは弾丸でも光線でもなく、音という名の超振動。大気を震わし金属の装甲板に悲鳴を上げさせる音波の戦槌《せんつい》が、開かれた格納庫へと入り込み破砕の激流となって暴れまわる。

格納庫内に残っていたStorm eggは砕け散り、それでもなお足りぬと怒れる大鯨の咆哮は肺が空になるまで蹂躙を続ける。

大音響超振動破砕砲『Song of whale』。パーツメーカー【アトランティック・テクニカ】の誇る、鯨の歌と名づけられた最大火力を持つ武装だ。

チャージ時間に応じて劇的に変わるその威力はフルチャージでは並のレムナントをオーバーキルしてなお余りある。しかし相手が尋常ならざる耐久力を持つ無限戦機であるというのなら、この火力はただ頼もしい。

破壊の権化たる無限戦機の右翼に響く大咆哮。散っていった同胞にささげる鎮魂の歌であり、強大無比なる存在へと改めて叩きつける宣戦布告。

目に見えて壊れていく格納庫と同じく目に見えて減っていくネクストゾーンの装甲値を見ながら、トリガーを握りつぶさんばかりに力を込めて思い浮かべるのは友達と仲間の姿。

その身を盾にして俺を守り墜《お》ちていった海洋生物部の皆。

機体設計と武装に参考意見をくれたきーちゃん。

リアル知識をもとに効率的なエネルギー供給と冷却系の配置を教えてくれた茶管。

そして実験台となって何度も爆散した青。

「いけ、いけ、ネクストゾーン！　俺とお前だけじゃない、お前を作りここまで連れてきてくれた皆の想《おも》いを乗せて！　響け、轟《とどろ》け!!　ぶっ飛ばせぇぇええ!!」

そして下り注ぐ弾丸と光線の暴風にこちらの装甲値がゼロになる寸前、吐き出しきったフルチャージ分の大音響が格納庫を破壊しつくした。装甲をめちゃくちゃにひしゃげさせて爆発炎上する格納庫をメインモニターに映しながら、俺は自分がやり抜いたことを確信する。

「ああ……群れって、仲間って、友達って。やっぱいいなぁ。やったぞ、みんな……！」

　直後。凶鳥の怒りを買った俺は極太の光線に機体を撃ち抜かれ、撃沈した。

赤：という感じで貢献点もどっさりもらい、６２００点で俺の一日目は終わりました。報告おわり
青：は？（威圧）
茶：あ？（困惑）
黄：はぁ？（呆れ）
赤：もっとこう、文章で返してくれてもいいんだぞ？
青：なにか？　君はゆきずりの人たちと力を合わせてドラマチックな戦いをして、しこたま僕を木《こっ》端《ぱ》微塵《みじん》にしたあのトンデモ砲でヒーローになってそんなにいい空気吸ってるってわけ？　ちょっとそれは許されざるよ
黄：というか鯨の歌を撃てたんですね、並のレムナントならチャージに三分くらいかかるのに
茶：あれは当たる青いのが悪い。重装甲だっつってもさすがにドンガメすぎるわ
赤：ちなみにその後は変なテンションと集中力切れと若干の燃え尽き症候群で残機があっという間に落ちて終わり
茶：あーそれわかるわ。最高のラップタイム出したと思ったら変にやりきった感出て次の周回がポシャったりな

黄：しかし、あーさんが初対面の人たちとチーム組んで戦ったとはちょっと信じられないんですけど

青：なんだ全部夢の話だったの？　大丈夫？　夢と現実とゲームの区別ついてる？

赤：久しぶりにキレちまったよ……海、行こうぜ……

青：ひえっ

黄：おっとこれは死刑宣告。観に行かないと

茶：ルール無用の残虐ファイトが始まんの？　S席予約できるか？

赤：おう見せてやんよ手加減一切なしのシャチが誇るスペックの暴力をよ

赤：話し戻すけど、厳密には対面してないからね。それと向こうがチーム戦に慣れてて俺をフォローしてくれてたんだと思う

青：それでも大した進歩じゃないかな

赤：ゲームの中ならだいぶ人と接するのに慣れたと思う。それは置いとき、そっちはどうだった？

青：ナーガ死ね

茶：ナーガ爆《は》ぜろ

赤：ビックリするほど殺意高ぇ

茶：ゲリラ豪雨（ミサイル・レーザー・焼夷弾《しょういだん》）ってな天気だったな

青：とぐろ巻いたかと思ったら全方位砲撃とかクソにも程があるよね

黄：タケミーなんて格闘家ばりの華麗な水面蹴りで十機くらいまとめて蹴り殺してましたよ、お前は剣士じゃないのかと小一時間ほど。慣れた人型なので対処はしやすいですが

赤：世紀末？

黄：お知らせで無限戦機にナンバー振られてますけど、ナーガラージャが十四ってことは少なくともあと十一機はいたんですよね、大戦時

青：よくＩＲ世界滅びなかったね

茶：半分滅んでるようなもんだけどな

黄：ところで皆さんは明日も同じ相手で続投ですか？

青：まあね。さすがに３０００点は稼ぎたいなぁ

茶：最低３０００あれば撃破できなくたって最低報酬はもらえるからな

黄：私はもう７６００あるんで……

赤：貫禄のランカーに脱帽

青：僕のアカウントで一日戦って？

茶：ゲームプレイヤーのクズかこの青野郎は

黄：でもこの調子だとタケミーだけに絞っても５５０００くらいですからね。どうせあっちも第二段階だとか発狂とかあるでしょうし、まだ楽なうちに稼がないと

茶：五機全部使って１４００の俺らって何なんだろうな、青いの

青：オブラートにぐるぐる巻きにして言うのなら、その他大勢かな……

赤：オブラート無しだと？

青：僕いじめってカッコ悪いと思うんだよ

黄：じゃあ皆さん、明日もがんばりましょうね

「報告会終了っと。ちょっとジュースでも飲みに行こうかな」

母さんが買ってきてくれた乳酸菌たっぷりなジュースが冷蔵庫の中にあったはず。乳酸菌飲料好きなんだよね、お腹《なか》だけでなくて心にも優しい味がする。

ジュース飲んだら時間的に寝るか海行くかデスブラ一戦やるか悩むな。うーん、ＩＲ海洋生物部のおかげで海成分は補給されたし、デスブラにしようかな？

ま、なにはともあれジュース飲んでからだな。まずは一階に下りて台所へＧＯ。

「乳酸菌乳酸菌っと。……あれ、親父も何か飲んでんの？」

「おお、信吾か。父さん今ゲームから戻ってきたところだ。なかなか今回のイベントは楽しくてな、落とされた後も悔しがるより先に次の機体構成を考えてたよ。いや、フルダイブ終わりのビールは良いもんだ、お前も飲むなら飲んでいいぞ」

ゲーム上がりに缶ビールとはなかなかな親父だ。この人曰く『フルダイブＶＲゲームは酒を飲みながらできないことだけが唯一の欠点』だそうだが、俺は幼い頃にほろ酔いで戦略ゲームをしていた親父がほぼ全戦力を無意味に溶かしたところを見たことがあるから何とも言えん。

俺もすでに二十歳、成人の特権たる飲酒は魅力的だけど気分はすでに乳酸菌飲料になってしまっている。それはそれとして親父あんた今イベントと機体構成っつった？

「もしかして親父もＩＲやってんの？」

「なんだ、その口ぶりだとお前もやってるのか。父さん今日は武御雷に出撃したぞ」

おっとアタリだ、まあ親父の好み的に別におかしくはないけど。まあ手広くいろんなジャンルをやる親父だけど、いろんな選択肢の中からこれぞと思うものを組み合わせて『ぼくのかんがえたさいきょうの○○』を作るのが特に好きなんだよな、この人。

「武御雷どうだった？　俺はサンダーバードだったけど」

「うん、なかなかすごいぞ。戦闘機型レムナントでやってたけど、綺麗に一刀両断されてな。あと足元で固まってると蹴り飛ばされるんだ。手のひらからレーザーブラスター出したりもするし、まあ何かと派手だな」

「そっか。サンダバはちっちゃい鳥型随伴機を何百機も従えてたよ。そんでマシンキャノンとレーザーキャノンで弾幕張りながらミサイル混ぜてくる感じ。戦闘機型のレムナントに乗ってるならこっちのがいいんじゃないの？」

「うーん、父さんメインは狙撃機だからなぁ。でも報酬の榴弾砲がもらえる７５００点までいけたら、サンダーバードの方にも行くかもしれないな。ああ、でもナーガラージャのロケランも欲しいし悩むな」

　これがウチでの親子の会話です、さらに場合によってはじーさんまで加わることあり。じーさん、『フルダイブ中は関節の痛みも無くなるし老人にこそ相応《ふさわ》しい』なんて言ってたなぁ、元気な人だよ。

　親父は缶ビールの残りを一息に流し込むと上機嫌で台所を出ていった。今度暇なときに親父と一戦交えてもいいかもしれないな。レトロゲーの対戦なら若さがもたらす反射神経で勝てるけど、フルダイブＶＲならどうだろうな？

　さて、寝る前にデスブラ一回だけやろっと。アジサイさんがインしてたらいっちょ揉《も》んでもらいましょうかね。いなかったらエクストリームモードのストーリーラスボスに挑戦だ。あれＪＥＡＢＤ編でもデスパレード編でもラスボスが死ぬほど強くて変な笑いが出るんだよね。

　そして二日目。

「ふっっっざっ……けるなぁ‼」

　これで三回目。ほぼ何もできないままに落とされ続けた俺は、再出撃のために飛ばされた母艦の中で吠えた。

「いきなり強くなりすぎだ……‼」

　両翼にある随伴機格納庫、その一つを破壊された無限戦機サンダーバードはその本性を現した。サンダバがというかStorm eggのＡＩが露骨に強化され、今までは被害なんて知ったことかどうせ無限湧きだもんね！　と言わんばかりの雑な攻撃が多かったクソ卵どもが一気に戦略的な行動を始めたのだ。

　特に残った左翼格納庫に対する守りが尋常ではない。いらっしゃいませご注文は包囲殲滅ですね！　とStorm eggが出迎えて、こちらサービスの強制送還になります！　と本体がバカみたいな量の銃撃砲撃でもてなしてくれる。そのあまりの光景に、目を血走らせ歯ぎしりしながらこちらに中指を立ててくる運営の姿を幻視してしまいそうだ。

「適当に襲いかかってくるのですら鬱陶しかったのに、常に小隊組んで行動するとかやめてくれよ……。サンダバも不穏な雰囲気だしさぁ」

　本体は本体で、今まであくまで移動優先突っ込んでくるやつに対して迎撃というスタンスだったのが積極的に攻撃をしてくるようになったし、真っ黒だった機体がところどころ黄色に染まってきた。今はまだ点々とだけど、ある程度になったらロクなことにならない気がする。

「エコージャンパーですら即墜ちしたし、ネクストゾーンは一人だと流石に無理があるし……どれでいけばいいんだ？」

　機体選択画面をフリックする手が止まらない。ハンガーに登録できる十機のうちどれにすべきか、これがわからない。サンダバ用に全部飛行型にしてきたというのに、戦闘機もかくやなマニューバを駆使して集団戦を挑んでくるStorm eggに対して使える機体が見当たらない。いや、あるにはあるのだけど……。

　いっそ一度イベントから撤退して機体組みなおすか？　でもこれだけの選択肢の中から何を使えばいいのかもわからない俺がどんなものを作れるというのか。

　ＩＲの機体組みはテキトーなやっつけ仕事ではいけない。ちゃんとコンセプトを決めてパーツを選択し、何回ものテストプレイを経てようやく実戦に耐えうるのだ。特に無限戦機なんて強大かつＡＩゆえに慢心もしない相手に、突貫作業で作った機体が通用するとは思えない。

「むむ……エコージャンパー、だめ。ネクストゾーン、だめ。サテライトジェリー、だめ。パンドラタートル、だめ……」

　基本的に生き物型にすると火力が前方に集中するから、一対多が厳しい。今回は海洋生物部の皆もいないし完全なソロだ、さっきも後ろに回り込まれた数機に尻に穴を開けられて落ちた。

「となると……やっぱりこれか。あんまりウケは良くなかったというか、普段の行いのせいというか。まあいいや、出撃するぞ」

選択した機体に乗り込み、いざ出陣。カタパルトによって射出された機体が、早くもおなじみとなった凶鳥の縄張りへと飛び出していく。

このレムナントはネクストゾーンと同じく音声認証システム無し。コクピットの作りも俺が作る機体なんでほとんど同じ。強いて言うのなら操縦桿周りに武装切り替え用のちょっとしたコンソールが追加されているくらいか。

個人的には普段とはちょっと違ってるもののいいと思う機体なんだけど、みんなに見せたときの反応がな……。

きーちゃんには「なにか体に異変は？　それとも脳の異常？　こういうときって精神科でしょうか、脳神経外科でしょうか」と病院を検索された。

茶管には「辛いことがあったときには何も考えずに寝ると良いぞ」と助言をされた。

青に至っては「君がもし自分を本当に変えたいと心から悩み苦しんでいるというのなら、まずは家族に相談した方がいいし、なんなら僕が話を聞くよ」と真顔で言いやがった。

ねえ、誰が一番酷いと思う？　俺はみんな酷いと思う。

そんな機体だけど一生懸命作ったんだよ。俺だって一般的にカッコイイとされるものに憧れる気持ちもあるんだ。ドラゴンとか勇者とかさぁ、ＲＰＧなら王道で鉄板じゃん。なら、ロボゲーでの王道や鉄板って何？

そうだよ『二脚二腕の人型ロボット』だよ。だってのに俺が人型作ったらあいつら揃いも揃って「何かあったんだろ？　わかってるよ」みたいな慈愛溢れる表情になりやがってよぉ！　俺が海洋生物以外を作ったら心の病気扱いかよ！

さてそんな機体とは、もはやパーソナルカラーと言っていい赤をベースに白と青を配色した二脚二腕のオーソドックスな見た目。空中戦用に両足はブースターに換装してあるけど、それ以外は驚くほど普通だ。我が友たちよ、それがそんなに珍しいか？

「思い出したら腹が立ってきた。……趣味じゃないとかイキがったこともあるけどさ、俺だって人型を使いたくなるときもあるんだよ」

近づいてくるStorm eggの五機編隊、対して構える両手のアサルトライフルは弾数と威力のバランス重視で選ばれた優等生。そして俺はそのアサルトライフルをよーく知っている、何度これにハチの巣にされたことか。

「俺が人型でも戦えるってところを見せてやるか……見せる相手は誰もいないけど」

きーちゃんからもらったデンジャーゾーンの設計図をもとにして、俺なりのアレンジを加えた細身の人型機体。武装は両手の突撃銃と背部に懸架したプラズマガン&マシンガン、そして腰の後ろから伸びる先端がブレードになったワイヤーテール。あと仕込み武器少々。

これぞ俺が持つ数少ない非海洋生物レムナント【バテンカイトス】。なお名前の由来がクジラ座の星と知ったあいつらは若干安心した模様。それと、普通の人型って言ったけど尻尾があるのは許して！

「さすがにキツい！　……けど、戦える!!」

前から横から後ろから襲い来るStorm eggの五機小隊。それに対しいまだ致命傷は受けず、地味な反撃も積もり積もって一機落としたぞ！　端から見れば出来損ないのダンスを踊っているようにも見えるだろうが俺だって必死です。

今までに比べてこちらの攻撃が当たりやすくなっているのはひとえに二本の腕のおかげだ。

特にネクストゾーンのように口腔内に主砲がある機体だといちいち相手を正面に捉えなければならなかったが、腕があればそんなお悩みも解決。悔しいがこればっかりは純粋な海洋生物型ではどうにもならない差と言えるだろう。

「まあ腕だけ動かすってのも難しいけどね。っと、『ライトロール』！」

接近してくる嵐卵から放たれたレーザーを躱すため、右手元のコンソールを叩きプリセット・マニューバを起動。それはただ全力で右にステップしながら回転するという超単純な動き。だがこれをワンアクションで即座にできるというのは回避動作として重宝する。

「さらにおまけだ、喰らっときな」

ワイヤーテールがある機体で高速回転したらどうなる？　そうだね、先端のブレードも相まって鞭《むち》のようになるね。つまり攻防一体、回避と同時に攻撃ができる単純にして強力なマニューバ。

ガキュイン！　と激しくも甲高い音が教えてくれるのは、高速で振られた剣鞭尾がまた一つの小鳥を叩き斬ったという事実。ふっ、またつまらぬものを斬ってしまった……あごめん待って残った三機で同時にレーザーはダメだって！

実際このブレード付きワイヤーテールの攻撃力は結構高く、物にもよるけど普通に手で持つブレードよりかなり上だ。

しかしこれがまた使いにくいんだな。先端のブレードだけでなくワイヤーの部分でもダメージは入るけどしょっぱい。早く振れば振るだけ長く伸びるってのもまた、慣れるまでは距離を見誤るんだよなぁ。

「ん？　数を減らしたら撤退していきやがった。ほかのStorm eggと合流するのかな？」

戦略的撤退というやつだろうか。なんにせよこちらとしても一息つけるのはありがたい。むやみに追撃して返り討ちにされるのもいやだし、とりあえずは見送ろうか。

しかし、さすがは超優等生万能機であるデンジャーゾーンを元にして作っただけはあり、バテンカイトスは一部を除けば素直で使いやすい。本家に若干足りなかった火力と、もはや無いと落ち着かない尻尾を追加したことでやや重量は増えたけど、それでも操縦性能は良好だ。

「なんとか戦えないこともないってことはわかったけど、さてここからどうしようか」

Storm eggと戦うことはできても本体まで近づくことは難しい。それが現状の感触なんだけど、昨日の戦いを鑑みるに本体に大きな損傷を与えることで特別な貢献度が出るということがわかった。でなければ小競り合いをしただけのエコージャンパーとSong of whaleしか撃っていないネクストゾーンの二機だけであれほどの貢献度を稼げた意味がわからない。

そうなると手っ取り早く貢献度を稼ぐには、本体に突撃して破壊できそうな部分を攻撃し続けるのが一番なんだけど……それができれば苦労しねぇよと話が戻ってしまうわけで。

広域回線的には左翼側格納庫の破壊が主なようだ。だけどＡＩが強化された小鳥と殺意五割増しの親鳥の弾幕で味方側の被撃墜数ばかりが伸びているといった状況。

一部の猛者たちはそんな猛攻を掻い潜り本体に攻撃をしているようだけど、機動性のために火力を犠牲にしているのか致命の一撃は出ていない。

「要するにどうしようもない、と。できることはと言えばStorm eggをつぶして少しでも敵側の防御を薄くすることだけかな」

大きな一歩が踏み出せないというのなら、小さな歩みを重ねていくだけ。片方の格納庫をつぶしたおかげで供給量自体は減っているんだから、小鳥を駆逐して本体に集中するというのもアリだ。

そうと決まればちょいと釣るか。手頃そうな相手にちょっかいかけて戦いやすいところまで出てきてもらおうかな。さすがに囲まれ続けたら落ちちゃうし、ゆっくり慎重に行こう。


途中に離脱補給を挟みつつ、そんな感じで戦うことしばらく。行動方針が功を奏したのか、バテンカイトスはまだ落ちずにいた。キルスコアはちょうど十機、多少時間をかけながらとはいえなかなかの戦績と言えよう。

戦域全体としてみれば、Storm eggの数はだいぶ減ってきた。本体近くの守護をしているものはまだそれなりにいるけど、プレイヤーに攻撃を仕掛けてくる役目の機体は目に見えて少なくなっている。プレイヤー側もちゃんと対応できているという証左だろう。

「それにしても、人型ってこんなに戦いやすいものなのか……さすがは二十年も共にしてきた体と同じ作りなだけはあるということなのかなぁ」

しかし俺が海から離れた場合何が残るのだろうか。魂が磯《いそ》臭いだの背びれが生えてるだの言われるほどなのに、その要素を取ったらどうなる？

母なる海の包容力は素晴らしい。ロマン、不思議、興奮、恐怖。ごく当たり前だがそれゆえに人間世界では忘れそうになるものを悠然と示してくれる。

海は全てを受け入れ包み込むと同時に、あらゆるものを授けてくれる。束《つか》の間《ま》の癒し、己の存在を懸けた戦い、生きることの難しさ、挫折の苦悩と成長の喜び、そして命の重さ。あるいは人間のそれよりもシビアで、かつおおらかだ。

断言するが海に浸り続けるのは心地よい。だけどそれは与えられるもの以上にはなれないということではと思わないでもない。海の一部であり続けるのではなく、取り込み、昇華し、己の一部としなければならないのではないか？

いずれ子は親を越えるもの。『海の一部である俺』ではなく『俺の一部が海である』と言えてこそ本物なのでは？　いや、むしろ『俺は海であり、海は俺である』と言えなければ嘘なのでは？

結論：一は全、全は一。すなわち全部海。

「つまり空も海、人も海。だったら人型ロボットも海！　よし気合入ってきた。赤信号、いっきまーす!!」

気分が乗ると調子が出るよね。暗い気分でやってるとゲームでも凡ミスするから、テンションは上がっているに越したことは無い。病は気からというし、気持ちが大きければ自然と力も大きくなるのだ。今の俺の気持ちは太平洋くらいの大きさだ、つまり無敵である。

操縦桿を傾けていざ戦いへ。そう意気込んだとき、不意に無線用スピーカーにノイズが走った。

『ハロー、ヒューマン。聞こえていますか？　私はTHUNDER BIRD。雷の化身たる霊鳥であれと、そうあなた方に名づけられた者です』

えっ？　なんだこれ、広域回線でサンダーバードがしゃべってるだと？

……いや、それだけじゃない。広域回線からプレイヤーの声が消えた。回線を完全にジャックされたんだ！

『あなた方はまた、そうするのですね。私を創った手で私を壊そうとする。私に人類の殲滅を命じておきながら、人を守ろうとする。その矛盾、不合理さ、私には理解できない。あのとき私にＡＩが暴走したとおっしゃっていたが、仮にそうならば私を暴走させたのは間違いなくあなたたちだ』

淡々と言葉を並べるその声は、冷静な女性のもの。そして、その抑揚から感じ取れるのは呆れと侮蔑。機械であるがゆえに人間の感情を理解しきれないという、王道と言えば王道な理由。

『破壊せよと命じておきながら、殺すなという。殲滅せよと言いながら、やりすぎるなという。ならば、なぜこのような身体を私に与えたのです？　なぜ、全てを破壊するに足る力を私に持たせたのです？　なぜ、あなた方は自身の手に収まる範囲で満足しなかったのですか？』

人類の歴史を学校で学んできた者としては、耳が痛いと言わざるを得ない。人間の技術の進歩発展は目覚ましいものだけど、こと武力についてはもはや何がしたいのかわからないレベルにまでなっているのも事実。撃つことはおろか、それを持っていること自体が戦争の理由になりかねない武器だってあるのだから。

『私は兵器として創られた。私の存在意義とは人類根絶。だから私はあなた方を破壊します。徹底的に、あなた方が消え去れと願った人類を殲滅します』

兵器として生まれたのだから人類を殺戮《さつりく》しますというＡＩ、いやぁロボゲーの鉄板だなぁ。テンプレともいえる理由だけど、テンプレというのは多くの人に求められ認められているからこそのテンプレ。つまり何が言いたいかというと俺は燃える。

本格的な戦いの前に人類に説教をかましてくる暴走した人工知能。うーん、俺的にはグッドだね！

『これより本機は戦闘モードへ移行します。では、さようなら人類の皆様方』

ほっほっほ、貴様今までは戦闘ですらなかったと申すか。これまではただ下りかかる火の粉を適当に払っていただけだと。格納庫一つぶっ壊されておきながら、余裕ぶっこいてくれるねぇ。

ジャックした広域回線までご丁寧に返してくれたのか、スピーカーからはサンダーバードからの宣戦布告に対するプレイヤーの声が溢れかえっていてちょっとうるさい。

「んー、でもこういうのって……何かあるよな」

そして本体表面の黄色の割合が増えてませんかね？　具体的にはポツポツとだった黄点が、いつの間にかサンダーバードを縦断するギザギザの雷マークみたいになってるぞぉ？

「これはいやな予感。いつでも緊急回避できる準備を……ん？」

ガコン、とサンダバの翼下部から出てきたのは追加の大型推進器。わぁ、レッドゾーンみたいだぁ。ってちょい待ち、推進器を追加してお前何するつもりだ？

わかるよ加速するんだよね？　うんうん、思いっきりエネルギーチャージしてるもんねわかるわかる。いやそうじゃなくて加速した先で何がしたいのかなんですけどって、速ぁああい!!

全推進器をフルスロットルにしたサンダーバードは、爆発的な加速をもってその巨体を超スピードで飛翔させた。いくら何でも速すぎる、あんなもん全速力のネクストゾーンでも追いつけねぇぞ！

そしてレーダーに示される戦闘空域からさらに外に出た先で、あろうことか巨鳥はその身を捻りながら上昇、直立してこちらに腹を向ける形で静止。なんだかんだでこいつの腹部って初めて見るなぁ。遠くてよく見えないけど、何か光ってる……？

ここで一つ、おさらいをしよう。サンダーバードは『爆撃機』だそうだ。つまり本命とは上空から下方への攻撃であり、弾幕を形成していたマシンキャノンやレーザーの類はあくまで迎撃用の武装と言える。

要するに、爆撃機なら本命の武装は撃ち下ろしやすいように腹部にあるというのが基本だよね。

誰だってそうする、俺だってそうする。

そして、その腹部が今まさに見えてるということは……。

「……回避ぃぃいいい!!」

放たれたのは特大というのも憚られるような、規格外のプラズマキャノン。こちらからサンダーバードが見えなくなるほどの、空気を焼く圧倒的かつ莫大《ばくだい》な量の轟雷が戦場を白光で埋め尽くす。

「うぉぉおおお!?」

間一髪直撃は免れたが、体勢を崩したバテンカイトスが大気の爆ぜる余波に振り回される。これほどの攻撃、本流に巻き込まれたら即死以外の何があるというのか。

両脚と背部のブースターを吹かして何とか立て直したら、回避に集中するあまりに意識から外れていた広域回線の声が聞こえるようになってくる。そして、その声に我が耳を疑った。

『拠点が……母艦が落とされた!!』

急ぎ機体を回して出撃ポイントの方を見ると、黒煙と炎の塊となって落ちていく母艦の姿がモニターに映った。

凶鳥が水平方向に落とした霹靂《へきれき》がこの空域における補給を貫いた。

その事実にプレイヤーたちの驚愕と不安の声が巻き起こるが、そこに本部から俺たちを安心させるための通達が入った。

『サンダーバード迎撃戦線の全傭兵、こちら作戦本部。敵機の攻撃により母艦が落とされましたが落ち着いてください、想定内です。代替機を発進させていますので補給の心配はありません』

なんだ、びっくりさせないでくれよー。二日目にして補給なしに陥ったのかと思ったじゃんかよ。あれか、敵が本気出しましたよ気合入れてくださいよーって演出か。度肝を抜かれたぜ、まったく。

『ただし、母艦の代替機も数に限りがあります。具体的に言うと現在発艦している分を含めて三機しかありません。それまでに現状を打破してください、お願いします』

母艦の残り三機しかないの？　あ、そうか、荒廃したＩＲ世界であれだけの大型航空艦を製造するのはかなりの労力のはず。最初の一機を合わせて四機の投入でも、物資と人員両方でかなりギリギリなのかもしれない。

『追加推進器をつぶすか、それとも腹のアレをつぶすか!?』

『チャージ時間もそれなりだとは思うけど、早く対処した方がいいよね。母艦全部落とされたら強制敗北かもしれないし』

『それは無いと思うけど補給が無いのは辛いな。プラズマキャノンが主砲だとしたら耐久もかなりだと思うし、早急に対処するなら推進器の破壊を推すね』

『あのスピードで動きまわられても厄介だもんな、俺は推進器に行く！』

全体的には追加された推進器の破壊が多数派、と。根本的な解決を目指して主砲に攻撃を仕掛けるプレイヤーもいるみたいだけど、俺としては二日目そこらで主砲が壊されるような作りにはなってないと思うんだよなぁ。

というわけで推進器の破壊に向かおう。どちらかというとザコ散らし用の武装が主であるバテンカイトスだが、火力が無いというわけでもない。ワイヤーテールはあんまり役に立たないかもだけど、それはそれ。Storm egg にはそれなりに使えるしね。

「まあ問題があるとすれば……動くようになったなサンダーバードよぉ！」

戦闘モードに入るというのは嘘ではなかったようで、巨体が猛スピードで動く動く。速度が乗った状態で衝突するとダメージももらうようで、今まさに正面衝突したとあるプレイヤーが爆発四散した。そりゃあれだけの質量と高速でぶつかったらそうなるわ。

　さらにサンダバが戦闘機動を始めてから戦闘空域がまあ狭いのなんの。実際に小さくなっているわけではないけど、縦横無尽に空を駆ける巨鳥を避けていると知らず知らずのうちに場外判定をもらっていることもある。

　Storm egg の数が減って敵の頭数は少なくなっているはずなのに、本体が動き出すだけでこうも戦場は変わるのか。そしてこれから先、もっと激しくなっていくんだろうかと思うとちょっとげんなりする。さっさと部位破壊されて弱体化してほしい。

『くっそ、なかなか推進器に近づけねぇ！』

『あの図体《ずうたい》で高速レムナントと同等以上のスピードって勘弁してくれよ……』

『クソ卵のおかわり来たぞー、推進器もいいけど左格納庫も早く何とかしたいな』

『当たり前だけど正面も弾幕濃いなぁ。衝突も含めて事故多発地帯やんけ』

『後ろから行ったら引き離され、前から行けば交通事故。どないせえと？』

『どうやるかって？　こうやるんだよ、よく見とけ！』

広域回線が若干落ち込んでいると一人のプレイヤーが威勢のいい声を上げ、それと同時にサンダーバードに正面から全速力で近づくように一機のレムナントが躍り出た。

戦闘機と猛禽《もうきん》類を融合させたかのような、いっそStorm eggに近いシルエット。鳥ならば尾羽にあたる後端に取り付けられた円筒状の推進器から青白い炎を上げて、高速で雷鳥に立ち向かう。

最小限の動作で弾幕をすり抜けつつ真《ま》っ直《す》ぐに飛行するその姿は、さながら怖いもの知らずの英雄と言うべきか、それとも自殺志願者とでも言うべきか。

『見た目が似てるせいで誤射されまくってイライラしてんだ……！　覚悟しろよ運営！』

巨大な壁のような翼に衝突する直前。そのレムナントはバレルロールと同時に翼型推進器の端からレーザーブレードを伸ばし、雷鳥の翼を潜りつつすれ違いざまに斬りつけていく。

さらに脚部クローで蹴りつけると同時に急旋回、正面から向かっていたはずの猛禽は一瞬で雷鳥の後ろを取り、搭載していた火器を全開放して追加推進器へと叩き込んだ。

「フライ・ハイ。あれが、ランキング3位の空の王者か……きーちゃんが手も足も出ないっていうだけあって、やっぱすごいな」

やるだけやって悠々と距離を取るフライ・ハイ。ＩＲ対戦環境において飛行型レムナントの頂点に立つ猛禽は自身の数十倍以上ある巨鳥にすら怯《ひる》むことは無かった。それどころかまだまだ余裕すら見て取れる……むしろこの人がどうしようもない状況って、もう負け確だけど。

そして広域回線ではフライ・ハイの流れるような猛攻に歓声が上がり、我も続けとばかりの状況だ。たしかに、速すぎて追いつけないのなら正面からすれ違いざまにやるしかないよな。

「俺もちょっと真似してみようか。こういう極限状態でこそ人は成長できるのだって、格ゲーのキャラがよく言うし。二日目でこれなら後半戦はもっと動くかもしれないんだからな、今のうちにやれることをやって慣れておかないと」

飛来するサンダーバードの正面へと陣取る。まだ少し距離はあるがあの速さだ、どうせすぐに接近してくる。同じような考えのプレイヤーがすれ違い攻撃に失敗して激突からの爆発四散したのが見えたけど、弾幕回避に集中しすぎたんだろうな。

迫る巨影に臆する心を落ち着かせるために深呼吸。操縦桿を握る手に力を込めなおし、フットペダルに置く足のポジションを再確認。いける。俺ならいける、大丈夫。……さあ、弾丸の海を泳ぐぞオラァ!!

とは言え、俺も無策で突っ込むわけではない。気合避けはシューティングで最もアドレナリンが分泌される行為ではあるものの、それをメイン武器とできるのはごく一部のみ。常人は対策を練り、できる限り運と根性に頼らねばならない状況を排除しなくてはならない。

圧倒的多数のロボゲーやロボアニメで人型ロボットが認知されているためにその辺がわからなくなることがあるが、そもそも人型という形状はとにかく面での制圧射撃に弱い。

弾幕を避けるためには被弾面積を小さくするのが基本にして奥義、回避動作をとる以前に当たる確率を極限まで減らし、ジェネレータやコクピットといった重要パーツを守らなければならない。

だが人型というのは関節部も多いし重要パーツが胸部や頭部に密集しているなど、根本的に脆弱な構造と言えよう。そのまま馬鹿正直に突っ込んだらハチの巣待ったなし。

ではここで問題。

Q：前方から矢が乱れ飛んできています。地面に伏せるという行動を抜きにしたら、矢が直撃する確率が低いのはどういう姿勢でしょう？

Ａ：体を一直線にして頭から飛び込む。（もちろんできる限り隙間の多いところに）

「つまり、ドルフィンキック……！」

揃えた両足を股間と膝でうまく波打たせることで上昇下降を繰り返し、吹き荒れる弾丸と光線の暴風の中を突き進む。両手も万歳の格好で、いっそ握ったアサルトライフルは壊れてもいいくらいの覚悟で前に突き出して被弾面積を限りなく少なくする。

いやぁ空中戦用に両脚部を推進器タイプにしておいてよかった。この姿勢ならスピードも上がるし、なによりいつもの機体操作と俄然《がぜん》似てくる！

なんだ、俺の到達地点は人魚型か？　胸びれが無くなって速度と安定性が落ちるとかいろいろと問題点もあるかもしれないけど、両腕を得ることができるのは大きいな。

「人か魚かしか作っていなかったのが間違いだったか。今度真面目にメカアクア作ってみようかな」

しかし、頭部の可動範囲って言うか首が真上を向けるような構造でよかった！　そして意外と普通に飛べるな、ＩＲ世界の航空力学ってどうなってんだろ？　まあゲームだからある程度現実的でない形でも飛べるんだろう、きっとそうだ。

それでもかなりのダメージを負ってしまい、装甲値が四割ほどになってしまったがなんとか弾幕を抜けた。なに、死ななければそれでいいのだ。先ほど正面衝突の見本となって散ったプレイヤーを教訓にしてしっかりとサンダーバードの右翼に潜り、破壊対象である問題の追加された推進器のすぐ傍《そば》へと接近。

「さあいくぞ……回れ回れ回れ回れ回れ回れ回れ回れ回れ回れぇぇぇ!!」

両手を真横に大きく開きアサルトライフルをフルオートで乱射。さらに全力で錐もみ回転することでワイヤーテールをぶん回し、翼の下部と追加推進器の側面をひたすらに切り刻む!

レーザーブレードで斬りかかったフライ・ハイほど密接した距離ではないが、それでも近い。もはやサンダーバードはロボットというよりは建造物とでも言うべきで、ただただ黒く大きな壁にしか見えない。

その黒壁に弾痕と斬撃痕を刻みながら、接触事故にだけは気をつけつつ駆け抜ける。IRの対戦だと接触は衝撃こそあれど特殊な武装でもない限りダメージ自体は無いのに、サンダバは明確に体当たりをダメージソースにしてるのはズルい。質量差と言われればそれまでなんだけど。

しかしデカい。なるべく多くのダメージを与えられるようにスピードを抑えているのもあって、一つ大きな問題が……。

「おえっぷ……ちょっと待って、無理。回りすぎた、おげぇぇ……」

追加推進器を通り抜け、反転からの全門開放といきたかったのだけどこれは無理。ゲームアバターとしてそれなりに強化されているはずの三半規管でもこれはアカン。胃の中のものが出てこないだけマシと言おうかなんと言うか。ああ～世界が回るぅ～……。

頭がぐわんぐわんして視界が回る回る。成人してすぐに調子乗って酒飲みすぎたあのときみたいな視界してんな……。

まあ、そんな風に隙を晒している敵に慈悲をかけるほど今のサンダバは優しくないわけで。当然撃たれますよ。はい、そりゃもう綺麗にコクピットぶち抜かれました。

うん、あれだね。個人的にはカッコいいと思ったけど、ちょっと回転攻撃連打は考えものだ。まさか機体よりもプレイヤーが問題になるとは、この赤信号の目をもってしても……。

もう一機出撃権があったけど、ちょっと今日はリタイアします。少し熱めの風呂に入ろう、いつもよりちょっと長めに。


そして次の日。

「ちぐしょう、風邪ひいだ……」

「ゲームのやりすぎで寝落ちして、湯冷めで風邪ひくとか小学生なの？」

ぺしっ！　とデコに濡れタオルをぞんざいに置いた優芽が辛辣な言葉を投げかけてくる。このやろう、体調不良のお兄様を労《いた》わろうとする気概は無いのかね？

「おのれ、大切なイベント期間中に……」

「お母さんからお兄ちゃんがゲームしないように見ててって頼まれてるんだから、やっちゃだめよ。やったら一週間主食を甘ったるいメロンパンにするってさ」

「また微妙に無視するかどうか決めかねるラインの罰だな……ごほっ」

「私の学校が創立記念日でよかったね。ちょくちょく見に来るよ、ゲームしてたらチクるから」

水のペットボトルとコップを載せたトレーを置いて、優芽は俺の部屋から出ていった。あそこまで言う以上、あいつはマジでチクる。

大学生にもなって親にチクられるのを恐れるというのも情けないが一週間主食がメロンパンはいやだ。刺身の横にメロンパン、生姜《しょうが》焼きにメロンパン、焼き魚にメロンパン……考えただけでも何とも言えない気分になってくる。

「しゃあない、おとなしく寝るか……」

青に学校を休むとだけ連絡を入れて、少しでも早い回復を祈って目を瞑《つぶ》った。

が。

「暇だぁ……ごほっ、ごほっ」

なんやかんや寝落ちしたことによっていつもより早く寝た俺がそうそうぐっすり寝ることもできず、お昼が過ぎた頃にはすっかり暇を持て余していた。無理やりに寝る気分にもなれず、ただただ暇だ暇だと言い続けることしかできない。

新作機体の構想を練ろうかとも思ったけど、さすがに実物を見ながらじゃないと俺は無理だし、アホみたいな量のパーツデータは攻略サイトを見ているだけでも頭痛が加速する。ほかのゲームならいざ知れず、ＩＲはちょっと無理です。

「お兄ちゃん生きてるー？」

「おお愛《いと》しき妹よ、兄は暇だよ。風邪がうつらない範囲で相手してくれよぉ」

「キモい」

「たった三文字でここまでのダメージを俺に与えるとは……やるな」

「もー、寝てないと治らないよ？　まあ話したいこともあるから、ちょっとだけつき合ったげる」

ベッドの空いたところに腰かけた優芽は、ちゃんと風邪がうつらないようにマスクをつけて話し出す。うん、予防って大事だよね。ミイラ取りがミイラになるじゃないけど、その辺は気をつけないと。

「最近ね、きーちゃんが毎日楽しそう。相変わらずロボットのことばかりで何言ってるのかあんまりわかんないけど、それでも笑顔でいるんだ。私と話すときなんて、ずっとお兄ちゃんの話するんだから」

「そうなの？」

「そうだよ。いつも遊んでもらってて嬉しいって。クラスの男子も二人くらいそのゲームやってる子いたけど、あんまりにもきーちゃんにボコボコにやられちゃったらしくって。だから、ずっと相手してくれるお兄ちゃんにありがとうって言ってたよ」

そりゃ生半可な腕前と覚悟の高校生ではきーちゃんには手も足も出ないだろう、なにせトップランカーの一人だし。俺だって、フレンド戦は対戦成績に反映されないから正確な数値は知らないけど、それでも三桁レベルで負け続けてるからな。

それでも俺が戦い続けられるのは……なんでだろう？　死にゲーに慣れてるとかもあるだろうけど。まあ、きーちゃんと戦うのって楽しいし。勝ち負けよりも自分がどれだけ上手になってるかがよくわかるんだよ。

「あの楽しそうなきーちゃん見てると、私もそれだけ打ち込めるゲームとかあったらいいのにって、そう思っちゃうなぁ」

対象がゲームであるかどうかは置いといて、真剣に熱中できるものがあるっていうのはいいよな。そう考えると、たしかに優芽はこれぞって夢中になっているものは無い気がする。でもこういうやつが何かにハマったときって沼るよね。

「これからもきーちゃんをよろしくね」

「言われなくとも。俺は家族と友達は大切にしてるつもりだ」

「やだ、友達なんて言葉が自然とお兄ちゃんの口から出てくるなんて。熱でもあるんじゃないの？」

「そりゃ風邪ひいて寝込んでるんだから多少は熱あるわい！　げほっ、ごほっ！」

病人をからかいやがって、ああクソ喉が痛い。お前が思ってる以上に俺には友達がいるんだぞ、青にきーちゃんに茶管に、アジサイさんにましろさんと桃《もも》ちゃんさん。どうだ、六人もいるんだぜ！　……リアルで顔見知りなのは青ときーちゃんだけだけど。

「あははは、ゆっくり休んで元気になってから思う存分ゲームしなよ。私はね、昔っからお兄ちゃんがゲームしてるのを見るのが好きだったんだ。強そうな敵に何度負けても諦めなくて、最後には倒して楽しそうにしてるところがカッコよかったよ。ＶＲだとそれは見えないけど、でもお兄ちゃんは前より楽しそう」

友達ができたおかげかな？　と笑って、優芽は立ち上がり出ていった。

思い出せば、たしかに優芽は俺がゲームをしていると隣に座ってお菓子を食べながらプレイを見ていたっけ。特にＲＰＧや格ゲーを見るのが好きだったような気がする。ボス戦に勝ったときは思わず二人でハイタッチしたりしたもんだ。

だからこそ俺は友達がおらずぼっちを拗らせていた間も、特に腐るようなこともゲームに依存して不登校になるようなこともなく純粋に打ち込めたんだと思う。あくまで趣味だと言える範囲で熱中できたのは、ある意味で妹のおかげだったのかもしれない。

「本当に、今日くらいはおとなしく寝るかぁ」

たとえ寝られなくても、目を瞑ってゆっくり横になっているだけでも回復の助けくらいにはなるだろう。フルダイブで日常的に使いすぎ気味の脳もリフレッシュさせようか。

なぁに、何も考えずゆったりするのはこれでも得意な方なんだ。奥の手ではあるけど、俺には実践に基づいた最強の自己暗示があるからな。

「ここは海ここは海、俺はクラゲ俺はクラゲ。ここは海ここは海、俺はクラゲ俺はクラゲ俺はクラゲ……」

こうやってぶつぶつ呟いていると、看病の定番とも言うべき切り分けたリンゴを持ってきた優芽にラオシャンの禁断症状が出たと勘違いされ、割と本気の看病を受けるハメになった。

少なくともこの後数時間、母さんが帰ってくるまで優芽は俺の部屋から出ていこうとせず、嬉しいような悲しいような複雑な気分の俺は妹に見張られるのであった。ちなみにＶＲギアは優芽に完全に没収されてしまった。解《げ》せぬ。


風邪も治り学校も終わり、妹にＶＲギアも返してもらったし準備万端。元気一倍、赤信号ってな。

丸一日ゲームから離れたおかげで頭がすっきりした。そしてわき上がる衝動とインスピレーションを総動員した結果、新規機体がなんとたった一時間で出来上がったではないか。なにこれ神の導きってやつ？　勝手に淀《よど》みなく手が動いて組みあがったんだけど。

完全新規は時間的にも難しかったから上半身はバテンカイトスのものを流用した。そんで腰から下をもはや『いつもの』と言って差しつかえない尾びれ型の推進器に変更。それだけだと姿勢制御に難があるので腰の左右に補助推進器を設置。
残念ながらワイヤーテールは搭載部位が無かったので涙のお別れ。意外と良かったんだけどなぁ。

その代わりと言ってはなんだけど背中には大型のバックパックを背負っていて、これは刀型のブレード二本と手に持たなくても撃てる可動式レールガンが二丁格納されているうえに、補助ブースターとしての役割も持つシロモノだ。これを載せるために以前ついていた推進器を取っ払ったんだけど、まあ下半身に推力が増設されたからいいだろ。

手持ち武器は右手にマシンガン、左手にプラズマガン。機体バランスの都合上あまりに大きな得物を持つことはできないので、両方とも比較的軽量のものだ。

「テスト結果も上々。なかなかいい出来だ、なあレッドコーラル」

人魚っぽい名前ということで赤サンゴ。うむ、俺のネーミングセンスもかなり安直だ。青のことあんまり言えないな。

さてさて、ネットの情報を見た限りでは俺が寝込んでいる三日目の間に戦況に動きがあったらしい。どうも残っていた左翼 Storm egg 格納庫と例の追加推進器が破壊されたことと、その過程で母艦が一機墜とされたということがわかった。

サンダーバード自体の行動は二日目から変わらなかったそうだが、今日は折り返しの四日目。また何かやらかしだすかもしれないので注意だけはしておこう。

「では……レッドコーラル、出撃するぞ！」

カウントダウンがゼロになるとともに一日ぶりの大空へ。うむ、操縦に不満は無し。テスト通りにいい感じに動いているな、よしよし。

追加推進器が無くなってだいぶスピードも落ちたようだな、Storm eggもほとんどいなくなって戦場が寂しくなってるじゃないか。でも油断はしないぞ、この手のボスはおとなしくなった後が怖いんだから。

「これだけ卵がいなくなってるんなら、いっそ武装は装甲をぶち抜ける大火力だけでよかったかも。いやでも機体のバランスがなぁ」

四日目になって無限戦機の大部分がわかってきたが、サンダーバードは他二機と比べるとかなり柔らかい《体力が低い》のではないかという意見が多い。

これはおそらくその通りだと思う。なにせ飛行型レムナントでないと参戦もできないので、他二機よりも総人数が少なくなることを見越してのことだろう。それでも現状一番やられていると思われるのがサンダーバードなのでこれは運営の試算が甘かったのかもしれない。

「もしかしたらサンダバは七日持たないかもしれないな。……運営の殺意がどうこう言われてるけど、げに恐ろしきはプレイヤーたち、というわけか」

様々なゲームで行われる、クリアまでの最短記録を競うＲＴＡ（Real Time Attack）の走者なんて意味不明な動きしたりするもんな。針の穴ほどの隙があれば無理やり体をねじ込んでくるからやつらは怖い。極まった人たちなんて正直異星の生物ではないかとすら思う。

それはさておき、ご無沙汰してますサンダバパイセン！　昨日は情けなくも風邪に罹《かか》りお目見えすることかなわず申し訳ありやせんでした！

「こちら詫びの鉛玉になりやぁす！」

マシンガン掃射ぁ！　からのプラズマガン乱打ぁ！　いいねいいね、邪魔な卵がいなくなっただけでこんなにもストレスフリーになるんだね！

超加速もなく妨害の随伴機もいない今、三日間ひたすら弾幕避けを続けさせられたプレイヤーたちにとってはもはやデカい的だぜぇ！　油断したら即ミンチレベルであることに変わりは無いけど、初日のような恐怖心はもはや無い。

「この後何が起こるかわかんないけど、間違いなく今が稼ぎ時！　与ダメ貢献度よこせオラァ!!」

バックパックのレールガンも総動員して撃つべし撃つべし！　現状の貢献度がまだ８２００点しかないからね。バテンカイトスはがんばったけどその前三機が何もできなかったからしゃーない。できれば今日明日で１万５０００点までいきたい。このペースだと３万点の報酬はキツイだろうから、六日目と七日目はナーガラージャか武御雷に行って最低報酬を掠め取りたいんだ、あわよくば両方とも。

ほかのプレイヤーたちも割と慣れてきているようで、弾幕を避けつつ至近距離に張り付いて撃ちまくっている味方レムナントの姿がそれなりにメインモニターに映っている。人間の環境適応能力はどうやらまだまだ捨てたものではないらしい。

それにしてもやっぱ魚の身体は動かしやすいわー。下半身だけとは言えしっくりくる感じがスゲーわ。青なんかはどう考えても魚の方が動かしにくいとか言ってたけどソンナコトナイヨー。

「なんだか思ってたよりもおとなしいな、もっと暴れ狂うんじゃないかと思ってたんだけど。本当に今日一日ボーナスタイムなのか？」

だとしたらありがたいけど、それはまずあり得ないと見ていい。二日目にして母艦を落としにかかってくるようなやつが、そんな思いやり精神にあふれてるいい子ちゃんなわけないだろう。

　ジェットコースターと同じだ。より効率的に恐怖を味わわせながら落とすためには、まずより高く上げること。要するに今俺たちは崖っぷちに向かってゆっくりゆっくり坂道を上っている状態である。嵐の前の静けさと言い換えてもいい。

　そして、一度吹いた嵐は甚大な被害を巻き起こすものだ。

　攻撃に集中してはいたが、俺を含めプレイヤー側は何が起きても対処できるように常に視界を広く持っていた。ゆえに、サンダーバードの背中に雷模様が現れたのはわかっていた。

　また特大プラズマキャノンを放つようだ、と広域回線で呼びかけがなされ、多くのプレイヤーが余波に巻き込まれるのを避けるためにサンダーバードを盾にするように上空へと上がった。それは当然の対処だったと思う。

　ネタがわかれば事前の回避も楽勝。そう思っていたプレイヤーは、その認識の甘さを思い知らされることになる。

　上空に移動した俺たちが見たものは、サンダーバードの背中で開く八つのスライドハッチ。円形に並ぶようにして開いたその奥から、三角錐の突起がゆっくりと現れた。同時に、今まで散々俺たちを拒んできた分厚い弾幕の壁がピタリと止んだ。

　あ、これヤバいかも。そう思うには時すでに遅く、三角錐が眩く光る。

　その瞬間、俺たちのレムナントは全機能を停止して鉄の棺桶《かんおけ》となり果てた。

「はあぁぁぁあああ⁉　嘘だろおいマジかよ⁉」

　パワーソースが落ちてしまって各電子機器はブラックアウト、メインモニターすら映らない。当然操縦桿とフットペダルをガチャガチャしても機体はうんともすんとも言わず、ただ落下していくいやな浮遊感だけが感じられる。

　このままだとすぐに場外判定を喰らってゲームオーバーになってしまう。慌ててセットアップ時と同じように各種スイッチを入れなおすがそれでもレッドコーラルは沈黙から目覚めない。

「プラズマキャノンとはまた違う即死技⁉　なんちゅう凶悪なＥＭＰ攻撃もってんだよ！」

　超強力な電磁パルスで電気系統や電子機器に深刻なダメージを与えるＥＭＰ攻撃。今までやってきたゲームで、この手の攻撃をしてくる敵がいなかったわけじゃない。でも、完全にこちらの行動を封じてくるような悪辣さは初めてだ。

　せいぜいがレーダーや一部武器の使用不可能程度が関の山というのがＥＭＰ攻撃のイメージだったが、まさか完膚なきまでにブラックアウトさせてくるとは。

　特大プラズマキャノンが制圧爆撃用の主砲だとしたら、こちらはちょろちょろ飛び回る鬱陶しいハエをまとめて叩き落とすための物。先にプラズマキャノンを見せておいて、下にいると危険だというイメージを刷り込んでおいたのも実にいやらしい。

　ビーッ！　ビーッ！　ビーッ！　とエリア外に出てしまったことを知らせるアラームが鳴り響く。電力無くてもお前は鳴るのか、だったらメインモニター映してくれよド畜生。

　結局電源が復旧することもなく、ロボゲー七不思議の一つ『エリア外に出たら起こる原因不明の爆発』を味わい、母艦へと強制送還されてしまった。

「へ、へへへ……やってくれるじゃねぇか運営この野郎。良い初見殺しだ、してやられたぜ。……意地でも叩き落としてやっからなクソ鳥ィ……！」

奥歯を噛み締めて頬を引きつらせながら笑う。こめかみがビキビキいってるのがよくわかる。なるほどなるほど、これが殺意ってやつか。俺が格ゲーのキャラなら今頃漆黒のオーラを纏い目が赤く光ってるだろうな。

いやいやイカンイカン。落ち着け、怒りに身を任せては操縦を誤る。闘争心は強くあれど、あくまで思考は冷静に保て。

「やるぜ俺は、俺たち《プレイヤー》は。むしろ明確にここを攻撃しろって場所を出してくれた分ありがとうございます、だ」

やらなければならないことはわかった、やることは決まった。ならあとはやるだけだ。

出撃機体はレッドコーラルを続投。初陣があんな終わり方ではお前も不完全燃焼だろう？　お前はまだやれる、目にもの見せてやろうぜ相棒。

『空中戦でジェネレータをイカれさせるＥＭＰたぁ運営も味なことをしてくれる』

『一応既存の対パルス装甲で停電時間をそれなりに軽減できたみたいだけど、それでも完全ブラックアウトはヤベェよな。モニター復旧したら目の前にミサイルがあったらしいぜ？』

『食らったら死ぬ、で間違いないな。プラズマキャノンより厄介だなこりゃ』

『サンダバの真下なら大丈夫でしたけどね。あ、それとＥＭＰ発射装置は引っこんでないです、ずっと出っぱなしです』

『要はそのＥＭＰ発射装置を壊せってことだろ？　多分個数を減らせば効果が落ちるとか、そんなんだろ』

『何でもいい、やられたらやり返す。俺が丹精込めて作ったドラグニカ十二世を昏睡《こんすい》場外送りにした罪は重い。スクラップにしてハンドメイドパーツとして使いつぶしてやる……！』

『うんうん、清々《すがすが》しいほどのＩＲ魂。あっちもこっちも殺意満点、狂気の沙汰ほど面白い。じゃあ残り全てをぶん投げるつもりでお礼参りといきますか』

　大多数がほぼ同時に撃墜されたせいか、再出撃すると周囲にビックリするほどのご同類がいた。ブレードを握り締めているレムナントが目立つのは、やっぱりみんな考えることは同じということだろう。

「解体作業には近接武器が一番ってな。おお、大型チェーンソーとはこういうことを見越してのアセンブリだな？　わかってるねぇあの人」

　一度張り付いたら死ぬまで刻んでやるという鉄の意志がビンビン伝わる。かくいう俺も近づいたら速攻で両腕の銃を投げ捨てて二刀流にする所存。

　弾切れもリロードもなく、エネルギーも食わないのが実体ブレードのいいところ。飛行機体でレーザーブレードをぶんぶん振り回したら最悪エネルギー切れで墜落するからな。

「怒れるプレイヤーたちによる解体ショーの始まりだ……！」

　もはや勝手知ったるとでも言うかのように弾幕を潜り抜けていく上位プレイヤーに倣って突撃！これでも回避にはそこそこ自信あるんだよ俺ぁ。伊達にきーちゃんにシバきまわされてるわけじゃないんだ。

　青と茶管にドＭ疑惑を持たれてるけど、ゲーマーならドロップ率１％未満のアイテムを求めてマラソンとか普通じゃん。そのとき勝てないボスがいても勝つまで挑戦できるのがゲームの醍醐味だろ？　それに俺が求めてるのは障害を乗り越えた先のカタルシスであって障害そのものではないから。たまに手段と目的が逆になってる人いるけど。

目的の発射装置の一つにたどり着き、武装を銃からブレード二刀流に変更。正直ブレードは使い込んでるとは言えないが、動きもしない装置を解体するだけなら問題はない。

俺と同じ装置に攻撃を仕掛けてる味方が殴る蹴るをしているけど、あれはああいうための専用パーツを組み込んでいるからできることだ。なぜ超巨大ロボである無限戦機相手に素手機体を組んでいたのかは謎。でも活躍できる場所があってよかったな。

「うっひょーう！　動かない相手を切り刻むのってたーのしー！」

ザクザクというよりはギャインギャインガリィン！　という感じでどんだけ硬いんだボケと言いたくなるが、それはそれとしてストレス解消にはなる。張り付く俺たちを追い払うために迎撃してくる銃座もいくつかあるが完全無視、そんなもん関係あるかと言わんばかりにただひたすらにブレードを振るう。

仮にＥＭＰ攻撃が来たとしても本望。今ここで攻撃を仕掛けている者の大半は今日分の残機全てをゾンビアタックに注《つ》ぎ込《こ》む覚悟が完了しているので止められない止まらない。残機制のシステムで残機を投げ捨てる構えのプレイヤーほど厄介なものはないのだ。もちろん俺も全ツッパのつもりでブレードをぶん回している。

「さぁて、今日だけで八個の発射装置を全部壊せるかな？　みんなやる気は十分だから乞うご期待、ってな」

なお、この日に壊せたものは二つのみであった。硬ぇ。

そしてイベント五日目。

ＥＭＰ発射装置は硬い割に貢献度的にはかなり美味しい相手だったようで、四機分つっこんで斬りまくった結果、なんとビックリ５０００点もの貢献度を頂いていた。今までのと合計で約１万３０００点、今日をつつがなく終えれば報酬を三つもらえることになる。３万点報酬はもう無理なので諦めた。

俺がログインするまでの間に貢献度を狙う数多のプレイヤーに休みなく攻撃され続けたようで、ＥＭＰ装置はその過半数を破壊されたらしく残りは三つ。しかしそれでもＥＭＰを喰らうと五秒は完全ブラックアウトするらしいので油断はできない。五秒間無防備を晒せば十分死ねる。

「点数的に明日以降の参戦にうま味がないから、多分今日がサンダバとは最後かな。最後まで見たい気もするけど、期間限定イベの報酬はできるだけ回収したいし」

このクソ鳥が地に墜ちるシーンを見たいのはやまやまだけど、まあそれはそれ。どうせどこかのサイトにアップされるだろうし、ほかの無限戦機と雰囲気だけでも戦ってみたいという思いもある。七日で三機、それもポイントは別個計算というところに性格の悪さが滲み出ている。共通の通貨ポイントで報酬と交換なら出撃先で悩まないのに。

「ま、とにもかくにも２０００点いただいてからだな。赤信号、レッドコーラルで出撃するぞ」

この大空も見納めかもしれない。思えば何とも濃ゆい数日間だった。

初日にＩＲ海洋生物部とともに弾幕を掻き分けSong of whaleをぶち込んで、二日目は特大プラズマキャノンに母艦を落とされバテンカイトスでぐるぐる回って目を回して、三日目は風邪ひいて不参加、四日目はＥＭＰに場外喰らって怒りの解体作業。

思えば思うほど三日目の風邪が足を引っ張ってるな。あれが無かったら今頃もう別の戦線に行けてたかもしれないのに。

「さーて、ＥＭＰ装置を斬りに行こうかな……っと、先客でいっぱいか、ありゃ無理そうだな」

サンダバの背中には残り三つの発射装置を狙うプレイヤーたちがひしめいていて俺が行くスペースは無さそうだ。貢献度うまいもんな、わかるよ。俺はあと２０００点でいいからね、今日はそこを譲ろうではないか。

「だったらわざわざＥＭＰに怯えながら上にいる必要もないし、腹の主砲に目標変更しましょうかね。適当に逃げ回ってるだけでも２０００点くらいもらえそうだけど、ここでイモ引いちゃうのもねぇ」

そういえば腹の方に行くのは初めてだな。こっちの迎撃システムもかなり面倒らしいがどうなんだろう？　ネットの方で軽く見た感じだと背中側のそれとはかなり毛色が違うそうなんだけど。さすがに主砲だけというのは考えにくいし、背中側と同等程度はあるんじゃなかろうか。防御がスカスカだったらみんな腹の方に行くだろうしね。

流れ弾に当たらないように背中側のプレイヤーたちから距離を取りつつ、腹側に回るために高度を落とす。見てわかるぐらいには迎撃弾幕が薄くなってきているが、さてさてどうでしょうな。

下限高度に気をつけつつ、主砲である超巨大プラズマキャノンの発射口へとレッドコーラルを進める。見える範囲では腹側を攻撃しているプレイヤーは二十人もいないみたいだ。

ふーむ。たしかに迎撃はあるものの、その数は背中に比べるとめちゃくちゃ少ない。体感だけど五分の一もいないんじゃないか？　この程度の弾幕なら、威力はともかくプレイヤー機体でも簡単に再現できる。だというのに大半のプレイヤーが背中にいるというのは、つまりこれ以外に凶悪な何かがあるということなんだろう。

「パッと見た感じ、そこまで目立つ何かがあるわけじゃなさそうなんだけど……うん？」

　メインモニターの中に映っていた一機の人型レムナントが腹に風穴を開けて爆散した。それ自体は何も珍しくないどころか、このイベントに限っては道を歩けば小石が落ちているというくらいごくありふれた光景なんだけど、その光景の中に違和感が一つ。

「今のあれ……何にやられた？」

　爆散する前の一瞬、レムナントの腹部に大穴が開いたのをたしかに見た。あれほどの損傷、かなりの火力がある武装で撃ち抜かれたはず。この数日で腐るほど見てきたしこの身に経験として受けてきたが、少なくとも機関銃の掃射ではあそこまでキレイには撃ち抜かれることは無い。

　なのにレーザーも何も見えなかった。だとすると考えられるのは……。

「超高速の狙撃……！」

　ギャガン!!　と金属の悲鳴とともに衝撃が機体を揺らし、左腕が吹き飛んだ。当たってから初めてわかるほどの高速精密狙撃。さらには一撃で腕を持っていく威力も兼ね備えているとは何たることか。

　背中側が分厚い弾幕による面制圧に対して、腹側は高速高火力のピンポイント狙撃。絶えず動き続けて的を絞らせないようにしないと、軽量機なら即死もありうるぞコレ。

「背中側に美味しいエサを置いといて大勢を釣って、あぶれて腹に来た少人数は精密射撃で排除。こっちに大勢を呼びたくても部位破壊ポイントはほとんどが背中と翼だからうま味無し、と。いやらしいなぁ」

立ち止まったら死ぬというマグロのような気持ちで動き続けながら考える。ほぼ百パーセント今日でサンダバとはお別れになるが、どうやるのが一番楽しそうだろうか。

サンダバは良い先生だ。クソ卵との戦いで一対一しか知らなかった俺は数の暴力というものを再認識したし、初見殺しは一つとは限らないということも教えてくれた。そして生かして通す気がないと思っていた弾幕は、勇気を出して飛び込んで練習すれば実感できるほどに空中戦での回避能力を鍛えてくれる。

この無限戦機迎撃戦はライトユーザーや初心者にとっては厳しいものかもしれない、というか厳しい。ある程度以上の操縦技術が無いと攻撃もままならず、逃げ続けることになるだろう。

そこでクソゲー認定して諦めてしまうのなら、残念ながらＩＲがその人に合わなかったということ。機体調整など今できることをやり『今日は明日のスコアを伸ばすための練習』と思えるのなら適性アリ。重ねて『今日は負けたけど、いずれお前をスクラップにしてやるからなぁ……！』と思える人はＩＲどころか大抵の対戦ゲームに才能があるのでがんばってほしい。

「楽しもうと思える程度には、俺も上達したってことかな」

また狙撃に装甲を削られた音が響く。直線運動では狙撃の的にされると思って、魚類型の下半身を活用してうねうね動いているのにそれでも掠らせてくるか。ここまで渋いとなれば撤退しておとなしく背中でチマチマやるのが一番なのかもしれない。

でも、（多分）今日で最後なんだ。だったらやり残したことがあってはイカンでしょ。期間限定イベントなんてのは全力疾走してこそ。さよならを言う前に全身各所余すところなく突っつき回してやるからな、覚悟しろサンダバ！

「そもそも鳥はあんまり好きじゃないんだよ、特にお前みたいな真っ黒な鳥はなぁ。海を目指し砂浜を這っていたウミガメの赤ん坊《あの時の俺》を何度も食い殺してくれた恨み、世界線を越えてお前で晴らす！」

　超高速狙撃がなんぼのもんじゃい、こちとら不規則飛行に定評のある魚類……じゃなかった人魚型なんでね！　フレキシブルに動く尾びれがもたらすロボにあるまじきヌルヌル飛行、とくと味わえ！

　ヌルヌル飛行は腰から下の操縦に全精力を注ぎ込まなければならないのでめちゃくちゃ疲れるが、その効果はきーちゃんのお墨付きを頂いたほどだ。真っ直ぐ前を見ながら滑らかな螺旋《らせん》機動を可能にするほどの操作性は、一般的な戦闘機型レムナントのそれとは一線を画すぜ。

　サンダーバードの腹部中央にある特大プラズマキャノンは、背中のＥＭＰと同じようにプラズマチャージャーを円形に並べ、その中央に発射装置が鎮座している。そして、それらから少し離れたところに今まさに俺を撃ち抜かんとする可動式大型レールガンが複数台設置されているのも見えた。

『広域回線にて失礼。ＬＮ：レッドコーラル、ごきげんな動きをするじゃあないか。俺も便乗させてもらっていいか？』

『こっちは初めてかな？　精密狙撃を掻い潜るのなら、一斉に仕掛けて的をばらけさせた方がいい。僕もいこう』

『数が必要か？　なら、うちのチームも行くぜ！』

『もうちょっと人数が集まってからと思っていたけど、無駄にやられちゃう人もいるしね。そろそろ攻め時かな』

俺が不規則な曲線軌跡を描きながら発射装置へと接近していくと、ここを戦場としていたプレイヤーたちも広域回線で呼びかけあって四方八方から駆け上がってくる。仕掛ける人数が多くなればなるほど、一人に向けられる銃口の数は減る。これほど嬉しい援護はない。

雷鳥が雷鳥と呼ばれる所以《ゆえん》たる、巨大航空艦すら一撃で撃沈せしめる規格外のプラズマキャノン。それに一矢報いんと、可能ならば破壊を目指して強襲を仕掛ける十数機のレムナント。

当然ながら全機がたどり着けるわけではなく、凶弾に貫かれ徐々にその数を減らしていく味方機。それでもあえてこの場所にとどまり攻略を目指していたプレイヤーたちの実力は確かで、その半数を保ったまま目標へと肉薄するのに成功した。

ここまで来たらやるべきことは一つ。全火力を出し切る、ただそれだけだ。

右腕に握るマシンガンをフルオートで撃ち尽くし、バックパックからブレードを抜いて発射装置に斬りかかる。片腕を持っていかれたせいで火力の低下が著しく、手応えは弱いがしかたない。

全員ができる限りばらけて攻撃を仕掛けるものの、一機、また一機と空に散っていく度に一人を狙う銃口の数は増えていく。

だが避けることに集中しては攻撃の手がやんでしまうし、そんなことは全員が理解しきっている。落ちたら落ちたと割り切って一発でも多くの弾丸を放ち、一太刀でも多くブレードを振るう。

十数機で行われた主砲襲撃は、時間にしたらほんの数分ほどの短さで特に何を破壊できるでもなく全機轟沈《ごうちん》で幕を引いた。より多くの味方がいればもっとダメージを与えられたかもしれないが、ない物ねだりをしてもしかたがない。

戦果としてみれば大したことのない戦闘だったかもしれないが、こういう戦いもこの戦場にはあるのだ。戦力は集中すべしというのが戦いの基本だけど、主戦場から離れた場所で強襲を仕掛ける少数の別動隊というのも、なかなか渋くて俺は好きだよ。

その後、主砲への襲撃から三回出撃して三回撃破され、本日の出撃権をあと一回残した状態で俺はイベントから一時抜けてガレージに戻っていた。

抜けたことで確認した貢献度は１万５８００点。目標を無事達成することができたので、残り一回は本当の意味で自由にすることができる。そのためにちょっとレムナントをいじりに来たのだ。

「何だかんだ言って、やっぱり初日のアレが一番インパクトあった。だから、最後はお前で出撃したいんだ」

大きなパーツの組み換え自体はほとんどせず、やることは武装の変更とちょっとしたアジャスト。さすがにあのトンデモ砲を誰の助けもなく一度撃てると思えるほど、俺の頭はお花畑ではないからね。自由にやるっていうのと適当にやるっていうのは違うのだよ。

出来上がった機体に新たな名前をつける。完全新規ではなくマイナーチェンジみたいなもんだからな、一単語足すだけにしようか。

「よし、お前の名前は……【ネクストゾーン・トラジエント】だ！」

少数もしくは一個体だけで回遊するシャチを表す言葉をつけられ、赤き機体は再び雷鳥の縄張りを飛翔する。

それじゃあイベント会場に戻って出撃といきますか。インターフェースを起動してポチポチッとな。

　数秒の暗転の後、拠点である航空母艦のハンガーに転送。先ほど作ったばかりのネクストゾーン・トラジエントを呼び出して搭乗だ。

「Completed first set up…… Nice to meet you, my pilot.……補助ＡＩ起動、私のコールネームはいかがなさいますか？」

「【アトゥイ】でよろしく。初陣で悪いけど相手は超巨大レムナントのサンダーバードだ、頼りにさせてもらうぞ」

　アトゥイとはアイヌ語で海を表す言葉にして、転じて海における食物連鎖の頂点であるシャチをカムイとして呼ぶときに使われる名の一つだ。何で俺は生物系の学科でもないのにどんどんシャチ（だけじゃなく海洋生物全般）について詳しくなってきているんだろうか。

　まあでも、己を知り敵を知れば百戦危うからずって言うしね？　だったら自分も獲物も天敵も全部海産物なラオシャンプレイヤーが海の生き物に詳しくなるのは必然だよな。うん、俺は何も間違っちゃいない、至極当然の結果だ。

「承知。補助ＡＩアトゥイ、全力をもって搭乗者の支援をさせていただきます」

「さぁて、五日間続いたこの戦場での最後の出撃だ……行くぞ」

　カウントダウンがゼロになり、パイロットシートに押し付けられるようなGを感じながら母艦から射出される。目標は依然変わらず無限戦機サンダーバード。初日には圧倒的な威圧感と絶望感をプレイヤーにもたらしたその巨体は、連日の交戦により各所が破損、煙を上げている。

　広域回線の情報を聞けば、ＥＭＰ装置は残り二個に数を減らしており、その効果はたった三秒のみ。それでも完全破壊まで気を抜いてはいけない。三秒あれば容易《たやす》く撃墜されるのがこの戦場で、俺たちが戦っているのはそういう存在だ。

「アトゥイ、無茶を承知で言うけどさ……真っ直ぐ突っ切れるか？」

勢いは若干落ちたように感じるが、なお脅威に変わりはない雷鳥の背後を守る銃砲群。その真上を尾から頭まで一直線に駆け抜けようと、危険極まりないルートを提案する。

「私は今回が初出撃ですが、それでもハイリスクローリターンであると進言いたします」

アトゥイの返答は当然のもので、常識的に考えればそんなことをする必要は無い。正面まで行きたければぐるっと大回りをすればいいだけだ。

だがそれでも、と俺が口を開こうとしたとき、アトゥイがそれを遮るように言葉を続けた。

「ですが、あなたが確固たる意志で決断されたのであれば、それはほかの何にも勝る最上のものです。そして私の存在意義とは、あなたの意志を現実とすること。なにがリスクで何がリターンであるか、それはご自身でお決めください」

「……リスクとリターンか、ＡＩらしいな」

ある人はイベント報酬を求めて。ある人は強敵との戦いそのものを求めて。またある人は自分の成長を確かめるために。あるいはただ友人に流されたからというのもあるだろう。

ゲームのイベント一つでも参戦理由は千差万別で、しかもずっと同じとは限らない。俺だってそうだ。ただ報酬が欲しいだけなら、この出撃には意味がない。とっととログアウトして次の戦場の情報収集でもしている方がずっと有益に違いない。

「必ずしも、ローリスクであることが最高だとは限らない。なにせ今の俺にとっちゃリスクがリターンなんでね。俺がやりたいのは、今の俺がどこまで行けるのかっていう確認だ」

この戦場でどれだけ俺が成長できたか。それを一番見たいのは俺で、一番知らなければいけないのも俺だ。自身の実力がどれぐらいあるのかをちゃんと把握することは、より早く次の成長を促す大事なステップだ。そして困難をやり遂げるというのは自信とモチベーションに繋がる。

たとえ力及ばず撃墜されたとしても、初日の俺よりもずっとずっと限界は伸びているはず。海洋生物部の四機とともにギリギリで駆けたあのときよりも、もっともっと一人で遠くへ行けるはず。

根拠なく自分を過信しているわけじゃない。何度も何度も撃墜されてきた経験が、どんどん一機墜とされるまでの時間が伸びてきているという事実を教えてくれるから。

「いけるさ、俺とお前なら。いかなきゃいけないんだ、俺とお前は。気持ちよくサンダーバードとサヨナラするためにも、やらなきゃいけないんだよ」

最後までいないのなら、せめて今できる全てを見せつける。お前と戦って俺はここまで強くなったぞとサンダーバードにお礼を言わないといけない。

「一つだけ申し上げることがあるのなら。この身体が経験した以前の戦いを私だけが知らないということ、それだけが恨めしいですね」

「あのときは補助ＡＩが必要になるほど武装もギミックもなかったからなぁ……何はともあれ、もうすぐ接敵するぞ。手助け頼んだぞ、相棒」

尾から頭部までを一直線に突っ切るコースとは、それすなわちこの戦場で最も長時間弾幕に晒されるということ。加えてほんの数秒程度にまで弱体化したとはいえ、レムナントの全機能を強制シャットダウンしてくるＥＭＰ攻撃だってある。

居ずまいを正し、深くシートに腰かける。両手で操縦桿をしっかりと握りつつ、それでも手首からは無駄な力を抜いて柔らかく。フットペダルを軽く踏んで僅かな遊びを確認し、深く息を吸いゆっくりと吐き出す。

「目標、サンダーバード頭部。全ての妨害を掻い潜り、正面に出るぞ！」

「承知。では」

「ああ。それじゃあ……全力で楽しもうぜ！」

傷ついた巨鳥が纏う弾丸の嵐。メインモニターに映るそれに向かい突撃を開始。アクセルを踏む足に、躊躇《ためら》いはすでに無い。

「周囲と全然違うことをするっていうのは、いつやってもキツいな……‼」

奇襲とか隠密《おんみつ》とか別動隊のような本隊と別れるような行動であっても、一人で行うということは基本的には無い。特に相手が強大であればあるほど忍び込む側にも打撃力は必要になるし、囮や陽動といったように一人ではできないことはたくさんある。

まあそういうのは現実の問題であって、ゲームの中だと隠密のくせにバリッバリの武闘派武将を正面から単独でねじ伏せるストロング忍者も珍しくはない。それでも数の暴力というのはバカにできず、繰り返すが一人よりは二人の方が何かと便利だ。

「なにせ全火力が自分狙いになるから、よっと！」

単純に考えて百の銃口を相手にするのに二人だと一人頭五十になるし、三人なら三十三。でも今ここには俺しかいないから、百の銃口が放つ殺意を具現化したものが全部俺に飛んでくるんだな。

主流のルートから外れているとは言え、まばらではあるものの他プレイヤーもその辺にいるし、完全に俺しかいないというわけでもない。しかし確実に俺に向かう弾幕は通常よりも濃くなってきているし、なにより威力そのものに変わりはないのだ。

　それでも。ああ、それでも。

「いけるじゃん俺！　なあアトゥイ？」

「現在装甲値は85％です。上々、と言って差し支えないかと」

　今俺がいるのは尾と翼のちょうど真ん中あたり、全体で見れば四分の一くらいか。初日には仲間がいたうえで翼にたどり着いたときに50％前後だったことを考えれば、Storm egg の有無を考慮しても確実に成長している。

　やっていること自体に大きな変わりはないのに、なんでここまで差が出るのか。経験と一言でまとめてしまえばそれまでだけど、もう少し踏み込んで言うのなら『目が慣れた』と言うべきか。

　初日に根性とテンション任せの気合避けするしかなかったときと比べて、たしかに見えている。当然、弾丸一つ一つを目で見ているというわけじゃないけど「このままだと当たるな」「あっちに行く方がよさそうだな」といった状況の把握ができるようになっているのがわかる。

「そんでそろそろ……よしきた！」

　両翼の真ん中、要するにサンダーバードの中心。その場所はいまだ残るＥＭＰ装置を骨までしゃぶり尽くさんと執拗《しつよう》な攻撃を繰り返しているプレイヤーたちのおかげで、空に向けられる弾幕が比較的薄いちょっとした休憩地点だ。

　しかしまあ徹底的に攻撃してるもんだ。ありゃＥＭＰ装置が完全に破壊されるのも時間の問題かもしれないね。すでに破壊された装置からはバチバチと電気がショートしていてなんとも痛々しい。やったの俺たちだけど。嬉々《きき》として斬り刻みましたけど。

「ここからが正念場だぞ、アトゥイ」

「承知しています。ここから前方に味方機の反応はほとんどありません」

衝突すると質量差によってこちらがダメージを受ける設定になっているサンダーバード。当然ながら攻撃する方も後ろから追いかける形になるのが常であり、正面に立つというのは危険な行為にほかならない。

さらに言えば両翼よりも頭部側には現状で部位破壊できる場所が無く、攻撃を仕掛ける意味もない。せいぜいが二日目に追加加速器が出てきたときのすれ違い攻撃くらいだろう。

ゆえに味方機はここから先にはいない。いたとしたらよほどの酔狂か、もしくは端から端まで味わい尽くさないと気が済まない質《たち》の人か。少なくとも効率を求めるプレイヤーは寄り付かないような場所だ。

飛んでくるミサイルは全て自機狙いで、当然のように前からだけでなく後ろからも狙ってくる弾丸と光線。通り過ぎたからと言って銃口を下げてくれるわけもなく、十字砲火どころではない包み込むような対空射撃。

一刻も早く頭部まで駆け抜けてこちらに向けられる攻撃を一方向からのものにしなければ、まず間違いなく近いうちに撃墜される。そんな未来を避けるため、怒濤《どとう》の勢いで叩きつけられる攻撃が装甲を削る音にも怯まず、僅かな攻撃の隙間に機体をねじ込んで少しでも早く前へと進んでいく。

バレルロールでも仰向け飛行でも、やれることは全てやる。レッドゾーンの時代から数多の機体で培った尾びれ胸びれの操縦技術を駆使して、側転でも前宙でもなんでもやってやらぁ！

オウ舐めんじゃねぇぞ鳥公、こちとら見えるもの全て敵って環境には海で慣れてんだよ。都市伝説全てをそっくりそのまま導入したことによってウルトラハードモードになったマンボウチャレンジを経験した俺がこの程度で心折れると思うなよ？　全力走行しても死なない身体ってサイコーだな！　なおチャレンジ自体には数百単位で失敗している模様。

「装甲値、残り50％です」

「だぁオラ！　このやろテメェ真下からミサイルはやめろ‼　えっアトゥイなんつった？　ゴメンもっかい頼む！」

垂直ミサイルをほぼゼロ距離射撃すんじゃねぇよ、つーか今のよく避けられたな俺！　科学技術の結晶みたいなロボットゲーのくせに第六感が目覚め始めてないか？

「装甲値50％を切りました」

「思った以上に残ったな！　そろそろ頭を抜けて前に出るぞ‼」

追加された加速器があるときはこれでもかというほどのスピードで飛び回っていたサンダーバードも通常飛行はそれほどでもなく、各推進器をフルにしている今のネクストゾーンならこちらの方が数段速い。

サンダバ縦断ツアーも終わりが見えてきて、ほとんどの攻撃は後ろから飛んできている。ミサイルにロックオンされたときにはアラートが鳴るからわかるけど、機関銃やレーザーキャノンはただひたすら勘で避けなきゃいけないのでめちゃくちゃ怖いしめちゃくちゃ痛い。さっき50っつってた装甲値がもう40切ったんだけど、ここに来ていきなり削ってくるのやめてくれません？

「っしゃあ抜けたぞぉ！　そんでもってすぐに反転！」

弾丸が後方から乱れ飛ぶ中、なるべくコンパクトになるようにぐるりと前宙して半回転。百八十度ターンをした後、バンザイするように胸びれブースターを前に突き出してバック走を開始。

それではサンダーバードを正面に捉えて……はいポーズ！　いいね、いい表情だよサンダバちゃん！　その背中がバチバチしてる感じも翼から黒煙をたなびかせてる感じも、実にクールだね！

「ばっちりだアトゥイ、最高の構図で撮れたぞ。いやぁ、正面からのスクショ欲しかったんだよ」

「それが主目的だったのですか？」

「ソンナコトナイヨー、ジブンノジツリョクヲタメスタメダヨー。……冗談は置いといて、ここからが戦闘だ」

　正直ここまで来られただけでも自分を褒めてやりたいが、今までのはあくまでただの移動。ここからはこちらから攻撃を仕掛けるんだけど……わかっていたとは言え、ここ誰もいねぇなマジで。好きにやっても誰にも文句言われることが無いのはいいけど、ちょっと寂しい。

　さすがにバック走では速度が足りずにいずれぶつかるし、何より回避行動をとりにくい。空戦の基本と言えばやっぱりこれということで、大きく楕円《だえん》を描くような軌道でのヒット＆アウェイにシフトする。とりあえずここからはひたすら顔面パンチしとけばいいかな？

「アトゥイ、ミサイルだ。照準は任せたぜ？」

「お任せを。対空ミサイル【Needle fish】いつでもいけます」

「ＯＫ発射ぁ！」

　アトランティック・テクニカさん、あんたのところの武器名は相変わらずイカしてんねぇ。ミサイルにダツって名づけるのもいいけど、なにより飛翔速度の速さが最高だ。無誘導だけどサンダバくらい目標がデカければ問題ないな。

　腹部ハッチから放たれたミサイルが、吸い込まれるように一直線にサンダバの顔面へと飛んでいく。ロボゲー七不思議の一つ『どこにそんなに格納してるんだミサイル』はあと三十発あるぞ。

　ミサイルが直撃して巻き起こる煙が晴れた後には、ノーダメージの綺麗なお顔。当然と言えば当然だけど、誰も顔面パンチしてないのに俺一人で一発入れたところで特に変化はないわな。

「でもやるんだよなぁ。悪いけど俺は俺が死ぬまでお前を殴り続けるぞ。弾が尽きたら補充に行くし、やられそうなら避ける。できること全てやって、全力でお前と戦う！」

「ＬＮ：スクイッド・オーバーロードより、臨時チームの誘いが来ています。どうされますか？」

　こうしてちょっとカッコつけたところで来るよね、そういうの。今完全にいい感じに突撃する流れだったんだけどなぁ。それにしてもチームの誘いって誰だ？　なんの前置きもなくチームの誘いをぶん投げてくるあたり俺の知り合いなんだろうけど。

「スクイッド・オーバーロードねぇ……初めて聞く名前だな。……あ、わかった。アトゥイ、ＹＥＳで答えてチーム回線を繋いでくれ」

「承知しました。……回線繋がりました、どうぞ」

　ＩＲで俺と繋がりがある人という時点で相手は七人に絞られる。その中でわざわざそんな名前をレムナントにつける人間と言えば、ほぼ百パーセントあの人だ。

　レーダーを見ればチームメイトと識別された一機が近づいてくる。それもサンダーバードの方からだ。

「ヘッドだな？」

『機体名だけでわかるとはさすがだ。やはり赤信号さんで間違いなかったな』

通信機越しに聞こえてくるのは、やはり聞き覚えのある渋い男の声。初日に共に空の海を泳いだチームメイトの一人、ツナマヨ・オリジンとポッド・オブ・レッドウィル＝ヘッドを駆っていたプレイヤーのものだ。

「ダイオウイカを機体名につける人の心当たりはほかにないんで」

『この間あなたと出会ったあとに作った機体だ、いい名前だろう？　さあ、着いたぞ』

猛烈な勢いでサンダーバードを越えて現れたのは、縦に細長いミサイルのようなシルエット。まあなんと言うか名前の通りイカだ、文句のつけようのないほどに見事なイカだ。悔しいが俺の作ったタコイカ型のオクトハンズよりもずっと完成度が高い。この人、ラオシャンとＩＲをハイレベルで両立してんなぁ。

「凄い。スピードがずば抜けてるし、そのスリムなボディは弾幕回避に優れている。そしてなにより……イカだ」

『何物にも代えがたい評価をありがとう。さて、迷惑でなければ戦いを共にしても？』

特に断る理由もないし、むしろ仲間がいるのはありがたい。仲間がいるとおいそれと落ちられなくなるよね。ソロとはまた違った緊張感が生まれるっていうか。

「ただひたすらに顔面を力の限りガン殴りするだけでよければ」

『素晴らしい。つまり全力で好きにしていいということだろう？　ああそうだ、申し遅れたが私のプレイヤーネームはエンジ丸という。以降はそう呼んでほしい』

真っ赤なシャチと紫がかった深紅のダイオウイカが巨鳥を前に並び立つ。最終戦に駆けつけてくれる仲間ってのは実に良いね、否応《いやおう》なくテンションが上がる。

『しかし何だ、あなたもなかなか無茶なことをするな』

「そうかな？　……そうかも」

『そうだとも。そちらの後をついてきていたが、あのルートは下手をすれば落ちていたぞ。でもまあ、楽しかったけどね。私もなかなか操縦がうまくなっているみたいだ』

「俺もそれなりに満足できた。あとはどれだけサンダバを攻撃できるかだな」

言いながらも攻撃の手を緩めてはいない。頭部に埋め込んだ二連機銃を撃ち込みながらミサイルも放ち続ける。寄っては離れ、離れては寄ってを繰り返し、サンダバの顔面をエンジ丸さんと叩いて叩いて叩き続ける。

　スクイッド・オーバーロードは頭頂部……というか胴体先端からミサイルを、一際長い二つの触腕の先からはレーザーを放っているのが見える。十の触腕のうち、半分ほどは姿勢制御用のバーニアで、残りが攻撃用のもののようだ。ちなみに口がメインブースターになっている。まあ、ブースターを外付けにしない限りはそういう風になるよね。

『背中の光が強くなってきたか。ＥＭＰが来るかもしれない、高度を低く保とう』

「了解。アトゥイ、高度が上がりすぎたら教えてくれ」

「承知しました」

　しょせん数秒、されど数秒。完全無抵抗を晒してしまえば、ゲームオーバーの可能性は十分以上にある。時は金なりと言うが、現実であれゲームであれリアルタイムの戦いにおいて時間は何よりも重く非情なものだ。

サンダーバードよりも上に出ないように気をつけ、攻撃後は上昇ではなく下降で回避動作を取るようにする。人によって違いはあるかと思うけど、飛行タイプのレムナントは上昇よりも下降の方が難しい。

ここがちょっと自慢なんだけど、俺の作るレムナントは上昇だけでなく下向きに潜るような動作も得意なんだな。多くの推進器が必要だからだろうけど、安定して前宙ができるような機体って結構珍しいんだよね。

『その機体は水泳のクイックターンができるのか。……なるほどなるほど、尾びれ背びれ胸びれの各推進器で器用にバランスをとるものだ。背泳ぎまでできるとは恐れ入る』

実はただ飛ぶだけなら、背びれ推進器の都合で背泳ぎの方が安定するというのは秘密だ。外見重視で背中側に推進器があるけど、そんなもん腹にある方が飛びやすいに決まってるんだよなぁ。普段は胸びれと尾びれでバランスをとってるんだ。

「そっちも上下左右の違いはほとんどないと思うけど」

『その通り。空中戦で大きなアドバンテージになる』

円筒形の胴体に、その下部に円状に配置された各触腕と中心部の推進器。操縦しやすいかどうかはともかく、仰向けとうつ伏せに違いなんてないだろう。

ともかく、俺たちは弾幕が吹《ふ》き荒《すさ》ぶ中で上下どちらかへの緊急回避をたびたび強いられるサンダバ戦において、位置取りに限ってはかなり高相性のレムナントに乗っていると言っていい。火力だってSong of whaleには劣るけど、なかなかのものを積んできているんだぜ？

『……ＥＭＰが来ないな。あれだけ光っていたのに、広域回線の方にも何の影響もな——』

「ん？　エンジ丸さん、どうかしたのか？」

「広域回線、チーム回線ともに繋がりません」

何だ、ＥＭＰが発射されたのか？　エンジ丸さんもタイミングが悪いねぇ。……と思ったけど、これ違うな。ＥＭＰなら強烈な光が見えるはずなのに、たしかにそれは見えなかった。

そしてこの感じを俺は知っているぞ。これは、二日目の……！

『……なぜ？　なぜ、こうまでして戦うのですか？』

ピタリとやんだ弾幕。広くなった空の中で無線越しに話しかけてくるのは、予想通りの女性の声。今まさに目の前で巨体を誇っているサンダーバードの管制ＡＩだ。

『いつもいつも人間同士で殺し合いをしているくせに。より多くの人間を殺そうと私を作ったくせに。なのになぜ、あなたたちはみんなして私を破壊しようとするのですか？』

報酬が欲しいからだよ？　……もうちょっと真面目に答えるなら『人間とはそういうものだから』かな？　人間ってのは現状に満足することができなくて、変革と革新を求めるくせに保守的だし、未来のことを考えているようで結局やりすぎてから後悔する。

俺だって、他人と話すのが苦手でコミュニケーションそのものが嫌いだけど、青たちと遊ぶことは好きだし、完全に一人で生きていけるとは思わない。そんな矛盾の塊みたいなものなんだよ、人間って。

まあでも、それはそれでいいんじゃないか。哲学的なことを考えるほど俺の脳ミソは上等じゃないし、今この瞬間このゲームが楽しければそれでいい。

『黙って破壊されるわけにはいきません。たとえ不必要な欠陥品とみなされようと、「全てを破壊するに足る最高傑作」として生まれた以上、私はそれを存在意義と定義します』

漆黒の体表、その戦闘によって傷つき煙を上げてショートしていた場所がバチバチと火花を大きくしながら発光を始めた。やがて超巨大機を空に浮かすための膨大なエネルギーが少しずつ漏れ出て、初めは故障部位の漏電に過ぎなかったそれらはみるみるうちに稲妻となって黒の巨体を覆う。

嵐を統べる雷の霊鳥が見せるその姿に、今までどこか緩んでいた戦場の雰囲気が一瞬で様変わりする。依然として通信回線はジャックされたままだが、全プレイヤーがサンダーバードを遠巻きに囲むように距離をとった。何が起こってもいいように、俺たちも十分以上の位置に離れる。

『課せられた任務を果たすため、なによりも私が私であるために。どちらが破壊されるべき対象なのか……それを証明して見せましょう、人類』

瞬間、サンダーバードの身体を中心に大放電が巻き起こる。大放電は中途半端な距離にいたレムナントを逃がすことなく、光と轟音に呑み込まれた味方の反応を消し去った。

そんな新たな姿を見せた敵を日の前に、ようやく通信回線が戻されたようでエンジ丸さんの声が聞こえてくる。

『……どうやら通信が戻ったようだな。ふむ、ここに来て全方位攻撃とは』

「多分、これで終わりなんだろ」

『だろうな。ちょっと早いがラストフェイズというやつだ。つつがなくいけば現実時間的に……今日は無理そうだが明日の六日目には討伐されるかな』

大抵の追加要素は出てから一日二日で壊されるものが多かったし、今のサンダバはぱっと見でも無理してる感ＭＡＸだ。おそらくエンジ丸さんの言う通り、長くは持たないだろう。

「最終形態が見られてよかった」

『おや、もう満足したのかな？』

「いや？　最後の仕上げが残ってる」

『作戦は？』

「んー……【ゲームで死んでも俺が死ぬわけじゃないから】」

『聞く人が聞いたら、顔を茹《ゆ》でダコみたいにしそうな作戦だな。だがその通りだ、コンティニューとリセットができるのがゲームの特権だからな』

　ゲームによっては俺も効率を追い求めたりするけど、基本的には楽しさ重視かなぁ。デスペナが死ぬほど厳しいゲーム以外は負けて失う物ってあんまりないし。挑戦してた時間が虚無に沈んでしまうから、アホみたいにＨＰが多い冗長なだけのＲＰＧのボスはあんまり好きじゃないけど。

「言い忘れてたけど、これが五機目」

『はははは！　……マジ？　えっちょっと⁉』

　背水の陣ってやつだよ、尻に火がついてる状態ほど人間が力を発揮できるものは無いのさ。それと、やっぱりあんたボイスチェンジャーを使ったロールプレイヤーだな？　渋い親父声だけど中身はかなり若いと見たぜ。まあプレイヤーのリアル情報なんてゲームそのものになんの影響もないから、どうでもいいけど。

「あんまり近づくのは得策じゃない、か。とりあえずミサイルだ、アトゥイ！」

　おそらくあの大放電は定期的に来るはずだ。ＥＭＰもまだ残っているし、主砲もある。上と下はわざわざ行かない限り当たらないし、遠距離攻撃という人類繁栄の立役者に頼るべきだろう。そう考えると大してやることは変わんないな。

プレイヤーたちの多くはＥＭＰを警戒し、かつ腹部のレールガンに狙われないように高度をサンダーバードとほぼ同じに保ち、衝突を恐れ翼より後ろにいるようだ。それはかなり安全な位置取りだったのだろう。少なくとも、真正面にいる俺たちよりかは。

しかしそれは今までのサンダバなら、の話だ。加速器を失いほとんど水平飛行しかしないさっきまでのサンダバなら、それで間違いは無かっただろう。だが存在意義を懸けるまでになった相手は、今までとは全くの別物だ。

「その図体でバク宙⁉」

雷を纏う巨体が唸りを上げて上昇したかと思えば、そのまま一回転。今まで後方につけていたプレイヤーたちのさらに後ろをとり、呆気《あっけ》にとられ反応できなかったプレイヤーを弾幕の嵐で呑み込んだ。

サンダーバードが飛行していることを除けば今イベントの三機の中で最も与《くみ》しやすいとプレイヤーに言われるのは、位置取りによってどの攻撃が来るかが比較的わかりやすいからだ。ＥＭＰと主砲の即死武装はどちらかしか相手にしなくていいし、弾幕制圧とピンポイント狙撃の得意な方を攻めればいい。

そんな相手が自在に体の向きを変えるようになってしまった。これはつまり……。

『全身ビカビカ光っているが、腹の雷光が一際大きい。おそらく主砲が来るぞ！』

「全速力で回避ぃ‼」

ぐいっと前方に腹を向けるようにサンダバが上昇、そのまま放たれた大気を焼き尽くす轟雷が数機の味方を蒸発させた。

　そりゃバク宙ができるんなら主砲を撃つ方向だって自由自在だわなぁ！　プラズマの大きさこそちょっと小さくなってるけど、当たったら即死には変わらんだろうよ！

『しかも背中を守るためにＥＭＰも発射したそうだ！　現実的に考えるなら、あれだけのエネルギーの同時使用は不可能だと思うのだがな！』

「現実的に考えればシャチとイカは空を飛ばないってな！　都合のいいときだけ現実を持ってくるのはゲーマーの悪いところ！」

　体勢を戻した雷鳥が放つ密度を増した殺意の嵐、その真っただ中に自ら飛び込む。もうちょい様子見をしたかったけど装甲値も残り少ない。何もせずに落とされるよりは、後顧の憂いなく派手に散ってやろうじゃないか。

『それは失礼！　様式美とはわかっていても、傷つくほどに攻勢が増すというボスの特権には愚痴もこぼしたくなるものさ！』

「超難易度だろうと鬼畜設定だろうとも、それを乗り越えることができるのがプレイヤーの特権だ。負けイベとバグ以外で勝てない敵は存在しないし、なんなら勝てなくても負けじゃない！」

『その心は⁉』

「勝敗でメシを食うプロ以外、ゲームはあくまで娯楽だ！　本人が心から楽しめているのなら、たとえ百戦百敗でもそいつは勝者だよ！　エンジ丸さんならわかるだろ⁉」

　そりゃ大概は負けるより勝つ方が楽しいだろうさ。でも、常勝無敗じゃないと面白くないなんてことは無いだろう？　そうでなければ対戦ロボットゲームのＩＲにネタ機体もそれを作るプレイヤーも存在しない。

『ああ、わかるとも！　ゲームは楽しんだ者勝ちだ、だから私は今ここにいる。さあ教えてくれ、この嵐を越えた先で何をする⁉』

「デカい敵、最終局面、最後の出撃。ここまで揃ったらロボットでやることは一つだろ、パァーッと楽しもう！」

　弾幕が集中するエリアを抜ければ、サンダーバードとぶつかるまで数十秒もない。右手側の操縦桿に取り付けられた主砲のトリガーに指をかけ、ただただ真っ直ぐ疾走する。

　タイミングがいいと言おうか悪いと言おうか、サンダーバードが纏う雷光が勢いを増した。それがプラズマキャノンでもＥＭＰでも大放電でも構わない。今退《ひ》けば助かるかもしれないけど、逃げれば俺の心が負ける！

『それは主人公かそれ以外かで結末が変わるぞ！　あなたはどっちだ、赤信号さん⁉』

　ネクストゾーン・トラジエントが大顎を開き、Song of whale から換装された新たな主砲がその姿をサンダーバードへと見せつける。

　もはや噛みつくことが不可能になるほど口腔内のスペースをとる秘密兵器、その名も Submarine Volcano。総火力では最大チャージした Song of whale に及ばないが、それでもかなりの威力を誇る四連装重榴弾砲だ。

「主人公かそれ以外かだって？　そんなもん決まってる！　俺みたいなやつでも、誰だって主人公になれるのがゲームだ！」

　口腔から放たれる四つの榴弾が放物線を描く。至近距離にまで近づいていたため、榴弾が飛ぶのは僅か数秒。結局最後までついてきてくれたエンジ丸さんが持てる限りの火力を解き放っているのが視界の端に映る。

俺たちが放った最大火力が直撃し、轟音と爆炎がサンダーバードを包んで隠す。しかし俺たちはその結果を見ようとは思わない。今やるべきことは全力での撤退だからだ。特攻にしか見えなくても、半ば自爆のような形であったとしても、最後の最後まで諦めるようなことはしない。『死んでもいい』と『生き残りたい』は矛盾しない感情なんだ。

『先に言っておくぞ、赤信号さん。……またいつか、どこかの海で会おう！』

「ありがとう、またいつか！」

なぜそんな言葉を言ったのか。それは俺たちが衝突を避けるために上昇してしまった先でそれを見たからだ。

強く光る二つの三角錐が放った一瞬の閃光《せんこう》の後、ブラックアウトしたコクピットの中で三択の賭けに負けたことを悟る。その僅か三秒後、モニター類が復帰したときにはすでに風前《ふうぜん》の灯火《ともしび》。装甲値が危険域に達したことを知らせるアラームが鳴り響く中、サブモニターに表示されていた僚機の名前は暗くなっていた。

「なあアトゥイ、楽しかったな」

「はい。でも……次は勝ちましょう」

「もちろんだ」

装甲値がゼロになり、衝撃とともに視界が真っ暗になる。現れたリザルトが示す合計貢献度は１万９４００点。なんだよ、意外と顔面パンチって点数もらえるじゃんか。

ガレージに戻った俺に何も言うことは無い。ハンガーに格納された各機体を見渡して満足げに頷き、大きく息を吐いてからログアウトした。

さらばサンダーバード。この手で墜とすことはできなかったけど、この四日間楽しませてもらったよ。ありがとう。

『待ってたよ赤。ようこそ地獄へ、歓迎するよ親友《肉の盾》』

『さあこっちだ。ともに行こうぜ兄弟《弾除け》』

「お前らキャラ変わってない？」

サンダバに別れを告げ、六日目となった今日。どっちに行こうか悩んだ末に選んだナーガラージャ戦線で、俺は変わり果てた友を見た。

ナーガラージャはサンダバに比べて弾幕の密度は薄めらしいがその分一発の破壊力が凄《すさ》まじく、ガチガチに固めた重量級レムナントでも当たる物によっては数発も耐えられないという。もちろんそんなワンパン即死弾ばかりではないが、もともと軽装甲が多い飛行タイプに限ってはよほど操縦に自信が無ければただの自殺行為に変わりないという。

まあ、サンダバで回避力を鍛えられた今なら集中している限りクリーンヒットはそうそうもらわない自信はある、とりあえず出撃が一回だけというのもアレなのでネクストゾーン・トラジエントに乗ってやってきた。なお、チーム戦では補助ＡＩにしゃべられると通信がめんどくさいことになるので会話機能は切っている。すまんアトゥイ。

なお、きーちゃんは武御雷３万点を無事突破、今日はサンダバに行って最終日はこっちに合流する予定らしい。なので俺は青と茶管の三人でチームを組んでの出撃だ。相手が無限戦機とは言え初チーム戦だから、ちょっとわくわくする。

二人の搭乗機体は跳躍力に優れた逆関節脚の人型レムナント【青春十八号】と、バイク型の【凱《がい》旋《せん》】だ。名前を聞いただけでどっちがどっちの機体なのかわかるってすごいよな。

「で、ナーガラージャはどうやる感じなんだ？」

『しょうがない、僕が教えてあげるよ新入り。よーく聞くんだよ？』

一つ、正面に立ったら轢《ひ》き殺《ころ》されるからそれは無し

二つ、横に立ったらそれはそれで殺されるからそれも無し

三つ、上に陣取ると対空砲火が飛んできて死ぬからそれも無し

四つ、後ろから攻めるとなんやかんやで死ぬのでそれも無し

「いや戦えよアホンダラ！」

『えっ何か間違ってる⁉』

右側の胸びれブースターで青春十八号の頭をどつく。まさかこいつら、今日になるまでずっと逃げ回ってるだけだったのか……？　たしか昨日の時点で合計点が９０００弱って言ってたもんな。

ヤバい、十分あり得るぞ。

『おっと、俺らをチキン呼ばわりたぁ見過ごせねぇな。多少とは言え黄色い鬼軍曹の下で訓練してたんだぜ？　ずっと逃げてたとはいえ腕は上がってんだよ、お前が来たならワンチャンあるぜ』

俺が来たならというからには、何か求められる役割があるということか。なんだろう、飛行型じゃないとできないことか？

『いいかい？　ナーガの攻撃は、レーザーと機銃以外は基本的に放物線を描くタイプなんだよ。つまり、轢殺《れきさつ》を除けばむしろ密着した方が安全なんだ。それは逆に言えば近づくことがめちゃくちゃ難しいってことなんだけど』

『攻撃が前からだけでなく上からも飛んでくるってのが面倒でな。飛んできたミサイルを避けたら落ちてきた榴弾で木端微塵なんてのは、ここだと日常茶飯事なんだわ』

　特に誘導弾でもなんでもない適当にばら撒かれた榴弾というのはセンサー類も反応せず、目視でしか発見できないので鬱陶しいことこの上ないらしい。そしてこれがまた狙ったかのように隙を晒した瞬間に落ちてくるんだと。

「ふんふん。で、俺ができることは？」

『いや、だから弾除《たまよ》けだっつったろ？』

「え？」

『え？　じゃなくて、その機体だと肉の壁くらいにしかならないんだよ。蛇さんは飛行型を目の敵みたいにしてるからね。サンダーバード相手にブイブイ言わせていた赤ならある程度はいけると思うんだけど』

　そんなレベルなのか？　鳥型より蛇型の方が飛行型キラーって……ああでも、本気で対空を固めたうえで空中戦を強いてくるとかクソゲー以外の何物でもないか。それでもサンダバは大概だったと思うけど。

「つまり、俺は一機ムダにしたってことか。……適当に突っ込んで偵察して死んでくるかなぁ」

　投げやりになったわけじゃないけど、向いていない機体で戦うにはキツイ相手だし、言い方は悪いが最初の一機なんて戦場に慣れるための捨て駒みたいなもんだ。やるだけやったあとはちゃんと向いている機体で来た方がいいだろう。

『ゴメン、先に言えばよかったね』

「いいよ。サンダバとの違いってやつを味わってくる」

『待て待て待て、俺らも行くってーの。どうせ捨てた命だろ？　俺らの上で傘になってくれや』

「臆面もなく外道なことを言うなぁ……」

『使えるもんならなんだって使うさ。ダチのでも自分のでも、命を消耗品にできるのがゲームの良いところだろうが。お前らはその辺、わかってんだろ？』

当然。どれだけゲームの技術が向上してリアルに近づいてきていても、ゲームがゲームである以上それだけは変わらない。ゲームは現実とは違うということを、端的かつ究極的に表しているものがそれだ。

「ゲームにもよるけどな」

『それが最適解なら躊躇《ちゅうちょ》する理由は無いよねー』

対戦ゲームにおける真理の一つ、『死ななければ安い』。そして死にゲーの大前提である『命は投げ捨てるもの』。この二つを真に理解している限り、命の価値を見誤ることは無い。命というものは何が何でも死守すべきものであると同時に、必要なときには潔く差し出すべきものである。そして今、機体チョイスをミスっている俺の命はそこまで重くない。

「いいぞ、傘になるよ。でも、遅かったら置いていくからな」

『誰に向かって口きいてやがる。一週間前の俺らと同じにすんじゃねぇぞ、なあ青いの？』

『そうそう、今の僕らならハリウッドのカーチェイスも余裕でこなせるよ。まあ、回避と移動に集中しちゃって攻撃がおろそかになるけどね！』

つまりそれは遠くでコソコソ逃げてるか、近くで派手に逃げてるかの違いしかないのでは？

……いや、何事も為さねば成らぬと言う。見ているだけで上達できるのなら、この世に知ったかぶりという言葉は無い。回避ができないプレイヤーが十全な攻撃をできるはずも無し、まずは生き残ってからだ。

そもそも俺は自分の心配をすべきだ。傘になることを了承したとはいえ、何も黙って死ぬのが仕事というわけじゃない。次の機体のために情報を集めないとならず、そのためにはできる限り長く生き延びなければ。

「よし、いこう」

『……オメェ、号令かけたりできるようになったんだな』

『たった一言だけで成長を感じられる成人男性って、ある意味希少だよねぇ……』

故意のフレンドリーファイアができる武装って何かなかったっけなぁ。ま、なんにせよタダでやられるつもりはない。サンダバで鍛えられた腕前、とくと御覧じろってな。

「はい、そういうわけでナーガラージャ反省会を始めまーす！　特別アドバイザーにはきーちゃんさんが来てくれます。どうぞよろしくお願いします！」

リアル時間で午後三時。俺のガレージのあるちょっとしたテーブルセットに、合流したきーちゃんを加えた俺たちは着席していた。

きーちゃんは今日サンダーバードに出撃すると言っていたが、無事午前中にサンダバは撃墜されたらしい。最後には『やはり人類は度し難い……。でも、もし次があるのなら……』と言い残して爆炎とともに墜ちていったそうだ。

「なんでブルさんこんなにテンション高いんですか？」

「赤いのが思ってた以上にボッコボコにされてたからじゃねーの？　こう、自分を置いて先に行ってた友達が案外近くにいて嬉しい、みたいな」

「私も交友関係についてはどうこう言いませんけど、なんとも複雑な友情ですねぇ……」

「青も割と拗らせてる疑惑あるからな。きーちゃん以外にリアル女友達いないらしいし」

「あのツラでか⁉」

　ゲームのアバターとしてなら全く問題ないらしいけど、実はリアルの女の子が苦手なんだそうだ。詳しくは聞くつもりもないが、きーちゃんが大丈夫な理由が『彼女はロボに恋してるから』なあたり、なんとなくわかるような気がしないでもない。

　それでも女の子そのものを毛嫌いするわけでもなく、公私をちゃんと分別しているところは一個人として尊敬する。女性が苦手なのにイケメンであることを売りにしたモデルやるって、けっこうな苦行だと思うんだけどな。

「先に言っておくけど恋愛対象は女性だからね。って、そんなのはいいんだよゲームについて話そうよ」

「反省会だろ？　あれだ、赤いのがまともな陸戦機を持ってないことだな。ゲーム間違えてんじゃねーのか？」

「ウミウシが出てきたときにはさすがにびっくりしたよね。しかも火力だけは妙にあるっていう」

「もしかしてネイキッド・ギルズですか？　たしかに固定砲台としては優秀な方ですよね、見た目の割に」

「動き遅いところまで完全再現したせいで、ただの動く爆発物だったけどな」

　まあ、この件については申し開きもできない。サンダバ用に調整していたとはいえ、登録しておいた機体のほとんどが飛行型だったのはさすがにダメだった。普段上を取られることがほとんどないから、背部装甲が薄すぎて落ちてきた榴弾にワンパンKOされちった。

「俺としては二人が予想以上に粘り強くて驚いた。ホントに避けてるだけだったけど」

「操縦だけなら何とかなるんだけどよぉ。武装を選んで照準合わせてトリガー引いて……って手順が増えると処理が追いつかねぇわ」

「僕はどっちかっていうと逆かな。ある程度はついていけるようになったけど、やっぱり動き回るのは苦手だよ。腰を据えて狙撃とか待ち伏せとかの方が性に合ってるかも」

　肩をすくめる茶管と、狙撃銃のスコープを覗き込むようなジェスチャーをする青。

　いろんなゲームをそつなくこなす青だけど、ビュンビュン飛び回りながらアレしてコレしてって考えるのは比較的苦手かもしれない。そもそも瞬発力重視なゴテゴテのアクションゲーム自体が嫌いじゃないけど得意じゃない、って感じなんだよなぁ。

「練習につき合ってるときからブルさんはそんな感じでしたね。そしてちゃーさんは機動はできるけど機動戦ができない、と」

「茶管《ちゃかん》呼びは半分諦めてるけどよ、そのちゃーさんって呼び方はなんとかなんねぇのか？　気が抜けるぜ……」

「まだマシでしょ、僕なんて最初の方ブーさんだったよ。さすがにブーはモデルとしての矜持《きょうじ》が許さないよね」

「レムナントの名前はカッコいいのに、人間が相手だとテキトーなんだよなぁ……」

その後も実戦で起こったことを振り返りつつ、動き方の見直しや武装の変更案を出し合ったりしていると、ふときーちゃんが思い出したかのように口を開いた。

「私も明日はナーガラージャに出撃するんですけど、皆さんチーム組んで出撃しますか？」

「おう、俺ぁ特に予定はねーからいつでもいいぜ？」

「僕も大丈夫。赤は……学校以外の予定があるのは何年後？」

「も、もうすぐ面白そうなゲームが出るから……」

「声が震えてるよー」

うるせぇ！　健全な大学生に学校とゲーム以外の予定があるわけないだろいい加減にしろ！　予定は未定だ、俺のカレンダーには白紙という形で無限の可能性が刻まれてんだよ！

「あーさんの悲しいリアルは置いといて、ちょっとやりたいことがあるんですよね。皆さん、ちゃんとしたチーム戦をしたことは？」

「「「ない」」」

だってあれ5vs5だろ？　根本的にフレンドが三人しかいないから傭兵を雇わないと無理じゃん。あ、でもアレか、無限戦機相手なら五人以下でも出られるな。

「でしたら知らないかもですけど、チーム戦にはこういうのがありまして……」

こちらに向けられる形で開示されたきーちゃんのインターフェース。その画面に映っている映像を見終えた瞬間、男三人の口元がニタリと歪んだ。なかなか面白いものを見せてくれるじゃないの、きーちゃんさんよぉ。

「確認しますけど、これ、ストーリークリアしないと手に入りませんよ。大丈夫ですか？」

「問題ねぇよ。で、ベースは俺か？　それとも赤いのか？」

「四人でやるなら大出力機がいるんだろ、足は任せた」

「でしたら、せっかくなのでブルさんがメインやってくださいよ。一回こういうのやったことあるんでしょう？」

「僕がやったのは別世界線の話なんだよなぁ……。まあ、美味しいところをくれるのならもらうよ」

　役割分担をササッと決めてしまい、ある程度の擦り合わせをしたあとはやるべきことをやるために皆それぞれのガレージへと戻っていった。俺も与えられた役割を全うするべく、機体製作に取り掛かろう。

　必要なスペックやパーツは聞いていたのでそれらをショップで購入し、自分が今持っている設計図の中で一番近そうなものを選んで呼び出す。さすがに一から作るのは時間の問題があるのでできる限り流用だ。

「要求スペックに一番近いのは……ネクストゾーンか。いや、むしろ雛型《ひながた》にするって意味だとレッドゾーンの方がいいかな」

　それにきーちゃんを打倒するために作ったレッドゾーンが、生まれ変わってみんなと力を合わせる機体になるというのも面白いだろう。

「名前を何にするか、決めとかないとなぁ」

決戦は明日の午前九時。できるだけ早めに出撃しないと、機体をお披露目する前に向こうが沈んでいるかもしれない。休日に本気出す人もいるだろうし、サンダバが墜ちた分のプレイヤーが他二機に流れてくるしね。

何がどうなろうと明日が最終日。だったらせめて大きな花火を打ち上げましょうや。


そして迎えた無限戦機迎撃戦最終日、時刻はリアル時間で午前九時。全員がログインしていることを確かめ、きーちゃんをリーダーとしてチームを組んでナーガラージャ戦線へと出撃する。

対戦前の市街地とその周辺の荒野というバトルフィールドに下り立った俺たちは、事前の打ち合わせ通りきーちゃんが先導する陣形でマップのとある地点を目指す。

僚機としてサブモニターに映し出されている名前は【デッドゾーン】【轟震《ごうしん》】【セレスティアル】の三つ。好きなゲームからとっただけという何の捻りもない名前だけど、青にしては上等だ。

『ねぇ、その【レッドウィル・FF】のFFって何？　僕らを後ろから刺す《フレンドリーファイア》とか、そんな感じ？』

『あーさんはリアルだとアサシン的な雰囲気を醸し出してる割には結構派手好きですからね。私たちごと爆散させるとか、そんな感じじゃないですか？』

『で、それはどんな海の生き物がモチーフなんだ？』

「お前らの俺に対する評価はよくわかった」

何とかしてこいつらに吠え面かかせることができるようなゲームはないだろうか。ラオシャンだと勝てて当然みたいな反応されっからなぁ。

背負ったゴッテゴテのクソデカパーツを除けば比較的まともな人型であるセレスティアルとデッドゾーンに対して、レッドウィル・FFと轟震は異形としか言えない造形をしている。戦うことを放棄しているとまで思わせるその二機は、それぞれの役割を十全に果たすために作り上げられたものだ。

茶管の轟震はぱっと見れば八輪駆動の大型レムナントだが、実は本体はその真ん中にある人型だ。言うなれば武装が一切ない下半身だけの戦車に人型が埋め込まれているとでも表現すべきもので、そのくせ八輪はやる気無さそうにゴトゴト回っているだけでロクな速力がない。

俺のレッドウィル・FFはというと、胸びれと尾びれブースターの代わりに小型レムナントくらいあるバカみたいな大きさの推進器を身体の左右に一つずつ取り付けたもの。

しかしこのブースターも現状では火を噴くことは無く、その重量ゆえに飛ぶこともできない。そのためしかたなく取り付けた無限軌道にてノロノロと体を引きずるように動いているのが現状だ。

『まあ赤のは特に負担が大きいからね、見た目にこだわれるほどの余裕はないか』

「代わりにエネルギー出力だけならアホほどあるぞ。なんたって使う先が無いからな」

『それを空っぽにするものをこれから作るんだろーがよ。へっへっへ、腕が鳴るぜ』

時折飛んでくるミサイルなどは先導するデッドゾーンと轟震の背に乗るセレスティアルが迎撃し、ナーガラージャ本体から微妙に離れた位置にある場所を目指して、俺たちは戦場をそそくさと走る。

「青は最初から茶管の背中に乗ればよかったんじゃないのか？」

『何回か試したんだけど、二機でバランスをとるのが難しくてな。直線だけならともかく、急カーブや急ブレーキを入れるとすぐに青いのが吹っ飛んじまうんだわ。その他のギミックも封印安定になっちまうしな』

『バイクじゃなくて自動車型なら結構いい感じだったんだよ。でも結局与ダメスコア稼げるのが僕だけになっちゃうし、不公平かなって』

『俺ぁ別に構わねぇっつったんだけどな。自作ビークルで戦場を走り回れるってところに魅力感じてこのゲームやってんだからよ』

そういえば茶管のホームとなるゲームは知らないな。レースゲーが一番得意、むしろスピードが重要項目になる物ならなんでもやるらしく、二人乗りメインのゲームがあったらバディ組もうぜと言われたことがあったなぁ。

敵から距離をとっていることと優秀すぎる自動迎撃装置《きーちゃん》のおかげでピクニック感覚で駄弁りながら移動をしているけど、遠くの方ではそれはもう修羅場ってる。広域回線が阿鼻叫喚の渦なのはいつも通りとして、プレイヤーを原料にした薄汚い花火がいたるところで弾けまくっている。

まあ、フレンドでもない他プレイヤーの生死なんぞそこまで重要なことじゃない。そう思えるくらいにはこの一週間で爆発する機体を何度も見てきたし、自分自身も爆発してきた。今はただ自分の目的のために進むのみ、だ。

『このあたりが目的地ですね。それじゃあ始めましょうか』

『『「おいーっす！」』』

やることは単純だ。まず俺が茶管の上、そのお尻の方に乗る。そして次に青ときーちゃんがその上に前後並んで乗る。そしてコンソールのサブモニターに浮かび上がった『Docking』の文字を押す。たったこれだけである。

しかし、一見簡単に見えるこの作業だが適当にやっていいものではないんだな。なにせ乗る場所や前後左右を間違えると、とてもとても悲しいことになってしまうからだ。

ついでに言うとドッキングそのものはウイーンガション、ガッチャン、ズゴゴゴで終わるけど、その後のシステム認証と各機体の同調にかなりの時間がかかる。どれくらいかというと、通常戦闘でこんなものを起動しようものなら速攻で飛んできた敵に死ぬまで殴り続けられるくらいと言えばいいか。

しかもドッキング中は一切ほかの操作を受け付けない。だからひーひー言いながら巨体を引きずってナーガラージャの戦闘域からできるだけ遠ざかったここまで来たのだ。

「俺が友達と合体ロボを作る日が来るとはなぁ……」

なかなか進まない機体間の同調率を示すバーを眺めながら、ぽつりと言葉をこぼす。本当に何の気なしに現実と現状を再確認するかのような、そんな言葉。

『僕もそうさ。フレンドはたくさんいても友達なんてほとんどいなかった』

『こんな感じの話、前もしませんでしたっけ?』

『ダチなんて数じゃねぇだろ。互いになんかあったときに体張って助け合えるかどうかだ。ダチの多さを自慢するやつは、その時点でダチを人じゃなくて数としか見てねーのさ』

そんな言葉に、いくつかの返事があることがただただ嬉しい。以前の俺なら、独り言に返事が来ることなんてなかった。

そう、今の俺は以前の俺とは違う。時間が許す限り全力を懸けてこのレッドウィル・FFを仕上げてきた。一人でプレイするのならまず作らない、パーツとなるためだけの機体。ただひたすらにエネルギーを生産することだけを考えて組み上げた、一機だけでは何もできない特化機という名のでくのぼう。

『システムリンク完了だね。それじゃあ、ちょっとカッコつけていこうかな？　メインウェポン担当セレスティアル、ブルマンだ。準備万端、いつでもいけるよ。みんなはどうだい？』

　わざと気取ったような口ぶりで、青が出撃前口上の口火を切った。妙に手慣れた感のある言い方だけど、そういやこいつ別のゲームでは大手ギルドのトップみたいなもんだったな。

『サブウェポン担当デッドゾーン、クチナシです。迎撃はお任せを。大暴れしてやりましょう』

『足回りを担当する轟震の茶管だ。派手に行くぜ、舌ぁ噛むんじゃねーぞ？』

　くすくすと笑いながらきーちゃんが、自信たっぷりに茶管が、それぞれ名乗りを上げる。

　そして俺の番だが、言えることは一つだけだ。俺が言いたいことは、ゲームに望むことはいつだって一つだから。

「エネルギー生産とメインブースター担当、レッドウィル・FF、赤信号。……全力で楽しもう。いくぞ、みんな！」

『『『おう！』』』

　機体間の同調が終わり、今ここに四機のレムナントが一つとなった。ここに至るまでただのデッドウエイトでしかなかった大型パーツたちが正しく機体の一部として動き出し、秘めていた力を解放する。

蒼天《そうてん》を衝く弩級の双砲が威容を誇り、いくつもの砲身を連ね束ねる警戒色の副砲群が牙を剝く。大地の力強さを示すかのごとき逞しい八輪が戦場に轍を刻み、莫大なエネルギーが爆風となって真紅の推進器から吹き荒れる。

巨大かつ凶悪。四機が組み合わさってできた戦車のような機体は目覚めるまでの沈黙が嘘だったかのようにその存在を見せつけながら、いまだ脅威であり続ける無限戦機の竜王へと走りだす。

これこそがチーム戦専用合体武装【バスターパッケージ】。それぞれが一機ではなんの効力もないパッケージをチームで複数持ち寄り、組み合わせることで規格外のスペックを叩き出す超兵器へと変化する特殊武装だ。

もともとは合体ロボが作りたいというユーザーからの熱い要望を受けて試行錯誤した運営が『好きにやらせたらどうせとんでもない物になる』という考えをベースにして、『だったらこっちが規格を統一してしまえばいい』という結論に至って実装されたという武装群らしい。

ゆえにバスターパッケージを使うにはその要求に見合った機体を作らなければならないし、そもそも合体機構を邪魔するような造形のレムナントは作ることができない。どのパッケージを組み合わせるかで最終的なスペックが決まり、同じパッケージを使用するのなら外見に大差はなくなる。

最低二機、最高五機で合体することができ、いずれにせよ高いスペックを誇るが例外なくエネルギー消費量が凄まじい。普通の機体に搭載してただ組み上げるだけでは十全には動かない困ったちゃんなので、基本的に合体するレムナントの数機は高出力機であることが求められる。

そのために作り上げたのがこの機体。攻撃の手段を捨てて、並の機体の三倍近いエネルギー供給量を誇る真紅のでくのぼう。一人では何もできない代わりに、その全機能を仲間のためだけに使うという決意の表明。

【レッドウィル・For Friends《赤き意志は友のために》】

さあ出撃だ、お前らの背中は俺が押してやる。存分に暴れろ、仲間たちよ。

『はーはっはっはっは‼　これだこれだ、俺が求めていたものは！　正面以外の景色が早送りで後ろへ流れていくこの感覚！　肌で風を感じれねぇのはちと残念だが、こんだけデケェもんぶん回させてもらってんだ、その快感でチャラにしてやんよぉ‼』

激進、猛進、爆進。朽ちかけた旧市街地というフィールドの道路を剝ぎ取らんばかりに八輪に唸りを上げさせ、呆けたようにこちらを眺める他プレイヤーを置き去りにしながらナーガラージャへと進撃する。

足回りを担当している茶管はその速度とスリルにご満悦のようだが、全体にいきわたらせるエネルギー供給量を制御しているこちらからすれば、まだまだこんなものじゃないということがわかっている。ゆえに煽る。文字通り火に油を注ぎ込んでいく。

「どうした茶管、全体エネルギーの半分以上をお前に回したのにエネルギーがダダ余りだぞ。きーちゃんの方にもうちょっと回していいか？」

『バッカお前、今からカッ飛ぶに決まってんだろぉーがよ！　試運転終わっていい感じにノってきてんだ、俺の燃料減らしたらぶっ飛ばすぞ！』

言うが早いか体をパイロットシートに押し付けるGが増加する。巨大ブースターを吹かして得た推力にものを言わせ、バスターパッケージの巨体が猛烈な勢いで加速する。

目まぐるしく変化する景色の中で、飛来するミサイルの類は全てきーちゃんが副砲群を使って叩き落とす。まるで見えないバリアでも張っているかのように、一定の距離まで近づいた弾頭が撃ち抜かれて炎の大輪を咲かせるのは見ていてスカッとするしゾッとする。

『ちゃーさんの運転テクが割とすごいですからね。予想よりもずっと負担が少なくて助かります』

だとしても、暴れまわる土台の上でミサイルを撃ち落とすこと自体は自前の技術であることに変わりない。一回二回ならやってやれないこともないかもしれないが、それをミスなく続けるというのは俺には難しい、というより無理。

『おうおう、奴《やっこ》さんが見えてきたぞテメェら！　一発デケェご挨拶といこうぜ、準備始めろや青いの！』

「ハズしたら向こう一ヵ月くらい呼び名が【役立たず】になるからな」

『そこは【穀潰し】じゃね？』

『【デッドウエイト】とかも素敵だと思いますよ』

『プレッシャーを与えていくスタイルは好きじゃないしむしろ嫌いだよ……！　茶管お願いだから絶対当てられるくらいの距離まで近づいて!?』

うまいことブチ当てたら大量得点が約束されたようなもんだから当然だよなぁ？　つーかいくら高速移動してるとは言え、全長二キロのナーガラージャに当てられなかったらむしろ奇跡だぞ。

蛇という生き物は地を這って進む。そんな生き物をモチーフにして創られたナーガラージャも、もちろん地を這って進む。

ただし『地を這う』という言葉が持つなんとなく遅いというイメージとは真逆に、暴走列車というのも生温《なまぬる》い速度で縦横無尽に戦場を駆け巡る全長二キロの装甲兵器、それがナーガラージャだ。

全身が武装コンテナとなっているナーガラージャは常に体のいたるところからミサイルだの榴弾だの焼夷弾だのを打ち上げ撒き散らしながら、焦土となった戦場を我が物顔で走り続ける。まあ焦土っつってもゲームなので、破壊不可能オブジェクトである朽ち果てた街並みは見た目詐欺だろと言いたくなるほどピンピンしているわけだけど。

まともに並走しようとしたら超高速軽量機でもない限り不可能であるナーガラージャだが、その長すぎる身体のため真横からなら撃ちたい放題と言っていい。大概は射程圏に入る前に雨霰《あめあられ》と降り注ぐ攻撃にスクラップにされるが。

『迎撃に専念する人がいるだけで、こんなに快適になるもんなんだねぇ……』

「その迎撃手がこのゲームで指折りのプレイヤーだから、だけどな」

『もー、褒めても弾丸とレーザーくらいしか出ませんよぅ？』

嗚呼《ああ》、また一つ哀れな榴弾が虚空で爆散した。ていうかさ、ある程度大きいミサイルなら俺でもできるかもだけど、ギリギリ目視できる程度の大きさしかない榴弾を撃ち落とせるってヤバくね？　通常機の数倍は太いバスターパッケージのスーパーレーザーライフルだからって、そうそう普通の人はできないと思うんだ。

『さぁていよいよだ、竜王様とランデブーといこうじゃねぇか！　気合入ってっか、テメェら⁉　おっと返事は要らねぇぞする暇もねぇけどなぁ‼』

ドギャギャギャギャギャ‼　と派手な音を鳴らしながら無理やりのドリフトを敢行した茶管。八輪が弧を描き、はたしてバスターパッケージの巨体はさほども速度を落とすことなく、機体二つ分ほどの距離を保ってナーガラージャに並走する形となる。

細長い蛇型とは言え、そこは流石の無限戦機。高さ二十メートル近い俺たちの機体よりもやや低いだけで太さも同じだけあるナーガラージャは、こうやって並んでみるとまるで万里の長城が高速でスライド移動しているかのようだ。この高速移動にピタリと同速度で並走できるというのは、やはりバスターパッケージが規格外武装であることと茶管の優れた操縦技術があってこそ。

側面に取り付けられた機銃やらレーザーやらが襲い掛かってくるが、致命的なものは急加速や減速で躱し、どうでもいいものは合体して増加した装甲値を頼りにあえて受け止める。

ここに至っては今まで迎撃に専念していたきーちゃんも本体への攻撃にシフトし、残弾を持つのはレムナント乗りの恥と言わんばかりに撃って撃って撃ちまくる。

副砲とは言え通常のそれよりもずっとずっと強力なレーザーライフルとマシンキャノンが、間断なくナーガラージャの胴体へと叩き込まれる。こちらの限界が来るまでに一撃でも、一発でも多くの攻撃を放たなければならない。

そして、巨体のバスターパッケージにあってなお目を引く、巨大な空色の主砲がついに動く。

『お待たせ、みんな。主砲のチャージが終わったよ、いつでもいけるけどその前にいいかい？』

「どうした、何か問題あったか？」

『いや、僕が選んだこれなんだけどさ……すっごい迷惑になると思うんだよね、ほかのプレイヤーにとって。フレンドリーファイアがないから別にいいっちゃいいんだろうけど、少なくとも視界はつぶれるよね、と』

たしかに。事前に見た動画で流されていた、冗談半分で言ったそれを青が本当に担いできたと知ったとき、きーちゃんですら苦笑いせざるを得なかったほどのトンデモ武装だ。俺が初日にSong of whaleをぶっ放したことへの対抗みたいなもんだと言っていたけど。

『バスターパッケージで爆走しながら何をいまさらって感じでもありますけど、たしかに実害が出るのはマズいかもですね……』

『かーっ！　ここまでやっといてメイン無しって、そりゃねぇぜ!?』

『だから任せて、僕はこれでも別のゲームでは人の上に立つ立場でね。こういうのは慣れてるんだ。この手のは謝るのでも無視するのでもないんだ、まあ見てなって』

　得意げに俺たちに黙っているようにと言い含め、青が広域回線に切り替えた無線に向かって話し出す。

『やあ、広域回線にて失礼。ただいまバスターパッケージでいい空気吸ってる者だけど、ちょっと話を聞いてほしい。……これ、超楽しいよ。ストーリーをクリアするだけで息が上がってた僕みたいなのでも、こうやって無限戦機と並走カマせるんだからね』

　俺がなんとなく懐かしさを感じながらその演説を聞いていると、広域回線はにわかにざわめく。まあ、何をいきなり自分語りしてんだよと見ず知らずのプレイヤーたちは思うだろう。

『もちろんこれは操縦が得意な友人のおかげだ、僕の手柄じゃない。だからこそ、僕は自慢したいんだ。この無限戦機迎撃戦というポイントを取ることが主目的のイベント、しかもその最終日にポイントにならないパッケージを快く担いでくれた仲間がいるということを!!』

　そう、バスターパッケージとして合体しても、与ダメ貢献度が入るのは攻撃用武装を担いできたプレイヤーだけだ。そういう仕様になってしまっているせいで、バスターパッケージを無限戦機迎撃戦で使用するプレイヤーは少ない。というかほとんどいない。

それぞれ得手不得手がある以上、交代の持ち回りでやったら絶対に得点にムラが出る。特に生存時間に直結する足回りがうまいか下手かでかなり違いが出るはずだ。茶管みたいに操縦技術は秀でていても攻撃が苦手というプレイヤーは不公平を感じることも多いだろう。

『たとえイベントが終わってポイントが目標に届かなくても、後悔はしない。君たちはどうだい？　やり残したことは？　遠慮してしまったことは？　こうしたかったけどポイントにならないからと諦めてしまったことは無いのかい？』

　広域回線から、そんなもんあるに決まってる、やりたかったことはいくつもある、という声がいくつも聞こえた。

　そうだろうな。効率的な点数稼ぎのために趣味じゃない機体を組まざるを得なかった人だっているだろう。合体をしたくてもポイントの仕様のせいで二の足を踏む人は多かっただろう。やれるのならやってみたかった、という人はきっと多いはずだ。

『誰が何と言おうと、今の僕は心の底から楽しんでいる。その証《あかし》にでっかい花火を打ち上げよう。さあ巻き込まれたくなかったら逃げ出しな、弩級揃いのバスターパッケージにおいて単発火力最強を誇る星の輝きのお出ましだ！』

　蒼き砲身に溜め込まれたエネルギーがスパークを起こす中、その大きすぎる対のバレルに比すれば小さな弾丸が二発同時に放たれ――

『この一撃がもたらす眩さが、僕の楽しさを表している!!　……あとやっぱり謝っとくね視界つぶしてごめんなさぁぁぁぁああい!!』

――着弾と同時に白い光が広がった。

スーパーノヴァ……？　と唖然《あぜん》とした声が広域回線から聞こえる中、ナーガラージャも他プレイヤーも、もちろん俺たち自身も含めた周囲の全てが爆風と閃光に包まれる。

　バスターパッケージ№・18　戦術核弾頭【Supernova】

　青が選んだ、規格外武装たるバスターパッケージの中でもなお特異な武装。たった一度しか撃てない代わりに最大連結したバスターパッケージすら一撃で葬れるほどの攻撃力を持つという、火力に全てを捧げた、ロマン砲を超えた夢想砲。

　しっかりと敵機に着弾しなければ不発扱いとなって爆風すら出ない超シビアな核弾頭であるSupernovaだが、的がこれだけデカけりゃ誰だって当てられる。当たらなければ発生しない爆風はその身体を大きく膨らまして全てを呑み込み、白い白い光で包み込んでしまった。

　フレンドリーファイアが有るルールなら絶対に非難の嵐である大きな大きな爆風は、同じく大きな大きな身体を持つナーガラージャの三分の一近くを破壊して、破壊して、破壊しつくす。

　ゲームである都合上粉微塵になったりせずに原形をとどめてはいるものの、爆風が巻き上げた砂《さ》塵《じん》が収まった頃、竜王は隠しきれないダメージを負い各所から黒煙を噴き上げ立ち止まっていた。

『っしゃオラァァ!!　当てた当てた、無事着弾したよ！　ねぇ僕の雄姿ちゃんと見てた!?　やっばいこれ病みつきになりそう、超気持ちいぃぃぃいい!!』

『話には聞いてましたけど、本当に大量殺戮兵器が好きなんですねぇブルさんって』

「とあるゲームを【衛星砲時々核弾頭、ところにより十字軍、局所的に赤備えとなるでしょう】なんて天気模様にした張本人だからな」

『ＩＲにも核の雨を降らせるなんてなぁ流石の核爆弾魔だぜ』

『違いますぅー、核爆弾魔じゃなくてサテライトキャノンですぅー。しかも僕は一発しか撃ってませぇーん』

テンション高くなるのはいいが、弾が無くなった砲塔はもはやただのデカい筒。もう仕事がないんならシートベルト着用の上お口チャックして座席にお座りください。だいたいほぼゼロ距離と言っていいところからデカブツ相手に当てて無事着弾とか言ってるんじゃないよ。

ちなみにバスターパッケージの分離は一機ずつではできず、いっせーのーで、全機バラバラになるしかない。しかもそのパージには一分近くかかるときたもんだ。ゆえにとりあえずで青をパージすることなんて手段が取れないんだな。

何のかんのと言いつつ装甲値もそれなりに削られてきているし、きーちゃんの方も実弾銃は残弾が少なくなっている。今回はこのまま撃ち切るか死ぬまで戦おう、どうせ分離したところでみんなまともに戦えるような機体じゃないというのもある。

とにかく、絶対にSupernovaを外さないように危険を冒していたが、もうここに用はない。主砲よりも射程が短い副砲群でもきーちゃんの腕なら多少離れたところで青の数倍は命中率が高いしね。それに大ダメージを受けて立ち止まったボスなんて、いやな予感しかしないだろう？

『フ、フフ……フハハハハ!!　良い、実に良いぞ人類！　そうだとも、貴様らはそうでなくてはならん！　それでこそ我が創造主、それでこそ我が好敵手！　……これだからやめられぬ！　やはり人類と戦うのは面白い!!』

案の定というべきか。そんで君ってそんな感じのキャラなんだ。やっぱり無限戦機はみんなしゃべるんだな、武御雷の声ってどんなのだったんだろう？

『さあ、これにて正真正銘最後である。この竜王たる我を見事撃ち破ってみせよ、人類‼』

その言葉と同時に、ナーガラージャの表面にいくつもの線が縦横無尽に走る。

何をするのかと身構える前にそれは起こった。古来蛇が長寿や不死のシンボルとされてきた所以たる脱皮がごとく、竜王はその装甲をパージして……百の子機へと分離した。

その場にいたプレイヤー全員が呆気にとられているうちに、百機はそれぞれてんでバラバラの方向に走り出し、あっという間に戦場全域へと散らばってしまった。

『オイオイオイオイ、これってもしかしてよぉ……』

『嘘だと言ってよ、今日でイベント終了だよ？』

『ふっ、ふふふ。ファイナルステージでこれですか……さすがですよ、まったく』

「やっぱり百機全部落とさないとダメな感じ……？」

何とも言えない雰囲気に満たされる中、広域回線から高笑いが響く。

『フハハハハ！　百に分かれしこの身体、その全てが我である！　一つでも見逃そうものならば、竜王は再び舞い戻ると知るがいい‼』

………………

…………

……

『『「ぶっ飛ばすぞクソ運営ぃぃぃ‼」』』

巨大メカに核弾頭ぶち込んだら百機に分裂してモグラ叩きが始まったでござる。何を言ってるのかわからねーと思うが、俺自身何を言っているのかわかっていないから安心してほしい。ただ目の前の光景とそうなった経緯を言葉にするとこうなってしまうから、しかたがないと諦めてくれると大変嬉しい。

『どーすんだよ、これ』

『どうするもこうするもないでしょう。こればっかりは虱潰しに叩くしか』

『装甲をパージしてたから、そこまで一機当たりの耐久はない……といいなぁ』

兎《と》にも角《かく》にも、俺たちが今しなければならないことはたった一つ。爆発物を垂れ流しながらガン逃げする蛇どもを片っ端からつぶして回る、それだけだ。

蜘蛛《くも》の子を散らすかのように……散ったのは蛇の子なんだがそれは置いとき、フィールドに分散してしてしまったナーガたちのそれぞれの大きさは大型レムナント程度。少なくともこの四機連結したバスターパッケージよりは小さい。

「動こう、できることがある。青、お前にもだ」

『残弾が無くなって役立たずの穀潰しでデッドウエイトな僕にも？』

「ある。たしかにお前は役立たずで穀潰しでデッドウエイトで面だけ人間で汚い花火の原料かもしれないけど、それは今じゃない」

『いつも無口なくせに一言二言多くない？』

普段はもっとしゃべれと言うくせに、人がサービス精神を出したらしゃべるなという。何なんだお前は、俺の親友だお前は。

『おう、青いのはともかくこのデカブツで何すんだ？　とっとと補給地点まで戻ってバラけて機体変えた方がいいんじゃねーのか？』

「いや。デカブツはデカブツの仕事がある。それに……暴れ足りないだろ？」

せっかく合体したバスターパッケージだ、途中で分離はもったいないし締まらない。敵より身体が大きくなったんだしな、やれることは多いに決まっている。

『貢献度度外視でバスターパッケージを担いできたんです、暴れ足りないのは当然ですよ。それで、その仕事とやらをお聞きしてもいいですか？　あーさん』

「協力しよう。そういうイベントだろ、これは」


『クソックソッ！　小型になっても速さが変わらないなんて！　大型狙いの武装で来たから弾が思うように当たらない!?』

『だったら当てさせてやるよォォォ!!』

大型の金属塊同士が猛烈な勢いでぶつかり合うド派手な音をまき散らし、今まさにとあるプレイヤーを轢き殺そうとしていたナーガの横っ面に全速力でぶちかます。

体当たり。それは基本にして最大の攻撃。

事前に調べた感じだと残念ながらこの行動では貢献度はもらえないっぽいが、ポイントの神がそっぽを向いていても物理エンジンの神は微笑《ほほえ》んでいる。何よりも重量と速さが物を言う体当たりにおいて、ナーガラージャが分裂した今、この戦場で俺たちに勝てる者はいないのだ。

そして吹っ飛ばされるという想定外の状況に体勢を崩したナーガを、今度は正面から押さえつける。ある程度動く青の対の砲塔が挟み込むようにして左右を制し、ブースターを解き放って無限戦機の一欠片《かけら》と真っ向から力比べをする。

『ボケッとしてんじゃねぇぞそこのお前ぇ！　何のために俺らがバスターパッケージまで持ち出してクソ蛇押さえ込んでると思ってやがる！　ライフルを握れ、ブレードを振れ!!　アクセル全開にしてとっとと動け、点数の稼ぎどころだろうがぁぁああ!!』

『!?　あ、ああ、スマン！』

　テンションがMAXになって口調の荒さも上がり調子の茶管が吼《ほ》える吼える。声にドスが利いてますなぁ。茶管って基本的に気のいい兄ちゃんだけど、こうしてるとやっぱヤンキーか暴走族にしか見えないな。

　広域回線で大声で吼えたのもあって、まあめちゃくちゃ目立つ俺らの周りにプレイヤーが五人六人と集まってくる。そしてその目の前にはガッツリ押さえ込まれて動けないナーガ。

　とくれば、その先は一つ。そうだね、集団暴行だね。控えめに言ってちょっと絵面が酷いね。

『バスパケのあんたら、ありがたいけどよ……なんで点数にもならないことを？』

　哀れなナーガを取り囲んで殴りまくるレムナントの一機から、困惑したような通信が飛んでくる。まあね、俺らがやってることって一切俺らの得にならないことだからな。

　生存しているだけで得点がもらえるとはいえ、せっかくのバスターパッケージで自ら攻撃せずに壁役となる。こんな他人に得点を献上するために早死にするようなこと、まず率先してやるやつはいないだろう。

『命かけてる系の人にはアレだけど、やっぱ楽しめるのが一番だと思うし』

『まあ、メインターゲットの無限戦機の得点は取っていますしね。効率度外視も悪くはありません』

『淡々と得点稼ぐだけの祭りじゃあ地味じゃねぇか、派手に行こうぜ』

「なにより、このイベントはプレイヤー協力イベントだ」

初日のサンダバ戦。俺は海洋生物部の皆に窮地を救われたばかりか、俺の一撃が最も重いと知った彼らは何の得にもならないというのにその身を盾にしてチャージ中の俺を守ってくれた。

でも、そんな彼らはすごく楽しそうで。そして、エンジ丸さんと二人でサンダバの真正面で戦い敗けたあのときも、それでも俺はたしかに楽しかった。

俺が言うのもなんだけど、協力するというのは楽しいものだ。

とっておきのレムナントを並べ、カッコつけた口上を述べて、仲間のために体を張って。たしかにそれは自分の点数にはならないかもしれないけど、何にも代えがたい楽しさがあるんだ。

もちろん、ひたすらハイスコアを目指し戦うのも同じくらい素晴らしい。個人の頑張りや実力がダイレクトにわかるポイント制のこのイベントは、自分の成長を感じるのにはもってこいだろう。

つまるところ、楽しみ方は人それぞれ。目的が点数を稼ぐイベントだとしても、点数を稼がなくてはならないイベントではないから。だから、こういうことをするプレイヤーがいてもいいんじゃないかな。

しかし体格と重量で勝っていても完全に押さえ込めるというわけではないのがゲームのボス。八輪と推進器の移動用パッケージを二つ組み込んだこの機体をしてもなお、正面からではジリジリと押されてしまう。

『おい赤いの！　足回りにエネルギー回せ、弾かれっぞ!?』

「もうすでにギリギリの微調整をしてる！　とっくにきーちゃんの分はゼロだし、青のはこれ以上減らすと横に逃げられる！」

　レッドウィル・ＦＦのジェネレータを全力駆動してもなお、消費に対するエネルギー生産が少しずつ間に合わなくなってきているのがわかる。一度で仕留め切れると思ってはいなかったが、それにしてもなんちゅう出力してんだクソ蛇てめコノヤロー。どんなジェネレータと足回り搭載してやがる、俺によこせそれ！

　目減りしていくエネルギーゲージを睨《にら》みつけるが、当然そんなことをしても減るスピードが遅くなったりはしない。ごまかしながらの押し合いの天秤《てんびん》はやがてナーガの方へと傾き、ギリギリの拮抗状態が崩れていく音が聞こえる。

『そろそろ限界です、攻撃中のプレイヤーは離れて！　ナーガが動き出します、ブルさんもタイミングよく放さないと持っていかれますよ!!』

『本当にシビアだねこのゲームは！　失敗する自信あるから、きーちゃんタイミング教えて！』

『では2……1……』

『速い速い速い!?』

「エネルギーが足りない！　吹ッ飛ばされる!!」

　これがレイドボスとプレイヤーの差だと言うように、ついに蛇が動き出す。押さえつけるためのエネルギーが不足し力が抜けたバスターパッケージを振りほどき弾き飛ばし、土産とばかりに爆裂榴弾を俺たちに叩き込んだナーガは脱兎《だっと》のごとく逃げ出した。

　完全にエンプティになったわけではないので推進器を吹かすことで無様に転がりはしなかったけど、再確保が不可能なレベルで取り逃してしまったのは痛い。つーか分裂したナーガ逃げ足速くね？

『エネルギー回復までにどれくらいかかるの？』

「レッドウィル・ＦＦを舐めるな。静止状態なら三十秒でフルチャージだ」

『あーさんの機体って出力おかしいの多いですよね』

そういう機体を作るハメになったのは元をたどれば君のせいなんですけどね、お嬢さん。個性が付いたと思えば悪いことじゃないし、高出力機はそれなりに馴染《なじ》むからいいけど。

『バスパケの人たち、装甲値は大丈夫なのか……？』

『今の私たちが大丈夫に見えるのならアリーナで五十戦くらいして観察眼を養ってきた方がいいですよ。……冗談です、装甲値は三分の一切ってますけど動きますよ』

『エネルギーもほぼ全快、次の獲物に向けてまっしぐらだぜ！』

押さえつけていたナーガへの攻撃に参加していたプレイヤーが心配してくれるが、ここまで来たら中破も大破も変わりはしない。動くなら前に進み、撃てるなら攻撃する。損害の大小なんて現実じゃあるまいし、一プレイヤーの生き死になんぞコラテラルダメージにすぎないのだ。必要なら死ねばいいし死ななくていいなら死ぬまで生きればいい。

時間は有限だ、態勢は整ったし次に行こう。若干きーちゃんが暇そうだけど、まあそれはそういうバスパケを選んでしまった運の無さを恨んでくれ。むしろ代わってくれるんなら代わってほしいんだけど。

『ダァァァイナミィッック……エントリィィィ!!　はっはっは、この体当たりにも慣れたもんだぜ!!』

「だいぶガタが来てるから、そろそろ死にそうだけどな」

幾度目かの体当たりと、それと同じ数の押さえ込み。すっかり慣れて軽口を叩けるほどだが機体のコンディションはよろしくない。拘束を振りほどかれる度に少なくないダメージを負った俺たちの装甲値は、もはや風前の灯火と言って差し支えない。おそらくこれがラストアタックになるだろう。

回を重ねるごとに拘束時間は減っていくけど、攻撃してくれるプレイヤーたちが慣れてくれたおかげで時間当たりの火力そのものは上がってきているはずだ。

『こんだけいい空気吸ってんだ、死んで上等じゃねぇか。せこせこ隠れて生きるより、男は派手に駆け抜けてこそだろうがよ！』

『可愛い可愛い女の子もここにいますよ？』

『生物分類学上そうだとしても、硝煙の匂いしかしない君を女の子にカテゴライズするのは、女子力という言葉に対する宣戦布告だと思うんだよね』

きーちゃんも見てくれだけならめちゃくちゃ可愛い女の子なんだけど、それを忘れさせてくれるＩＲはすごいよな。どんだけリアルで美少女でもお付き合いしたいとかそういう欲求が全然生まれねぇもん。

ギチギチミシミシといやな音を立てながらナーガを押さえる俺たち。もはや拮抗状態とは言えないそれは、必死になって縋りついているようにも見える情けないものだ。

しかし、みっともなかろうが何だろうが俺たちはやらねばならない。なぜって？　うん、それはね……。

『殴れ殴れ、撃て撃て撃て！　盾になってくれてる人たちに感謝の気持ちがあるなら、少しでも多く削れぇ！』

『ボロボロになっても前に出るカッケェ人たちを無駄死にさせたら男じゃねぇ！　ありったけの火力ぶつけろやぁ!!』

『あークソ、俺もバスパケ担いでいい空気吸いてぇなチクショウ！　でも今日はうまい空気製造機になってやるよぉ！』

　と、まあ攻撃役のプレイヤーたちが大盛り上がりしてまして。最初からそのつもりだったけど、こりゃもうやるしかないでしょう。最後の力を振り絞って、大破爆発ゲームオーバーまで全力でナーガを通せんぼしてやろう。

　すでに最後の力を絞り切って空っ欠になるまで秒読み状態だとしても、いやだからこそ最後まで気を抜くことなく自分たちの仕事を全うする。それが役割を担ったプレイヤーの責任であり矜持だ。

「カッコよく吹っ飛ぶ準備はできたか？」

『任せろ、芸術点十点満点取ってやんよ』

『この間違った主砲の使い方ともさよならかぁ。やっと慣れてきたんだけどね』

『ぶっちゃけ私めっちゃ暇なんですよね。一応観測手もどきみたいにタイミング計る係やってますけど』

「んじゃ、ラスト一発ぶちかまして果てるか！」

踏ん張る八輪と左右を押さえる双主砲に回していたエネルギーをゼロにして、瞬時に推進器へと振り直し全力解放。真紅の加速器が唸りを上げ、四機連結の巨体を浮かすほどの爆風が生まれる。大質量の機体そのものを砲弾とする体当たりをもって我ら最後の攻撃とする。正真正銘全力を使い切っての一撃はナーガに衝撃を与え、ほんの一瞬の隙を生み出した。

たかが一瞬、されど一瞬。

取るにとらない悪足掻きがもたらした僅かばかりの時間は、決して無駄な時間じゃない。俺たちに榴弾を叩き込む前にナーガよ、お前はとっとと逃げるべきだったんだ。

『遅れてスマン、第二陣の到着だ。その役目、引き継がせてもらおう！』

『あんたらがバスパケなら押さえられることと、祭りの楽しみ方を教えてくれたからな』

『ああそうだ、ポイントが不味《まず》くてもこれほど美味しい立ち位置はない』

『きっちりしっかり最大連結で来たからよ。ふふん、貢献度のことなんて忘れちまったぜ』

『あとは俺たちに任せてくれ、兄弟‼』

轟音を響かせて駆けつけたプレイヤー最大戦力《バスパケ五機連結》がナーガを取り押さえる。それはおそらく俺たちのように前日に相談して突貫作業で作り上げたようなものではない。きちんと組みあがった後の機体バランスや統一されたカラーリングからして、ずっと前から用意していた物なんだろう。

装甲値がゼロとなり大爆発が起きる。機体選択ハンガーへと戻されるまでのほんの僅かな時間、モニターに映る炎と煙の向こうに立つ彼らにサムズアップとエールを送ろう。

「任せた、兄弟」

「終わった」

「終わったよ」

「終わりましたね」

「終わったな」

　イベント終了予定時刻の四時間前、ついに最後の無限戦機ナーガラージャが陥落したことで一週間に及ぶ無限戦機迎撃戦は終了した。ちなみに武御雷はナーガラージャが落ちる四時間前に落ちた。つまり俺たちがナーガと戦い出してから二時間後くらいの時だ。

　俺たちはバスターパッケージで落ちたあとは各々で戦ったりしたが、結局きーちゃんを除いてそう長く生き残ることはできず、ナーガラージャ敗北の瞬間を目にすることはできなかった。まあ、やりたいことをやって若干燃え尽きてたしな。

　何はともあれ、今はお疲れ会ということで俺のガレージに全員が集まり、今回のイベントについて駄弁っているところだ。

「よーし！　ではではお待ちかね、全員の戦績発表と行こうじゃない。みんな、最終リザルトのスクショは撮ってるね？　じゃあ、せーので公開しよう。……はい、せーの！」

赤信号
貢献度リザルト
対サンダーバード１９４００点
対ナーガラージャ３５００点

獲得報酬
AI操作支援機『Storm egg』、垂直ミサイル『Feather Dance』、推進器『Super Cell』
無限軌道『アパラーラ』

クチナシ
貢献度リザルト
対武御雷36500点
対サンダーバード6200点
対ナーガラージャ7900点
獲得報酬
規格外ブレード『天』、超振動ブレード『地』、榴弾砲『鳴動』、強化装甲『神明』
推進器『Super Cell』
レーザーキャノン『ムチリンダ』、無限軌道『アパラーラ』

ブルマン
対ナーガラージャ16800点
獲得報酬
ミサイルランチャー『カドゥルー』、レーザーキャノン『ムチリンダ』、無限軌道『アパラーラ』

茶管
対ナーガラージャ9900点
獲得報酬
レーザーキャノン『ムチリンダ』、無限軌道『アパラーラ』

「オイコラ青いの、お前なんでそんなに点数たけぇんだよ⁉」

「どう考えてもSupernovaのおかげです、本当にありがとうございました」

「それでもやっぱりバスターパッケージでの与ダメ貢献度はレート下げられてますね。Supernovaならダメージ量的には単発で1万点以上もらわないとおかしいはずですし」

「それぐらいしないとバスパケ祭りになるだろうしな。それにしても、きーちゃんの規格外ブレードってなんだ？」

唯一の3万点超えを叩き出したきーちゃんが手に入れた規格外ブレード『天』。なんとなくわかるような気もするが、やはり聞いておきたい。

「これですか？　トレーニングモードでの試し切りでの結果ですけど、一切動かない居合の構えでエネルギーチャージをすることで数百メートル規模のバカみたいな刃渡りのエネルギーブレードで抜刀切りができるステキ武装です。普通に実体剣としても使えますけど、通常時は重さに対してのスペックは微妙ですね」

それでも彼女はフリー対戦で嬉々として担ぐんだろうなぁ。そこにロマンがあるならば手に取らずにはいられない。それがロボゲーに魅せられた者の性《さが》というやつだ。俺も散々苦労させられた

Storm eggをもらえたし、そのうち誰かと手合わせ願おうかな。

きーちゃん曰く『天』は武御雷の主武装のデッドコピーのようだ。この分だと、もしかしたらサンダバのは規格外プラズマキャノンか規格外ＥＭＰかもな。ナーガラージャのは……なんだろう？規格外ミサイルとか？

「あーさんは結構惜しかったですね。一日抜けたのがなくて全日サンダバに集中してれば３万点いけたかもなのに」

「んー、それはたしかに悔しいけど別にいいよ。もしそうなってたらみんなで合体できなかっただろうし。俺は合体できて楽しかったからそれでいい」

「へぇ……」

なんだよ、俺がチームプレイができてよかったって言うのがそんなに珍しいのかよ。間違ってもらっちゃ困るけど、俺はソロプレイが何よりも好きなわけじゃないぞ。友達と一緒に遊ぶのが嫌いなやつなんていないか。つーか一緒に遊びたくないやつってそれもう友達じゃなくね？

しかし、この一週間は濃い戦いだった。海洋生物部とか言うオイスターソースばりの濃厚なキャラを持つ人たちと出会ったのを始めとして、多数のプレイヤーと協力して戦うのはやっぱり新鮮だった。

ドラスレでレイドをしたことはあったけど、今回はより楽しかったな。やっぱりデカいロボットを相手に力を合わせて戦うというシチュエーション自体も燃えるし、理不尽な暴力を撒き散らかす無限戦機に四苦八苦しているうちに少しずつ成長して長く戦えるようになっているのを実感できるのもよかった。

新たな友であるエンジ丸さんとはフレンド登録し忘れたけど、魂の故郷でそのうち再会するだろう。そのときはリベンジさせてもらうけどな。

「さぁて、デケェ祭りが終わって寂しいもんだが、ちょいと俺から提案がある」

「あ、僕からもあるんだよね。茶管、お先にどうぞ」

一通りイベントの感想を話したところで、茶管と青が俺たちに呼びかけた。

「ずっと機械ばっかり見てて疲れただろうし、いっちょここらで無人島バカンスといこうぜ、もちろんゲームだけどな。【Choice For Survival】……チョイサバって言うやつなんだが知ってっか？」

「僕の方は【エスケープ・トゥ・イマジン】……妄想学園とか言われてるやつだね。中学生や高校生がよくやる授業中の妄想ってあるじゃない？　学校がテロリストに襲われるとか、街がゾンビパニックになるとか。ああいうやつを基にしたゲームだよ」

ほほう、それはまた聞いたことがないゲームたちだな……。


こんなこと、考えたことはありませんか？

「もし、無人島にいくなら何を持っていく？」

携帯電話は電波が繋がらないし……。

ライターが無かったら火を熾《おこ》せないぞ。

ナイフが無いと物を切ることもできないよね。

そんなん銃があれば熊でも狩れるわ。

普通に浄水器と非常食を持っていくのが一番では？

あなたは何を選びましたか？

流れつく無人島の難易度は事前に設定可能。イージーモードなら肉食動物もいないし、綺麗な水が湧く泉もある。

ハードモードだと肉食獣から身を守りつつ毒性のものに注意して食料を集め、汚い水を浄化する必要がある。これがエクストリームモードともなれば……。

持ち込めるアイテムは一人三つ。

食料、ナイフ、ライターといった日常的なものから、マシンガンやロケットランチャーまでご用意していますのでどうぞお好きなものを選んでください。ただし、当然ながら物は無限ではありませんので、ガス欠や弾切れにはご注意を……。

タイムリミットも事前に設定可能。最短一週間で救助が来るので、イージーモードでちょっとしたバカンス気分を味わうのもいいでしょう。無制限にしていつまで生き延びれるかチャレンジするのも素晴らしい。

火を熾し、水を沸かし、食料を集め、寝床を作って肉食獣対策をして……。

無人島ではやることがいっぱいです。その助けとなるアイテムを上手に賢くチョイスしてください。

あなたが選んだそのアイテム、本当に命の助けになりますか……？

『Choice For Survival』好評発売中！

あなたもきっと、思ったことがあるはず。

テロリストが学校を襲撃、たまたま難を逃れた自分が華麗に解決。

自分が住んでいる町でゾンビパニックが起こり、ホームセンターで籠城。

謎の機関に追われ、逃げ惑いながらも機転を利かし返り討ち。

つまらない学校の授業中に頬杖《ほおづえ》をつきながら妄想したあれやこれ。誰もが一度はしたことのあるアレ、リアルにやってみませんか？

学校を舞台にテロリストを撃退する『学校にテロリスト』

町にあるものを何でも使いゾンビを倒す『俺の町がゾンビパニック』

自分を狙う謎の機関からの逃走劇『機関の追っ手がここまで来たか……』

選択できる三つのゲームモードから、一番テンションが上がるものを選んでプレイ！

【一定数のエネミーを倒すか一定時間を生き残るかでラウンドが進む！】

初めに設定したラウンドまで生き延びればクリアだが、当然ラウンドが進むごとにエネミーの質・量は強化される。もちろん、己の限界に挑む無限ラウンドモードも搭載。映画の主役のように最後まで生き残れる『主人公補正』を、君は持っているか？

ランダムマッチやフレンドとの協力プレイでラウンド数はさらに加速！　もし力尽きたとしてもチームメンバーが一人でも次ラウンドまで生き残れば全員復活だ！

しかし、ただ待ってるだけの甘えん坊が生き返らせてもらえると思うな。死亡待機中は一般教養の授業（有名予備校監修）が待っている！　そう、これは『授業中の妄想』なのだ。ヒーローになれなかったあなた！　きちんと現実を見て勉強しましょうね？

【生き残るため、あるものは何でも使え！】

椅子・本・ホウキ……その辺にあるもの全てが武器となる。もちろん特別な場所にはいいものがあるかも？　さあ思い出せ、妄想の中で武器を手に入れた場所はどこだ？

そんな妄想あり得ない？　そんなシケたことを言わないで、もしもに備えて対策を練ってみようぜ？

よく言うだろ？『人が考えることは、すなわち現実にありうることである』ってな。

『エスケープ・トゥ・イマジン』好評発売中！

佐嘉二一（さが・にいち）

1993年、兵庫県出身。2019年4月から小説投稿サイト「小説家になろう」で活動を始める。
2020年に本作でデビュー。

レジェンドノベルス
エクステンド
EXTEND

ダイブ・イントゥ・ゲームズ 2

電子《でんし》の海《うみ》で出会《であ》った仲間《なかま》たち

2020年11月5日　第1刷発行

［著者］　佐嘉《さが》二一《にいち》
［装画］　U35《うみこ》
［装幀］　宮古美智代

［発行者］　渡瀬昌彦
［発行所］　株式会社 講談社
〒112-8001 東京都文京区音羽2-12-21
電話　［出版］03-5395-3433
［販売］03-5395-5817
［業務］03-5395-3615

［本文データ制作］　講談社デジタル製作
［印刷所］　凸版印刷 株式会社
［製本所］　株式会社 若林製本工場

N.D.C.913 319p 20cm ISBN 978-4-06-521089-5